# Los papeles de Admunsen

# Manuel Vázquez Montalbán

# Los papeles de Admunsen

Edición de **José Colmeiro**

Navoнa

**Primera edición**
Octubre de 2023

**Publicado en Barcelona por Editorial Navona SLU**
Navona Editorial es una marca registrada de Suma Llibres SL
Gomis 47, 08023 Barcelona
navonaed.com

**Dirección editorial** Ernest Folch
**Edición** Estefanía Martín
**Diseño gráfico** Alex Velasco y Gerard Joan
**Maquetación y corrección** Editec Ediciones
**Papel tripa** Oria Ivory
**Tipografías** Heldane, Studio Feixen Sans y Prestige Elite
**Imagen de la cubierta** *Pim-Pam-Pop*. Equipo Crónica.
Derechos del coautor Manolo Valdés, VEGAP, Barcelona, 2023
**Distribución en España** UDL Libros

**ISBN** 978-84-19552-54-9
**Depósito legal** B 13038-2023
**Impresión** Liberdúplex
Impreso en España

# Índice

Página anterior:
*Manuel Vázquez Montalbán, años sesenta. (Archivo familiar)*

# Introducción

*Viejo pequeño planeta donde llegó la historia*
*poemática y poética del feroz Admunsen*
*que quiso ser piedra y solo fue hiedra*
*de un horizonte sin azoteas.*
M. VÁZQUEZ MONTALBÁN, «SCIENCE FICTION»

## El misterio de una novela inédita

Los papeles de Admunsen, *primera novela escrita por Manuel Vázquez Montalbán e inédita hasta el momento, constituye una fascinante caja negra del escritor que adelanta en forma embrionaria las preocupaciones, motivos y técnicas narrativas que habrá de desarrollar a lo largo de su prolífica y variada carrera. Con estructura de* collage *fragmentario, la novela ofrece una crónica lúcida de una época, los años sesenta, marcada por la represión política y las luchas clandestinas, el exilio interior, el desarrollo de una sociedad de consumo y la agitación social y cultural provocada por nuevas ideas y cambios en la moralidad y las costumbres. Es también,* como otras futuras obras del autor, una novela moral sobre las relaciones humanas, las mentiras y verdades, la conciencia, el compromiso ético y el oficio del vivir.

Desde la lectura inicial del manuscrito inédito, conservado en una de las numerosas cajas del archivo Manuel Vázquez Montalbán de la Biblioteca de Catalunya, me resultó evidente que era una obra de enorme importancia. En ella se revelaba el germen creativo de un autor que ya ensaya y adelanta muchas de las características y estrategias literarias que desarrollará con maestría a lo largo de su obra. La novela explora efectivamente la educación sentimental del autor con esa característica mezcla montalbaniana de elementos de cultura alta (desde Séneca, Homero y Virgilio hasta Sartre, Brecht y Gil de Biedma) y cultura popular (cine, publicidad, canción, televisión, cocina) que hace su obra única e inmediatamente reconocible. Presenta también con claridad algunos de los grandes temas y rasgos distintivos de la obra montalbaniana: la mirada cínica y desclasada del detective Pepe Carvalho sobre el entorno urbano; la memoria del barrio de perdedores de la infancia que desarrollará en Una educación sentimental o El pianista; el idealismo y la ética de la resistencia de Galíndez; la mitología artúrica en clave contemporánea de Erec y Enide; el deseo frustrado y el desencanto del perdedor que impregna Movimientos sin éxito; la mordaz locura del protagonista encarcelado de El estrangulador; el subversivo absurdo *de Groucho Marx en* Manifiesto subnormal *o* Cuestiones marxistas; *la crónica crítica de un tiempo y lugar como* Los alegres muchachos de Atzavara. *Igualmente, recurre a la técnica del* collage *como forma para expresar la híbrida complejidad de la realidad y la imposible representación de la totalidad, que se convertirá en una marca estética fragmentaria manifiesta en toda la obra del autor.*

*Nos encontramos frente al también fascinante misterio de una novela inédita y desconocida. Surge la pregunta de por qué esta obra, escrita a mitad de los años sesenta, nunca se publicó en vida del autor y por qué nadie ha podido hasta la fecha dar fe de su existencia. Resulta particularmente extraño si tenemos en cuenta que nos encontramos con el manuscrito mecanografiado de una novela completa, debidamente encuadernada, revisada y firmada de puño y letra por el autor, y lista para su publicación. Todo parece indicar que el autor envió en su momento el manuscrito de la novela al conocido escritor y editor José María Castellet y que tras su consulta fue presentado al prestigioso premio Biblioteca Breve de la editorial Seix Barral, según se desprende de las anotaciones en la primera página del mecanuscrito. Si esto fue así, no tuvo suerte, y es probable que esto lo desanimara, ya que no se conocen otros intentos de publicación. Como resultado, la obra era totalmente desconocida, ya que nadie en su familia, ni en su agencia lite-*

*raria, ni en su entorno de amistades tenía noticia alguna de este manuscrito inédito antes de la donación de los papeles del autor en 2016 a la Biblioteca de Catalunya. El laborioso proceso de catalogación y los efectos restrictivos de la pandemia no hicieron posible la recuperación del manuscrito hasta finales de 2022.*

*Podemos razonar los motivos de la no publicación de la novela en su momento y destacar las obvias dificultades circunstanciales, tanto políticas como económicas. En cierta ocasión, el autor resumía retrospectivamente los enormes problemas para publicar que tuvo en aquella época: «Cuando no había problemas de censura, había problemas empresariales», refiriéndose a su primera novela publicada,* Recordando a Dardé, *terminada en 1965 pero que tardó cuatro años en ver la luz, en 1969 (*Tres novelas ejemplares*). Es posible imaginar las dificultades de publicación para un autor completamente desconocido, en especial uno con antecedentes policiales y cumplida condena de prisión al que no se le permitía ejercer el periodismo. También sabemos de sus continuas dificultades con la censura, hasta su desmantelamiento definitivo en la segunda mitad de los años setenta. De hecho, todo indicaría que la censura fue el mayor obstáculo para la publicación de la novela en su momento. A pesar de que la acción está situada en un país nórdico no identificado, con personajes de nombres extranjeros en su mayoría noruegos (Admunsen, Laarsen, Ilsa, Emm)*

*claramente para evitar la censura, lo cierto es que refle-*
*ja con claridad la España desarrollista de los años sesen-*
*ta, y en concreto Barcelona, aunque en ningún momento*
*se la mencione por su nombre. Además, debido a la ex-*
*plícita temática de la novela (la lucha política clandes-*
*tina, la experiencia de la cárcel de prisioneros políticos,*
*el desafío a la moral establecida y el uso de un lenguaje*
*a menudo atrevido y provocador), habría sido impensa-*
*ble que se permitiera su publicación en la España fran-*
*quista. Conocemos la infinidad de problemas que el autor*
*tuvo con la censura, incluso a principios de los años se-*
*tenta: los repetidos intentos de publicar su novela* Yo
maté a Kennedy, *a pesar de que la acción tenía lugar en*
Estados Unidos; *la fracasada tentativa de estrenar su*
*obra teatral* Guillermotta en el país de las Guilleminas;
*o la prohibición de la segunda parte de su* Cancionero
general *(1972), libro que tan solo se publicó íntegramen-*
*te varias décadas más tarde, en el año 2000, con el título*
Cancionero general del franquismo.

*Sin embargo, cuando técnicamente hubiera sido po-*
*sible la publicación de* Los papeles de Admunsen, *en la*
*segunda mitad de los años setenta, tras la desaparición*
*de la censura obligatoria, quizá el momento ya no era*
*propicio. El autor había dado por terminada en 1974 su*
*fase de escritura experimentalista autodenominada «sub-*
*normal» —una estética de la que* Los papeles de Admunsen *ofrece claras muestras, como se verá más adelante—.*

15

*Por entonces el autor estaba ya enfrascado en el desarrollo de un nuevo tipo de novela-crónica con la serie de Pepe Carvalho, con la que ganaría el premio Planeta en 1979 por* Los mares del Sur, *que le reportaría su consagración como novelista de gran éxito.*

*A pesar de que la novela como tal es totalmente inédita, una breve sección de siete páginas sí llegó a ver la luz: uno de los escritos o «papeles» de Admunsen, titulado «¿Cuánto tiempo estaré aquí?». Se trata de una alucinada historia sobre la experiencia carcelaria del narrador protagonista, que apareció con ese título en la colección de relatos que acompañaba su primera novela publicada,* Recordando a Dardé y otros relatos *(1969). No obstante, este relato no se volvió a publicar. Años más tarde, el autor hizo una segunda selección de relatos cortos (*Pigmalión y otros relatos, *1987), en la que se incluyeron, junto a otros textos inéditos, todos los relatos de* Recordando a Dardé *excepto «¿Cuánto tiempo estaré aquí?», lo cual también constituye un misterio. Quizá el autor decidió que no encajaba en la colección o esperaba un momento más propicio para su publicación.*

*Vázquez Montalbán no siempre publicaba sus textos de manera inmediata a su escritura. De hecho, en alguna ocasión manifestó que guardaba varias novelas cortas escritas e inéditas, que pensaba publicar en el futuro (como fue el caso de* Reflexiones de Robinson ante un bacalao, *por ejemplo), y también que tenía la intención de desarro-*

llar una novela sobre su experiencia carcelaria. *Es relevante mencionar que en* Pigmalión *se publicaron por primera vez varios relatos cortos inéditos, que en algunos casos se remontaban a los años sesenta y por lo tanto tenían ya más de veinte años. Igualmente, en las recopilaciones póstumas de* Cuentos negros *y* Cuentos blancos *(2011), se incluyeron también varios textos breves hasta entonces inéditos. Asimismo, por razones desconocidas, algunos de sus textos solo se publicaron en traducción, pero no en su versión original, durante la vida del autor. Quizá el manuscrito de* Los papeles de Admunsen *se quedó ahí, en el limbo literario, esperando su momento propicio. Sabemos que frecuentemente Vázquez Montalbán maduraba sus manuscritos y proyectos literarios durante largos años, trabajando a distintas velocidades, tanto en narrativa como en poesía, antes de completarlos o decidir darlos a la luz. Todo parece indicar que a* Los papeles de Admunsen *no le había llegado su hora todavía.*

*No se puede descartar tampoco que un factor influyente en la no publicación del libro en vida del autor fuera debido a la penosa carga de recuerdos que la novela reflejaba, relatando ciertas experiencias personales que el propio autor calificó de traumáticas —los juicios militares, las condenas de cárcel y las difíciles vicisitudes de la militancia clandestina, las cuales también incluían a su esposa—, además de la frustración creativa debido a la represión de la dictadura.*

*Posiblemente, la razón de que la obra se haya mantenido inédita durante sesenta años se deba a un conjunto de estos factores mencionados, pero probablemente nunca lo sabremos con certeza absoluta y el misterio continúe sin resolución definitiva, lo cual podría ser intencional por parte del autor.*

## Mensajes en una botella para la posteridad

Los papeles de Admunsen, *en su devenir como texto recuperado y en su propia composición narrativa como una colección de imaginarios papeles diversos escritos por un ficticio autor frustrado llamado Admunsen, se asemeja a una botella de náufrago que nos llega desde un pasado remoto. A través de esas páginas, el autor nos envía mensajes angustiados desde la isla del exilio interior, de un pasado profundamente gris que toda la maquinaria publicitaria y propagandística de los aparatos ideológicos que rodean a Admunsen no logra enmascarar.*

*En aquella etapa de su incipiente y tortuosa carrera como escritor y periodista, Vázquez Montalbán encontraba un refugio en la literatura, como una manera de superar la sensación de alienación, incomunicación y frustración creativa. Es interesante notar al respecto su actividad periodística en la revista de decoración* Hogares Modernos, *ya a finales de los años sesenta. Allí fue donde creó el personaje de Jack el Decorador, otro de sus* alter ego, *como forma de dar rienda a su espíritu creativo y crítico. El autor recordaba esa escritura precisamente como una forma de comunicación codificada: «a partir de ahí intentaba enviar mensajes de náufrago», los cuales en el fondo «eran mensajes para mí mismo [...]; era una manera de decirme "estoy vivo"»* (Erba). *Y en su novela* Galíndez *se hace referencia a la desconexión de los republicanos exiliados en Santo Domingo como Robinsones supervivientes, y a una mujer exiliada que escribía con «una letra para cartas de náufragos, metidas en una botella de verde opaco». Esta misma poderosa imagen sería utilizada de manera central también en su novela* El pianista, *una de sus obras de contenido más autobiográfico: «Saber expresarse, saber poner por escrito lo que uno piensa y siente es como poder enviar mensajes de náufrago dentro de una botella a la posteridad. Cada barrio debería tener un poeta y un cronista, al menos, para que dentro de muchos años, en unos museos especiales, las gentes pudieran revivir por medio de la memoria». De hecho, se puede decir que los mensajes de náufrago constituyen una imagen clave de la escritura montalbaniana, obsesionada por la comunicación, que no solo intentaba intervenir en el presente inmediato, sino también preservar cápsulas de memoria para el futuro.*

*Los papeles de Admunsen también era un intento de afirmación de su identidad como intelectual y escritor imposibilitado de publicar. Contenía toda una serie de mensajes, destinados tanto a sí mismo como a unos hipotéticos lectores cómplices del futuro, a través de los que iba haciendo una crónica personal y colectiva a la vez de un tiempo y de un lugar. Sesenta años más tarde, esos mensajes que se quedaron sin enviar, sepultados en el fondo de esa gran avalancha de páginas y páginas fruto de la inagotable vena creativa del autor, por fin nos llegan con toda su original fuerza y claridad, con toda su lucidez e intensidad. Por ello, se puede decir que la novela constituye una auténtica cápsula del tiempo, tanto del inicio de la carrera narrativa del autor como del momento histórico y el contexto cultural de los años sesenta en España, un momento pretransicional que ya dejaba entrever lo que se venía.*

## El autor y sus contextos: personal, cultural e histórico

*Vázquez Montalbán nació en el seno de una familia trabajadora de ideología republicana en el populoso barrio barcelonés de El Raval en 1939, el año de la victoria franquista. Su padre se exilió a la caída de Barcelona, pero regresó a los pocos meses para conocer a su hijo recién* nacido, cuando fue capturado y encarcelado. Era una familia y un barrio de perdedores, con muy escasas posibilidades de salir de sus coordenadas sociales durante la dura posguerra. Sin embargo, y contra todo pronóstico, Manuel entra con diecisiete años en la Universidad de Barcelona, en 1956, para cursar la carrera de Filosofía y Letras (Románicas), que va a compaginar con sus estudios en la Escuela de Periodismo. Se involucra pronto en los movimientos clandestinos estudiantiles (Frente de Liberación Popular o FELIPE), y posteriormente conecta con otros movimientos antifranquistas durante el obligatorio último curso de Periodismo en Madrid (1959-1960). Regresa a Barcelona y se incorpora al PSUC (Partit Socialista Unificat de Catalunya), compartiendo célula con el filósofo marxista Manuel Sacristán, y tiene sus primeros encontronazos con la policía. Retoma la carrera de Filosofía y Letras, donde conoce a Anna Sallés, con quien contraerá matrimonio en 1961. Comienza también su trabajo como periodista en Solidaridad nacional y La Prensa (1960-1962), labor que es obligado a abandonar por la falta del carnet del «Movimiento». Esto se traducirá en una precaria situación laboral que se va a convertir en una auténtica travesía del desierto para el autor a lo largo de los años sesenta.

El 11 de mayo de 1962 el autor y su esposa participan en las manifestaciones estudiantiles de apoyo a las reprimidas huelgas de los mineros en Asturias, resultando *ambos detenidos. Entre los cargos figuraba haber canta-do públicamente «Asturias patria querida». Las conse-cuencias fueron muy serias. Anna es condenada a seis meses de cárcel y el fiscal del tribunal militar pide seis años para él, acusado del delito de «Rebelión Militar por Equiparación», como presunto cabecilla por haber par-ticipado con anterioridad en otra manifestación, y final-mente resulta condenado a tres años. Pasan los primeros tres meses incomunicados en la cárcel Modelo de Barce-lona, y posteriormente Manuel es trasladado a la prisión de Lérida (que aparece con frecuencia en sus escritos re-ferida como Aridel). Con la muerte del papa Juan XXIII se dio un indulto especial que recortó su prisión a 18 me-ses. Su estancia en la cárcel fue una experiencia traumá-tica, pero también significó una importante época de es-tudio, crecimiento intelectual y formación como escritor. Durante su encarcelamiento escribe el libro de ensayo* Informe sobre la información, *los primeros poemarios (*Una educación sentimental, Movimientos sin éxito *y partes de* Coplas a la muerte de mi tía Daniela*), así como varios relatos que se publicarían en* Recordando a Dardé y otros relatos, *y probablemente también parte de* Los papeles de Admunsen.

*Tras la salida de la cárcel, en octubre de 1963, Vázquez Montalbán abandona la militancia en el partido «para reflexionar» (Tyras), encontrando grandes dificultades para hallar trabajo estable como periodista. Continúa sus* estudios y se dedica a la redacción de artículos de enciclo-pedias y la traducción de obras del italiano (*Volponi, Mas-tronardi, Pratolini, Cederna*). En 1965 es nombrado re-dactor jefe de la nueva revista progresista Siglo XX, por mediación de su amigo José Agustín Goytisolo, pero es cerrada en 1966 por orden ministerial. Su antiguo com-pañero de célula, Manuel Sacristán, lo convence para que renueve su militancia en el PSUC, que abandonará de nue-vo en 1968, siguiendo un constante flujo de reentradas y salidas del partido a lo largo de los años. Tras el cierre de la revista, se dedica durante varios años a colaborar bajo seudónimos en revistas de moda, hogar y decoración como única salida profesional, e incluso llega a escribir poemas publicitarios por encargo. En cierta ocasión, el autor se refirió a la necesidad en aquella época de «sobrevivir tra-bajando como un loco en cosas mediocres y estúpidas» (*Tyras*). Fruto de esa vivencia saldrían los artículos que compondrían posteriormente su libro Jack el Decorador, y años más tarde serviría de inspiración para su novela El estrangulador. Su experiencia de aquellos años se ve marcada por el desaliento y la sensación de pérdida del tiempo y, retrospectivamente, la conciencia de haber re-trasado su carrera como escritor.

Durante este tiempo, su militancia en el PSUC pasa por repetidos momentos de fricciones y enfriamientos, debido a sus posiciones heterodoxas y divergencias con la dirección del partido, que continuarán en años veni-

*deros. Su confesada «distancia psicológica respecto al comunismo» (Tyras) no desapareció nunca. Los acontecimientos de Mayo del 68, que el autor describió irónicamente como una inútil opereta revolucionaria, confirmaron sus dudas sobre la posibilidad de una auténtica revolución en una sociedad capitalista avanzada y su convicción sobre la contradicción interna de la izquierda, debatiéndose entre la vieja lucha revolucionaria por el poder y la propia inercia del aparato organizativo.*

*Su carrera como escritor literario arranca finalmente con la publicación de su primer poemario en 1967,* Una educación sentimental, *que sienta las bases de su trayectoria poética definida por la memoria y el deseo. 1969 es un año de gran importancia en el despegue de su carrera como escritor, cuando publica su segundo poemario,* Movimientos sin éxito, *que es galardonado con el premio de poesía Vizcaya, y su primer libro de narrativa,* Recordando a Dardé y otros relatos, *publicado por Seix Barral. También en 1969 sale de su forzado silencio periodístico y consigue publicar en la revista* Triunfo *una serie de reportajes titulados «Crónica sentimental de España», posteriormente publicados como libro, que causan sensación por su planteamiento renovador sobre la memoria colectiva, la cultura popular y los medios de comunicación de masas en la España franquista, y lo van a convertir en una figura de primera fila en la transformación del periodismo español.*

*Todo este trasfondo de experiencias vitales y circuns-*
*tancias políticas y culturales se va a ver reflejado en* Los
papeles de Admunsen *con un cierto tono de ironía, an-*
*gustia y desencanto vital. Por un lado, las dificultades*
*de ajustarse a la vida tras la experiencia de la prisión,*
*tanto personales como profesionales, los problemas para*
*desarrollarse como periodista y escritor y la necesidad*
*de tener que dedicarse a la escritura alimentaria. Por*
*otra parte, la aparente inmovilidad del régimen político*
*y las desavenencias estratégicas e ideológicas con la di-*
*rección del partido. La novela refleja el efecto del repre-*
*sivo entorno histórico, con la experiencia de la cárcel y*
*la clandestinidad, y la frustración creativa, sobre el yo*
*del protagonista y las relaciones de pareja. El narrador*
*protagonista se lamenta del efecto sobre sus vidas: «toda*
*la tristeza por la vida que perdíamos». Todo ello se ve*
*resumido en la larga espera individual y colectiva para*
*el prometido «octavo día de la semana», que nunca pa-*
*rece llegar.*

## Espejos trucados: las relaciones entre realidad y ficción

*A pesar del mecanismo de enmascaramiento del lugar de*
*la acción en la novela, trasladada arbitrariamente a un*
*ficticio país nórdico, quizá inverosímilmente a la ciudad*

holandesa de Leyden, todo transcurre en la novela dentro de unas coordenadas históricas y políticas que se corresponden con el marco de la primera mitad de los años sesenta en España. Ello se deduce de las abundantes referencias a libros, canciones o películas, las menciones concretas de fechas (1962, en particular, se repite varias veces) y las alusiones indirectas a un régimen político represivo y a unas circunstancias de gran agitación social. Las referencias históricas son siempre implícitas, y así se habla de la guerra pasada, la ocupación o la posguerra, en términos genéricos. El marco economicopolítico se corresponde con el desarrollismo franquista, perfectamente reflejado en la descripción de una sociedad de consumo en ebullición («Unas vacaciones, el cochecito»). Este momento se ve marcado en la novela por la centralidad de las campañas publicitarias, los ubicuos eslóganes comerciales, las triunfantes celebraciones alrededor de la Feria de Muestras y los pomposos discursos oficiales tecnocráticos, que chocan con la visión crítica y disidente con la política y la moralidad establecida de los jóvenes protagonistas.

Las referencias explícitas a España son muy escasas y siempre desde una perspectiva distanciada y extranjera. En una ocasión se menciona al «país situado al sur de los Pirineos» con su «fiesta nacional salvajísima». Y en otra ocasión se habla del problema que tiene con los informes de censura un Sartre español, «esforzado Quijote», con el cometido de «liberar al pueblo español de su oscurantismo sexual», el cual «brindó por una Europa liberada de las enajenaciones a las que la acometía una cultura represiva». Por otro lado, los escenarios portuarios, las calles y viviendas en los alrededores del barrio chino, así como las referencias a los pabellones de la Feria de Muestras, con sus columnatas neoclásicas dóricas y palacetes barrocos, remiten con claridad a la geografía urbana barcelonesa.

Como en el resto de la obra de Vázquez Montalbán, en el trasvase entre la realidad y la ficción, la memoria y la imaginación, los límites son porosos y los espejos están trucados. Aunque no hay una correspondencia exacta entre los protagonistas de la novela y la propia biografía del autor, sí se evidencian múltiples y obvios paralelismos. Por una parte, la cronología de la novela no se ajusta estrictamente a la realidad biográfica. El presente de la acción tiene lugar entre finales de mayo y comienzos de junio de 1962, tres años después de que Admunsen sale de la cárcel, tras dos años como prisionero político. Admunsen tiene veintiocho años y lleva cinco años casado con Ilsa. Estas fechas son similares y cercanas a las del propio autor, pero no coincidentes. Como hemos señalado, Vázquez Montalbán se casó en 1961, estuvo en la cárcel entre 1962 y 1963, y tenía veintitrés años en 1962. Pero, por otra parte, y lo que es más importante, sí coincide la experiencia traumática de los dos años de prisión, la doble condena a los jóvenes esposos, la difícil etapa de reinserción, las dificultades anímicas, económicas y profesionales, los intentos de desarrollarse como escritor y la difícil continuidad de la lucha política clandestina.

Se transparentan también otros detalles autobiográficos. Los familiares de Admunsen son inmigrantes trabajadores que viven en un modesto barrio cercano al barrio chino, como la propia familia del autor, que creció en El Raval de Barcelona. Los recuerdos del abuelo y su «casa de piedra y pizarra en las húmedas tierras del norte» sugieren la proveniencia gallega del escritor. Los progenitores del protagonista universitario acarrean una larga cadena de subalternidades, prisiones y desilusiones: «para que tu madre, costurera y esposa de presidiario, te engendrara a ti, bachiller, ilustre letrado, publicitario eminente». Es sabido que el padre del autor (Evaristo Vázquez) fue expresidiario, la madre (Rosa Montalbán) era costurera, y su hijo Manuel llegó casi de manera milagrosa a graduado universitario, teniéndose que dedicar posteriormente a la literatura alimentaria y escribir poemas publicitarios. De igual manera, el padre de Admunsen, como el del propio autor, se encontraba desencantado con la política y desilusionado con la vida, no queriendo ver a su hijo involucrado en luchas políticas y cárceles. Estas coordenadas familiares van a aparecer también con frecuencia en otras obras del autor, en su *poesía y en su narrativa, como la serie* Carvalho *o la familia de Groucho en* Cuestiones marxistas *(1974).*

*Muchos aspectos de la actividad política del autor aparecen también reflejados en la novela, cuya escritura vendría a coincidir con los años en los que está fuera del partido. Las reflexiones sobre el efecto traumático de la experiencia carcelaria, el desánimo y las dudas sobre la dirección del partido y la efectividad de la lucha clandestina son constantes y explícitas. Las desavenencias ideológicas con el partido, y con Manuel Sacristán en particular, se transparentan en el capítulo de la novela* Floricultura moral *a través de las tensiones entre el profesor Silvio, que alude indirectamente a Manuel Sacristán, y su exalumno Zoilo, que podría considerarse otro* alter ego *del autor. Sacristán era profesor de la Universidad de Barcelona y principal introductor en España de la filosofía marxista, con el cual el autor mantuvo una difícil relación a lo largo de los años. En diversas ocasiones, Vázquez Montalbán manifestó que durante su primera etapa de militancia clandestina Sacristán estaba encargado de vigilarlo, por sospechas del partido a raíz de su trabajo de prácticas en el periódico falangista* La solidaridad nacional, *y como posible confidente por sus visitas regulares a la comisaria para recabar información de sucesos, por lo que se le hizo un juicio interno. La experiencia de la cárcel lo revalidó ante sus camaradas de partido, pero le dejó un mal sabor de boca. Desde el punto de vista intelectual, el autor rece-*

*laba de la rigidez ideológica de Sacristán y su postura de espaldas a la realidad. Las posturas inflexibles de Silvio, la firmeza de sus principios ideológicos frente al peso de la realidad y su elitismo intelectual son trasunto de la figura de Sacristán. En la novela se citan anónimamente los primeros versos del poema «El hombre total», que Váz-quez Montalbán publicó en contra de Sacristán en una revista argentina en 1966. Sacristán volverá a aparecer ficcionalizado en la novela* Asesinato en el Comité Central *(1981), retratado críticamente en el personaje de Justo Cerdán, con el cual Carvalho tiene repetidas puyas y es objeto de mordaces comentarios irónicos: «Un prometedor líder que había asimilado el lenguaje del partido y permi-tía que el partido se reconociese en él». Por otro lado, los excompañeros de prisión de Admunsen —Ferdinand, Christian y Mateo, originalmente llamado Martin en el mecanuscrito— tienen su correspondencia con los estu-diantes compañeros de prisión de Vázquez Montalbán en Lérida: Ferran Fullà, Salvador Clotas y Martí Capdevila, con los que compartió un sinfín de discusiones políticas, lecturas comentadas y apoyo solidario.*

*Se trasvasa también en la figura de Admunsen la rea-lidad del escritor imposibilitado de hallar un canal normal para su escritura, teniendo que dedicarse a la publicidad y la escritura alimentaria, como sería el caso para el au-tor, que como hemos señalado tuvo que dedicarse a tareas comerciales para sobrevivir, como la redacción de anóni-*

mos artículos de enciclopedia, traducciones o colaboraciones para revistas del hogar. También se traslada a la novela la sensación de incomunicación, alienación y frustración del protagonista narrador. Así se alude repetidamente al «silencio de la máquina de escribir» y se cuestiona su desánimo frente a la escritura («hace meses que no intentas nada»; «¿Por qué no escribes con más frecuencia?»), y el propio Admunsen admite con cierta ironía que su «etapa de escritor ha concluido». El autor se refirió frecuentemente a la sensación general de frustración que caracterizó para él aquella década, llena de oportunidades perdidas, y así comentó al crítico y traductor Georges Tyras la sensación de «haber perdido diez años de mi vida». Quizá esta sensación de tiempo perdido causado por las circunstancias históricas y políticas sea una clave interna que explique en parte su enorme ansiedad creativa, que lo llevaría a la extremada prolijidad de su obra en todos los frentes que acometió.

Admunsen viene a ser el primer alter ego del novelista, que como en el caso de sus futuros alter ego ficcionales (Carvalho, Groucho, Pombo, Ventura, Cerrato), refleja un complejo juego de espejos de paralelismos y diferencias, afirmando la porosidad de las fronteras, pero negando la fácil asunción de identidades. Admunsen es el ensayo de ese primer punto de vista narrativo que actúa como filtro de la realidad, donde proyecta memorias y deseos, inseguridades, provocaciones, imaginaciones y delirios.

31

## El intelectual y la subnormalidad

*La particular visión ética y estética montalbaniana parte de un radical escepticismo ante todo dogma, tanto político como cultural, y conlleva la ruptura de los códigos establecidos por el poder, sea del tipo que sea. La base de su pensamiento en aquel momento histórico se ve impregnada de una sensación general de desencanto, condicionada por la dura experiencia de la cárcel, la constatación de la inmovilidad de la dictadura y la imposibilidad de desarrollar una labor crítica como periodista y escritor, lo cual lo lleva a una toma de conciencia del difícil y contradictorio rol del intelectual en la sociedad capitalista, y más específicamente en la España franquista.*

*Todo ello incide en la sensación de impotencia del intelectual frente al poder, con el absurdo añadido de ser periodista titulado y no poder ejercer como tal. De igual manera, se manifiesta la frustración del intelectual, dividido entre las demandas alienantes de la sociedad de consumo, la concienciación política y la realización personal. En momentos de marcado escepticismo, Vázquez Montalbán duda incluso sobre el rol del intelectual y su capacidad de influir sobre la sociedad, y más bien se hace consciente de lo contrario: la capacidad del sistema establecido de neutralizar los discursos disidentes, incluso de engullir al intelectual y convertirlo en un producto comerciable. Esta constatación lleva al*

*autor a formular la idea de una nueva normalidad «sub-*
*normal», absurda, idiotizada, en la que el propio inte-*
*lectual no es más que otro sujeto «subnormal» dentro*
*del sistema.*

Los papeles de Admunsen *constituye la primera pie-*
*dra narrativa de esa construcción de la subnormalidad.*
*Su escritura «subnormal» se corresponde con el periodo*
*entre 1963 y 1974, aproximadamente desde su estancia*
*en la prisión hasta el final del franquismo. Incluye poesía,*
*teatro, narrativa y ensayo, y su gran* summa *se formula*
*en su* Manifiesto subnormal *(1970), una parodia del ma-*
*nifiesto marxista y el manifiesto surrealista que vampi-*
*riza todos los géneros literarios. La descripción de la con-*
*traportada de* Recordando a Dardé *y otros relatos se*
*podría aplicar perfectamente a muchas partes de* Los
papeles de Admunsen: *«relatos en los que el autor utiliza*
*una lente deformada para ofrecer una descripción sub-*
*normal de situaciones conflictivas. El personaje central*
*es casi siempre el mismo en todos los relatos, un ser aplas-*
*tado por limitaciones y frustraciones que no ha hecho*
*nada por merecer». Y en su rompedora «Poética», inclui-*
*da en la antología colectiva* Nueve novísimos poetas españoles *(1970), el autor declaraba: «Ahora escribo como*
*si fuera idiota, única actitud lúdica que puede consentir-*
*se un intelectual sometido a una organización de la cul-*
*tura precariamente neocapitalista. La cultura y la luci-*
*dez llevan a la subnormalidad».*

*Vázquez Montalbán se hacía eco también de las dudas sobre la viabilidad del género de la novela como forma burguesa caduca, como un callejón sin salida, y se acerca al mismo con el intento de su deconstrucción / reconstrucción. El autor encontrará una salida en la forma del* collage, *como solución narrativa eficaz que refleja la descomposición de la sociedad desde una perspectiva irónica y mordaz, con dosis de humor negro y a veces casi esperpéntica, lo cual ya se vislumbra con claridad en* Los papeles de Admunsen.

*El personaje narrador-protagonista de Admunsen constituye otro valioso hallazgo que le va a servir al autor a lo largo de su carrera como narrador. Consiste en la mirada focalizadora del personaje desclasado intelectual, como el propio autor, de origen humilde, pero de gran agudeza y educación universitaria, que se mueve entre la burguesía y puede realizar una doble focalización de la realidad social, desde arriba y desde abajo (una perspectiva que va a desarrollar plenamente con Pepe Carvalho en sus novelas detectivescas, deslizándose hábilmente por todos los ámbitos de la ciudad). El intelectual y el escritor también se van a ver convertidos en protagonistas y personajes focalizadores en muchas de sus novelas posteriores (*El premio, Galíndez, El estrangulador, Erec y Enide*), así como de sus múltiples alter ego periodísticos, como Sixto Cámara o Encarna utilizados a lo largo de los años setenta. Igualmente, el personaje* *del escritor frustrado reaparecerá en algunas de sus grandes novelas, como Ventura en* El pianista, *Marcial Pombo en* Autobiografía de Franco *o Luis Millás en* Los alegres muchachos de Atzavara.

## La creación de un estilo literario propio

*Se puede decir con claridad que* Los papeles de Admunsen *sienta las bases de la futura narrativa montalbaniana, tanto en su sentido conceptual como estético, con el hallazgo de un nuevo lenguaje expresivo, influido por la novela italiana de posguerra y el existencialismo, pero también por el cine, la filosofía y los medios de comunicación de masas. Se trata de una novela estilísticamente híbrida, que se desliza de manera transgresora entre los polos del realismo y el vanguardismo. De manera autorreflexiva, las propias discusiones de los protagonistas se refieren a «la amalgama de vanguardismo y realismo», debatiéndose sobre las posibilidades de reconciliar ambas tendencias. Ese intento de amalgama se va a convertir en una característica recurrente de la narrativa montalbaniana, casi siempre autorreflexiva y metaficcional.*

*En la novela se inscriben abundantes elementos realistas, casi de crónica de una época, que mantienen cierta adhesión a las convenciones narrativas. Estos ingredientes conforman la espina dorsal del esqueleto novelesco,* que adopta una estructura fragmentaria en forma de viñetas, aunque a menudo condicionadas por la perspectiva no realista y distorsionada del narrador-protagonista, o por técnicas cinematográficas con fundidos o cambios repentinos de plano.

Sobre esos elementos se sobreponen otros materiales narrativos que apuntan claramente hacia la escritura vanguardista subnormal, transgrediendo los códigos literarios tradicionales. Así ocurre con el collage de textos heterogéneos, incluyendo fragmentos de poemas, canciones, disquisiciones filosóficas o diálogos teatrales, o la incorporación de la estética del absurdo, lo surreal y la caricatura, como ocurre en las secciones «Los argelinos y los Sartres», «Erec y Enide» o «Floricultura moral», formas que el autor desarrollará plenamente a lo largo de su obra encuadrada dentro de la estética subnormal.

También se incluyen otros elementos irreales, como las inverosímiles y rocambolescas aventuras narradas por Admunsen, que son copias falsas de las imágenes falsas producidas por los medios de comunicación, o imaginadas por el cine y la literatura. «Quiero proseguir mi ruta viajera de aventurero indomable», dice Admunsen, quien supuestamente fue cazador de pieles, participó en un golpe de Estado en Guatemala y escapó a Brasil, fugitivo por la selva. Fue revolucionario en China e Indochina. En Israel participó en el sabotaje en el Hotel del Rey David y huyó al Líbano, para después dedicarse a la *pesca del bacalao en Islandia. Está fichado como asesino de Trotski, ha sido académico experto en diptongación y se hace pasar por periodista y doctor en Onomástica. Ha tenido diferentes nombres, tales como Lorenzo o Raúl Benavides. En estos múltiples avatares fabulosos, contradictorios y arbitrarios, recuerda al Pepe Carvalho de* Yo maté a Kennedy, *al Groucho Marx de* Cuestiones marxistas *y al Humphrey Bogart protagonista de* Happy end. *Curiosamente, su obra póstuma* Milenio Carvalho *conlleva la consumación de ese espíritu «aventurero indomable» en una larga serie de extraordinarios episodios a través de los cinco continentes constatando los efectos de la globalización.*

*La novela contiene otros elementos de experimentación formal, como los abundantes saltos de flashback, la introducción de elementos pop (en especial, la música y los diversos lenguajes de la publicidad), y la inserción de textos metaficcionales escritos por el narrador protagonista, que dan sentido al título de la novela. Por todo ello,* Los papeles de Admunsen *muestra una tendencia rupturista con la novela realista tradicional, al igual que* Recordando a Dardé, *aunque no llega a subvertir totalmente los límites del género. Esto es algo que sí hará en obras posteriores, y muy especialmente en su* Manifiesto subnormal, *las antinovelas* Yo maté a Kennedy, Cuestiones marxistas *y* Happy end, *y la obra de teatro* Guillermotta en el país de las Guillerminas. *Lo sorprendente es que el autor demuestra ya una gran destreza moviéndose entre el polo realista y el vanguardista, manifestando una gran fluidez narrativa que consigue mantener vivo el interés del lector en la progresión de la acción, a pesar de todos los insertos narrativos experimentales y las digresiones políticas y filosóficas que podrían detenerla. Esta característica mezcla también se convertirá en marca de un estilo propio.*

## Los ejes temáticos

*La novela describe las enormes contradicciones internas de una sociedad en proceso de transformación con todas sus fisuras. Se debate principalmente entre el desarrollismo desaforado de la sociedad moderna, absorta por los mensajes de la publicidad, las promesas de bienestar y consumo, y enfrentada a la total falta de libertades; las tensiones entre la lucha política y la claudicación; el choque de los anticuados modos burgueses y patriarcales frente a la nueva moralidad de la juventud y la emancipación femenina; y las tensiones y marcadas diferencias entre las diversas capas sociales. Igualmente, se subraya la importancia de la cultura popular, el rol social del intelectual, la ética de la resistencia frente al poder y la alienación del individuo frente a la sociedad. También tiene un lugar primordial en la novela la exploración de* las emociones de los personajes, tales como la soledad, el amor, la angustia vital, el miedo, la melancolía y el desencanto. Son temas todos ellos que se desarrollarán plenamente a lo largo de la obra del autor.

En algunos aspectos, los temas culturales tocados en la novela se adelantan sorprendentemente a su tiempo, como la problemática de la nueva sociedad de consumo y el ubicuo rol de los medios de comunicación de masas en la cultura contemporánea, temática todavía apenas tratada en la literatura española de los sesenta. Igualmente, la preocupación por la cibernética y la ansiedad producida por el «cerebro electrónico» de la inteligencia artificial como avances del futuro que se avecina. El padre de Admunsen le dice a su hijo irónicamente, y quizá también proféticamente: «¿Y qué vais a hacer los cerebros privilegiados? A ver si los únicos que vamos a tener algo que hacer vamos a ser los peones». Asimismo, es omnipresente la visión crítica del patriarcalismo sistémico tradicional, tanto en las relaciones interpersonales como en el trabajo, con repetidos ejemplos de acoso sexual y violencia de género, frente a los intentos de emancipación de la mujer y la libertad sexual, como es el caso de Ilsa, Berta, Ingrid y Greta, «en rebeldía contra la tradicional consideración de objeto sexual». Son todos temas que en la España de los años sesenta tan solo empezaban a asomar en el horizonte.

Estas tempranas preocupaciones no deberían resultar extrañas, pues Vázquez Montalbán siempre se situaba *en la vanguardia política y cultural. Tenía un olfato especial para diagnosticar las claves del presente y la gran habilidad de adelantarse a los acontecimientos, de prever los cambios sociales y también incluso de provocarlos, creando estados de opinión a través de sus intervenciones en los medios de comunicación. Se puede decir que a través de su escritura y sus intervenciones públicas definió desde una postura crítica varios fenómenos que marcaron los años de la Transición: la cultura del desencanto; el pacto de olvido y la importancia central del tema de la memoria histórica como antídoto; la recuperación de la cultura popular y la gastronomía como formas de identidad cultural, o la reinvención de la novela de investigación como gran crónica política y cultural de una época.*

*La novela se hace eco también del anticolonialismo del momento (con referencias a las luchas en Argelia, las «cruzadas» en África central y Ho Chi Minh en Vietnam), y de la oposición al neoimperialismo norteamericano (con referencia al ensayo* Imperialismo americano *de Victor Perlo). Es una temática de enorme interés para el autor, que en 1974 publicaría su ensayo* La penetración americana en España, *en el que realiza un análisis pormenorizado de la supremacía económica, cultural y política estadounidense. La novela también ofrece una visión crítica antineoimperialista de la influencia dominante de Estados Unidos cristalizada en un singular producto*

*ficticio:* Bird's, *el lubrificante de motores de automóvil.*
*Bird's es un significante que simboliza el poder america-*
*no en sus más diversos aspectos, especialmente su poderío*
*tecnológico, comercial y de los medios de comunicación*
*(la publicidad, el cine, las revistas como* Life*), e incluso*
*señala el brazo oculto de la* CIA. *Admunsen relaciona*
*explícitamente el producto norteamericano con la carre-*
*ra espacial y la lucha de bloques de la guerra fría. Como*
*el propio Admunsen revela con ironía: «¿Quién te crees*
*que traza conmigo los planes publicitarios de Bird's? La*
CIA, *sí, señora, no te rías, la* CIA, *el Departamento de*
*Estado. Interesa que la burguesía de toda la tierra se*
*sienta satisfecha de sus coches, interesa que Bird's llegue*
*a todas partes. Bird's es el lubrificante de la paz social».*

*El significante Bird reaparecerá igualmente en otras*
*obras del autor asociado al poder norteamericano. Es*
*interesante notar que en un poema de* Science Fiction
*titulado «El zero final» (modificado y publicado poste-*
*riormente con el título «Movimientos con éxito»), apa-*
*rece el personaje de Admunsen y el poema concluye con*
*una explícita referencia al organismo del* BIRD *(Banco*
*Internacional de Reconstrucción y Desarrollo). Se trata*
*de una institución financiera centrada en Washington,*
*adscrita al Banco Mundial y constituida para promover*
*la reconstrucción de la posguerra mundial, y posterior-*
*mente fomentar el desarrollo de países en vías de desa-*
*rrollo.* BIRD *ha sido criticado frecuentemente por ser un*

organismo dirigido por los países desarrollados, con una desproporcionada influencia de Estados Unidos, que eligen a su presidente, así como por la imposición de condiciones onerosas, y por sus resultados inefectivos o con efectos sociales o ecológicos negativos. Con chocante efecto, en el poema, tras la gran hecatombe atómica, las cenizas de Admunsen se mezclan con las de un ingeniero escandinavo, que «no era un ingeniero en puentes y caminos / y solo había construido cementerios de aluminio / en Rhodesia del Norte, contratado por el BIRD / —Banco Internacional de Reconstrucción y Fomento—». Del mismo modo, en otro contexto, Bird's sugiere también de manera oblicua a Lady Bird Johnson, esposa del presidente estadounidense Lyndon Johnson en los años sesenta, la cual a su vez tiene un papel relevante en la primera novela de Carvalho, Yo maté a Kennedy (1972), reiterado en el «Poema de Lady Bird», incorporado a Liquidación de restos de serie. De todo ello se desprende que la denominación de Bird's como marca del producto comercial de la agencia publicitaria no era en absoluto fruto de la casualidad, sino que era intencionalmente irónica y con una fuerte carga significativa.

Además, destacan las elaboradas descripciones irónicas de las altas esferas de una sociedad de consumo en ebullición que aparecen en la novela —la Feria de Muestras, galas comerciales, desfiles de moda, discursos oficiales y fiestas de la alta sociedad—. El autor aprovecha *su experiencia como cronista de este tipo de eventos para las páginas de* Solidaridad Nacional *y* El Español *entre 1960 y 1962. Así, en 1961 publicó un reportaje en* El Español *sobre la Gala de la Sedería Española con sus desfiles de modelos a bordo de un transatlántico en Barcelona, y una serie de quince crónicas en* Solidaridad Nacional *sobre la Feria Internacional de Muestras de Barcelona.*

## La caja negra del escritor

Los papeles de Admunsen *nos ofrece una indiscreta ventana abierta a los laberintos interiores de la creación montalbaniana, como una caja negra del escritor que nos revela la base de sus obsesiones y sus motivos recurrentes, la digestión de sus lecturas y la experimentación con diferentes tecnologías de la escritura. Como se ha señalado, la novela anticipa toda una serie de estrategias y temáticas que se desarrollarán a lo largo de la obra posterior del escritor y que podríamos sintetizar en los siguientes puntos: la introducción de la cultura de masas como material literario. La mirada de un* outsider *desclasado, como un personaje* alter ego *del autor. La figura metaficcional del intelectual que contempla la realidad desde una postura crítica y comprometida. La temática del desencanto y el filtro de la ironía como cuestionamiento y relativización de la realidad. La porosidad de las fronteras entre historia y ficción. El papel de la memoria y la crónica narrativa. La mezcla de elementos realistas y de estética subnormal. Y combinándolo todo, la elaborada técnica del* collage *y la hipertextualidad.*

*Sin duda, un elemento particularmente distintivo de la obra montalbaniana es la utilización del* collage, *como forma fragmentada de representar la imposible idea de la totalidad, así como la profunda amalgama cultural de su propia educación sentimental. Esta estructura fragmentaria se manifiesta a través de la heterogeneidad de materiales y una gran carga de hipertextualidad, combinando fragmentos de textos, canciones, poemas, anuncios, discursos políticos, entre otros diversos lenguajes. El* collage *narrativo que observamos en* Los papeles de Admunsen, *con piezas heterogéneas provenientes de diferentes géneros (poesía, teatro, ensayo, filosofía, canciones, publicidad, cine), será una parte integral del estilo del autor.*

*Muchos elementos fragmentarios de la novela son préstamos o alusiones intertextuales a las obras existentes de otros autores, pero tantos otros son creación del propio escritor, aunque a menudo presentados de manera apócrifa como de autoría ajena, un tipo de juego lúdico que también será recurrente en la obra montalbaniana. Entre estos últimos se encuentran en la novela varias poesías y canciones apócrifas, la obra de*

*teatro que ensayan los protagonistas sobre* Ulises *y Pe-*
*nélope, los diversos eslóganes publicitarios y especial-*
*mente los «papeles» escritos por Admunsen.*

*Resaltan en la novela toda una serie de citas y motivos*
*literarios que reaparecerán con frecuencia en la obra fu-*
*tura del autor, y que se podrían calificar como «textos*
*movedizos» que saltan de una obra a otra, y entre diver-*
*sos géneros: un poema que reaparece en una novela, un*
*personaje que resurge en varias obras, una frase o una*
*cita que se repite en un poema o en un ensayo, creando*
*relaciones transtextuales, ecos y resonancias que enrique-*
*cen y amplían el significado de la obra para los lectores.*

*En este sentido, es importante notar que* Los papeles
de Admunsen *tiene significativos paralelismos con otra*
*obra coetánea del autor, su segundo poemario publica-*
*do, que en el manuscrito original se llamaba* Science
Fiction *(en sus dos versiones existentes, 6I y 6II) y final-*
*mente se publicó con el título de* Movimientos sin éxito
*(1969). Dadas las características tipográficas de los*
*mecanuscritos de ambas obras, todo parece indicar que*
*fueron escritas en la misma máquina y de manera pa-*
*ralela (comenzadas en la cárcel y terminadas a mitad*
*de los años sesenta), según el criterio de los catalogado-*
*res del Fons Manuel Vázquez Montalbán en la Biblio-*
*teca de Catalunya.*

*Resulta altamente significativo que el personaje cen-*
*tral que hila los poemas de* Science Fiction *se llame pre-*

cisamente *Admunsen, en las dos versiones que se conservan del mecanuscrito. Admunsen aparece en todos los poemas de la colección menos en uno, y adquiere diversos avatares. Es invocado normalmente en tercera persona, a veces en segunda, y en alguna ocasión aparece como protagonista o testigo observador. Se puede entender Admunsen como un* alter ego, *o un interlocutor de la voz poética principal, y tiene una función articular para el conjunto del poemario. Sin embargo, por motivos desconocidos, todas las referencias a Admunsen desaparecerán en la versión finalmente publicada, lo cual no deja de ser otro pequeño misterio.*

*Admunsen es descrito como un viajero explorador extranjero y el «último cosmonauta terrestre». De ahí quizá la elección del nombre, que sugiere a Roald Amundsen, el explorador noruego de los Polos Norte y Sur, y es posible que de aquí saltara a la novela. Admunsen viaja, explora, lucha, escribe, ama, hace publicidad, se desengaña y muere finalmente en un holocausto atómico (como le sucede a Enide en la novela). En el primer poema de la colección, titulado «Introito», no publicado en el libro, ya se anuncia la historia de Admunsen, de promesas no cumplidas, desencantos y eliotianas tierras baldías:*

Viejo pequeño planeta donde llegó la historia
poemática y poética del feroz Admunsen
que quiso ser piedra y solo fue hiedra

de un horizonte sin azoteas
     ni otros horizontes
sino el lento cementerio de vastas tierras muertas

*Admunsen escribe sus «papeles», poemas que solo serán leídos por el sujeto de la voz poética:*

Papeles todavía húmedos,
a veces releídos sobre las mesas de aluminio
en las cafeterías de la Vía Láctea

*En el poema «Epístola amatoria de Admunsen», que será retitulado en la versión impresa como «Correo sentimental. Respuesta a Enide», Admunsen es claramente un trasunto del caballero Erec, siguiendo el mito medieval de* Erec y Enide, *como se comentará más adelante. En la versión publicada, la epístola amatoria se reescribirá irónicamente como carta a un consultorio sentimental en el que el encabezamiento de la carta cambiará de «Enide» a «Hijita». Igualmente, en el poema titulado «Twist», que será retitulado «Hippie Blues» y cambiará las referencias al viejo ritmo del twist por el más contemporáneo* soul, *se identifica de nuevo a Admunsen con Erec: «el viejo Admunsen / que esperó el regreso de Yramín y perdió a Enide / junto al mar que nadie ha llorado». Del mismo modo, el poema titulado «Los trabajos de Admunsen» será retitulado como «Mo-*

*vimientos sin éxito» en la versión publicada. Al contrastar este poema con la historia del remoto novio australiano de Berta, la secretaria de Laarsen en* Los papeles de Admunsen, *se ilumina el significado del verso «Las muchachas fornicaban por correspondencia con granjeros australianos», que hasta ahora resultaba oscuro y enigmático.*

*Por otro lado, abundan en la novela los ejemplos de reciclaje textual. Así, una frase de Admunsen en la novela que combina lo poético y lo publicitario («Como en un* slogan *de publicidad sentimental, la lluvia lavaba más gris el horizonte»), reaparecerá como texto movedizo en otras obras del autor. El poema «Seaside», precisamente de* Science Fiction/Movimientos sin éxito, *además de referirse a plantaciones de flores en Escandinavia (y a las* luníes *extraterrestres de la novela) y de incluir textos de pancartas escritos en inglés (como su propio título), reitera esa misma frase de la novela: «las pancartas [...] / las lamerá / el otoño con un* slogan *de publicidad sentimental / la lluvia lava más gris el horizonte». Esta misma frase también reaparece en el poema «Visualizaciones sinópticas», contenido en* Manifiesto subnormal *y posteriormente incluido de forma retrospectiva en* Liquidación de restos de serie, *en la primera edición de 1986 de su* Memoria y deseo. Obra poética *(1963-2003). Igualmente, en el relato «Desde un alfiler a un elefante» (*Recordando a Dardé, *republicado en* Pigmalión*), rea-*

parece la temática de la *Feria de Muestras*, los constantes reclamos de la publicidad y el anuncio de una máquina de afeitar con la imagen del beso publicitario, superponiendo producto utilitario y erotismo. Se reitera irónicamente en el relato el eslogan «Afeitado con... Da gusto besar» que hace eco de la imagen publicitaria de Los papeles de Admunsen: «con el ojo fruncido de la muchacha besada en la portada que, pese al beso, decía: ser besada así da gusto». Son tan solo algunas muestras de la compleja red hipertextual que el autor desarrollará a lo largo de su carrera literaria y que tienen su punto de arranque en esta novela.

Un motivo especialmente importante en la novela y que tendrá gran transcendencia en la obra montalbaniana es la historia de Erec y Enide, cuyo origen se remonta al romance medieval de Chrétien de Troyes, Érec et Énide, adscrito a la materia de Bretaña. Es un tema que Vázquez Montalbán estudió en la universidad con el erudito medievalista Martín de Riquer y que le causó gran impacto, y que él mismo definió como «la gran metáfora del amor como aventura constante» (La literatura en la construcción de la ciudad democrática). En la historia artúrica original, las vidas de Erec y Enide transcurren entre la rutina y el aburrimiento de su nueva vida de casados hasta que Erec concibe un viaje para recuperar su honor de caballero y el amor y admiración de Enide, a la cual habrá de defender de los peligros y ataques *que la asaltan en el camino, sin que ella pueda avisarlo, y así probar su valor y caballerosidad. Sin embargo, Enide no se contenta con el silencio impuesto por Erec, y es gracias a sus avisos que consigue salvar la vida de Erec. La historia representa el mito de la recuperación del amor, la compasión por la fragilidad de la otra persona y la autocompasión por la propia fragilidad, y explora las relaciones y tensiones entre la realización personal y los valores sociales.*

*En esta novela de Vázquez Montalbán, Admunsen recrea en uno de sus escritos, titulado precisamente «Erec y Enide», la mítica historia de los amantes en clave contemporánea y subnormal: con «armadura de cheviot sobre la cota de* nylon*» y «perneras de poliéster» y una mezcla absurda de lo heroico y lo prosaico («¿hay apio para el caldo?»). Todo tiene lugar en un paisaje desolado por la guerra y la represión, con imágenes aterradoras, situaciones ilógicas e incongruentes, y diálogos absurdamente obsesivos y repetitivos. Destaca un ambiente de asepsia generalizada, represión y falta de realización que termina con una explosión apocalíptica. De manera metafórica, Admunsen e Ilsa también vienen a ocupar esos roles míticos, transpuestos a la realidad histórica de las luchas políticas de los años sesenta, y la temática de la solidaridad y el compromiso. Admunsen ha dejado de lado la lucha política activa tras la experiencia de la cárcel y se dedica a cuidar a su esposa en-*

*ferma. El protagonista se debate entre su actividad co-*
*mercial, la responsabilidad de ayuda a la causa y sus*
*tentativas literarias; entre la fidelidad, sus actos de*
*romanticismo y los escarceos sentimentales paralelos;*
*también entre un cierto idealismo quijotesco y su pesi-*
*mismo racional sobre la condición humana en una so-*
*ciedad violenta y deshumanizada. Son claramente ma-*
*los tiempos para la lírica y el choque entre la realidad*
*y el deseo no puede ser más fuerte que entre una ideali-*
*zada historia mítica de hazañas caballerescas y la rea-*
*lidad de una sociedad represiva y deprimente. En una*
*sección posterior de la novela, se hace explícito el para-*
*lelo entre ambas historias, cuando Admunsen vuelve a*
*imaginar de manera exaltada su retorno a casa como el*
*regreso de Erec a Enide, que se traduce en un deslucido*
*caballero que trae un prosaico muñeco de tómbola como*
*regalo, marcándose la gran distancia entre la realidad*
*y la imaginación, la vida y la literatura, y una marca-*
*da sensación de desencanto.*

    *El mito de Erec y Enide tendrá especial importancia*
*en la obra y en el pensamiento de Vázquez Montalbán,*
*como base narrativa y temática. En su* Cancionero ge-
*neral mencionaba que* Erec y Enide *representa «el naci-*
*miento de la narrativa europea», y en una entrevista*
*destacaba que en la leyenda artúrica se manifestaba «una*
*actitud romántica ante el compromiso, ante las relaciones*
*con los demás, una complicidad con la víctima, con el*

*perdedor» que produce la «codificación del héroe como un hombre que siente un compromiso con la víctima» (Colmeiro). La historia de Erec y Enide es también central, como hemos visto, en uno de los poemas de* Movimientos sin éxito *(«Correo sentimental. Respuesta a Enide»), y reaparece en* Crónica sentimental de España. *Esta historia artúrica es un mito que acompañó toda la carrera del autor, y que finalmente pudo desarrollar de manera plena en su última novela publicada en vida,* Erec y Enide. *En esta historia marcada por un contexto de desencanto histórico y finalidad tanto biográfica como literaria, se aboga por la necesidad de recuperar el idealismo perdido de la juventud.*

*Otros múltiples motivos que aparecerán como textos movedizos en diferentes obras del autor, como el mito de Prometeo o de Ulises, la búsqueda del «octavo día de la semana», el encuentro del amor ideal en el puerto, la alucinada locura del prisionero, el sintagma de morir al atardecer, o la ley de la «asepsia moral» tienen también su primera formulación en* Los papeles de Admunsen.

*Por otro lado, la novela ofrece un variado juego de citas intertextuales, como será también marca del autor en el futuro. La lista de referencias culturales es extensa y heterogénea, mezclando cultura elevada y cultura popular, como también es característica de la formación del autor. Los escritores y pensadores mencionados o citados explícitamente son numerosos, especialmente los autores* contemporáneos: *Sartre, Camus, Gramsci, Pavese, Della Volpe, Lucáks, Brecht, Neruda, Aragon, Lefevbre, Trilling, Ostrovsky,* los economistas *Rostow* y *Galbraith,* los filósofos *Hegel, Engels* y *Husserl,* además de *Ibsen, Browning, Dostoievski, Shakespeare* y los autores clásicos *Homero, Virgilio, Píndaro, Catulo* y *Séneca.*

De entre todos ellos, la figura de Sartre tiene un papel especialmente importante, como modelo de intelectual marxista y referente del existencialismo. Aparece en la novela una máxima de Sartre que se va a repetir con frecuencia en la obra del autor: *la muerte es obscena y reaccionaria.* Sartre es también el protagonista de una surrealista sección de la novela, «Los argelinos y los Sartres», en la que el filósofo aparece representado desde una óptica irónica y subnormal como el gran gurú intelectual de posguerra, convertido en mercancía cultural, y subrayando la diferencia entre el modelo y las copias. Otra influencia importante en su obra es la literatura italiana de posguerra, que el autor llegó a conocer bien a través de su amiga Hado Lyria, y que incluso ya había traducido. La sombra en particular de Pavese y Gramsci en la novela también es alargada, ambos escritores marxistas que escribieron desde la cárcel, y se puede decir que sirvieron de guías espirituales.

Otras variadísimas referencias literarias aludidas indirectamente incluyen a Chrétien de Troyes, Cervantes, Ramón de Campoamor, T. S. Eliot, Ramón J. Sender,

*Blas de Otero, Jaime Gil de Biedma e incluso una larga cita no acreditada del pensador alemán Theodor Adorno, como se comenta en las notas.* Y en otro giro metaficcional, los propios protagonistas, Admunsen e Ilsa, se ven a sí mismos como personajes de la novela de Lionel Trilling, A la mitad del camino, *o de una obra de Ibsen.*

*Son también numerosas en la novela las referencias de la cultura popular, especialmente de la canción y el cine. Se mencionan varios cantantes de lengua francesa como Léo Ferré, Jacques Brel, Charles Aznavour y Sacha Distel, canciones emblemáticas de guerra y posguerra como «Lili Marleen», «Balada de los ahorcados» y «Remember When», y varios himnos revolucionarios. Igualmente se alude a las películas* De aquí a la eternidad *y* La dolce vita, *al cine de Antonioni, y a míticos actores de cine hollywoodiense como James Dean, Montgomery Clift o Yul Brinner, y actrices europeas como Monica Vitti, Sofía Loren, Brigitte Bardot, Gina Lollobrigida y Claudia Cardinale. Como vemos, la mitología popular de la cultura audiovisual de la época ocupa una parte importante del* collage *montalbaniano, en permanente relación con la cultura elevada, ilustrando la célebre* boutade *repetida frecuentemente por el autor de que toda la filosofía existencialista de Pavese contenida en* El oficio de vivir *se puede ver resumida en dos versos de una canción de Antonio Machín: «Se vive solamente una vez, / hay que aprender a querer y a vivir».*

*En definitiva,* Los papeles de Admunsen *constituye una auténtica cápsula del tiempo que nos ofrece una visión única y personal tanto del momento histórico y el contexto cultural de los años sesenta, un momento pretransicional que ya dejaba entrever lo que se les venía encima, como del despegue de la gran carrera narrativa del autor que ya se anuncia. En ese sentido, la novela nos ofrece una extraordinaria radiografía cultural y una ventana abierta al futuro.*

## Sobre esta edición

*En la presente edición se han respetado, por lo general, las idiosincrasias del manuscrito original, realizándose las correcciones habituales de erratas, deslices y puntuación, y adecuando la ortografía a las normas vigentes en la actualidad. Las abundantes palabras extranjeras empleadas (slogan, rouge, filmlet, bungalow, nylon, stand, gin, etc.) se han mantenido como en el original, precisamente como marcas de buscada extranjeridad que responden a una nueva realidad caracterizada por la importación de usos y productos foráneos en esos años de apoteosis desarrollista. De igual manera, se han mantenido las peculiaridades en el lenguaje como marcas lingüísticas de una época. Se han seguido las correcciones e indicaciones realizadas a mano por el autor sobre el me-*

canuscrito en cuestiones de estilo, cambios definitivos de nombres de personajes (*Elisa> Ilsa; Martin> Mateo*), así como frases y párrafos eliminados.

Quisiera reconocer la amable disposición del personal del archivo de la Biblioteca de Catalunya para la realización de este proyecto, la labor de mi asistente de investigación, Azariah Alfante, en su ayuda con la transcripción, y al generoso apoyo prestado por la Universidad de Auckland. También quisiera agradecer la inestimable ayuda de Rosa Regàs, Georges Tyras, Sergio García García y Estefanía Martín. Por último, debo manifestar mi enorme agradecimiento a la editorial Navona y a los herederos de Manuel Vázquez Montalbán por la confianza depositada en mí para la realización de este proyecto editorial, que es verdaderamente el sueño de un investigador.

JOSÉ COLMEIRO

# LOS PAPELES DE ADMUNSEN

# Primeros papeles

Yo quería ahorrarle inútiles preocupaciones. Por eso le había ocultado durante todos estos días pasados las incidencias de mis relaciones profesionales con Laarsen y con Bird's, el lubrificante que es a la vida de los motores lo que la jalea real a la de los hombres. Pero Ilsa las había adivinado a través de mis largos paseos por el piso, las horas y horas muertas al lado de la cama, el silencio de la máquina de escribir sobre el portador metálico. Hoy ha comentado extrañada todos esos síntomas y se ha quejado de mi silencio. La discusión la ha ido entristeciendo otra vez más y finalmente dos lágrimas a punto de desprenderse le han hecho volver la cara hacia el ventanal. Le he acariciado las mejillas y de improviso me ha besado la palma de una mano.

—Tengo ganas de que no tengas que hacer esas odiosas campañas de publicidad. Escribe... Hace meses que no intentas nada.

He compuesto un bonito discurso de disculpa. Nunca se cansa de oírlo y lo he repetido con cierta periodicidad a lo largo de nuestros cinco años de matrimonio. Nunca queda convencida, pero sirve para que busque urgentemente otro tema de conversación.

Hoy se ha quedado más triste que otras veces. He permanecido sentado al lado de la cama mucho rato, con una mano suya entre las mías. Poco a poco su brazo ha ido quedando inerte y por fin se ha dormido. Ilsa tiene el sueño ligero y la penumbra del crespúsculo me ha hecho caminar receloso hasta el ventanal. El rincón del parque estaba como cada día, como ha estado siempre. He recordado aquellos dos años en los que evocar este rincón se asociaba con la imagen de esta alcoba, de la ausente Ilsa, de toda la tristeza por la vida que perdíamos. Después todo ha adquirido un cierto aire rutinario; incluso la tristeza que nos invade cuando mencionamos algo referente a todo aquello también es rutinaria; una manera más de comportarnos ante un estímulo muy percibido.

Pero hoy era un poco distinto. Ilsa está en cama desde hace unos meses y, aunque ya se acerca el fin de su postración, se han acumulado los días y las impaciencias constantes. Ilsa se consume lentamente. Casi me da angustia tocarla, tan frágil me parece. Por otra parte, la imagen de Laarsen y su maldito producto me producen cierta desazón.

Desde mi prestación a las campañas publicitarias de las pastas para sopa Raid había estado varias semanas sin trabajo. Arturo me proporcionó una tarjeta de recomendación. Ni siquiera la escogió. Era la primera del montoncillo que llenaba un compartimiento de su billetero.

—¿Queda bien así? No te quejarás.

No podía quejarme. «Técnico publicitario»... «Gran amigo mío»... «Competente»... «Atiéndalo como si de mí se tratase». Las entrevistas con el señor Laarsen fueron poco propicias al principio.

—¿Arturo? Gran chico. Mucha vista..., mucha... ¿Quién hubiera dicho que su sistema de mueble aplicado cuajaría? ¿Eh? Estos jóvenes pitan. Ya era hora. Ideas. Nuevas ideas. Eso es lo importante, ¿no?

Yo le iba contestando que sí; con ese sí mecánico y silencioso que mi cuello ha aprendido a hacer con suma destreza y discreción. Idéntico gesto he compuesto ante las sucesivas correcciones que Laarsen ha ido formalizando contra mi proyecto de lanzamiento de Bird's, el lubrificante que es a la vida de los motores lo que la jalea real a la vida de los hombres.

—Abusa usted de los datos, Admunsen. Impacto, impacto. Todo el proyecto de montaje del stand en la Feria de Muestras carece de..., eso es..., agilidad.

Por fin nos hemos puesto de acuerdo últimamente. Esta mañana, por ejemplo, la coincidencia no ha podido ser más total. Laarsen ha estado toda la mañana prodigándome elogios y me ha retenido a su lado hasta las primeras horas de la tarde. No parecía tener prisa. Le he pedido permiso para usar el teléfono y su asombro por mi pregunta ha constituido una afirmación absoluta y campechana. Yo telefoneaba a casa de mis padres y mientras esperaba una voz al otro lado del hilo he alargado el cuello para descifrar las anotaciones que Laarsen hacía sobre mis bocetos. Luego he explicado a mi madre la conveniencia de que bien ella o la madre de Ilsa fueran a nuestro piso para prepararle la comida que yo ya había dejado comprada ayer por la tarde. Le he dicho también que besara a Ilsa de mi parte, bajando un tanto la voz, pero Laarsen lo ha oído porque ha levantado la cabeza y me ha sonreído, cómplice.

—¿Algún asuntillo?

—No. No. Mi esposa.

—¡Ah! Es verdad. ¿Sigue bien? Es decir, ¿está mejor?

—Sí. Mucho mejor. Ya...

Pero Laarsen se desparramaba sobre su silla giratoria y clavaba en mí sus ojos pequeños y sonrientes, bajo las cejas canosas.

—Esto va mucho mejor, Admunsen. Los slogan*s* pueden utilizarse casi todos: «Bird's en su coche, un coche para toda la vida», me encanta.

—Este slogan, señor Laarsen, sirve para revistas de mecánica aplicada, revistas de divulgación no muy caras... En fin, para propietarios del único coche de su vida. Un coche utilitario. O de camionetas de transporte, ¿comprende?

—Bien visto. En cambio: «Bird's acorta las distancias» es para otra clase de consumidor y «Con Bird's su coche será envidiado», «¡Alto! ¡Pasa Bird's!»... Bien. Bien. Las cuñas radiofónicas también bien, y las televisivas. Lo que hemos de acabar de fijar es lo del stand de la feria. Pero no es cosa de hoy. ¿Querrá creer que todavía no nos han confirmado los metros cuadrados que pedimos en el palacio número dos?

Laarsen enlazó los dedos sobre su abdomen y cabeceó para alejar un mosquito. El mosquito permaneció unos segundos curioseando la invisibilidad de las hélices del ventilador y decidió zambullirse en sus vueltas.

—¿Quiere usted tomar algo?

—No. No.

—¿Un Campari? ¿Vermut? En un momento nos lo traen.

Laarsen apretó con el pie un timbre y la puerta de su despacho forrado de cuero hasta media pared se abrió. La secretaria con medias Zenith, *rouge* Loca, tinte de pelo Zodiaco y busto propio, se presentó con el carraspeo de otros días y el «¿Me llamaba?» insuficiente de voz. Laarsen encargó un Campari para mí tras interrogarme con la mirada y dar mi vacilación por respuesta.

—Y para mí un jerez. Traiga algunos canapés, ya sabe usted. Más o menos como otras veces. Conoce bien mis gustos. ¿Son los suyos, Admunsen?

—¡Oh, sí, sí! Desde luego.

—No, si no quiere...

—¡Oh! Sí, sí... No faltaba...

Laarsen cerró los ojos en un utilísimo gesto que despedía a la secretaria, ratificaba complacido nuestra similitud de gustos y mostraba su satisfacción por una mañana bien aprovechada. La secretaria desapareció y Laarsen se pasó la mano por la calva cercada por el pelillo gris de los parietales, indicándome con la otra mano su deseo de que me aproximara a la mesa.

—¿Me puede tararear usted esa melodía que servirá de sintonía para las cuñas radiofónicas?

Me puse serio, miré fijamente hacia un ángulo de la habitación donde los cristales abotonaban trabajosamente sobre las estanterías los tomos de información comercial y comencé a silbar «Siempre hace buen tiempo».[1] Laarsen seguía la melodía con los dedos peludos y gruesos tamborileando sobre el vidrio que cubría la imponente mesa.

—Me parece bien. Muy oída. Pero no me importa. La melodía de las cuñas televisivas ha de ser más..., cómo le diría yo..., ligera, pícara. ¿Cómo hace?

Le silbé «¿Qué tiempo hace en París?» y «Torrente».[2]

—Muy tristona la primera.

—Son cuñas de sobremesa. Es algo más bien apacible. Recordará al matrimonio o a la familia el verano pasado, las carreteras, la posibilidad de unas vacaciones, el cochecito, Bird's.

—Sí. Sí. No está mal. Bueno. Como ya escucharé las pruebas en cinta magnetofónica, aplazo mi opinión definitiva. Lo que he observado es que usted critica algo los dibujos...

—Los noto descentrados. Este, por ejemplo, es demasiado descriptivo para una revista de modas y este, en cambio, es excesivamente alegórico para una revista de motores a explosión. Los destinados a la prensa diaria me parecen correctos.

Laarsen dio varias vueltas a una de las fotografías de los diseños.

—En fin. De momento parece que vamos por buen camino.

Y al decir esto levantó bruscamente la cabeza hacia mí y me enfrenté a su sonrisa abierta y fija durante unos segundos. Por fin se relajaron sus mejillas y la magnífica dentadura postiza desapareció detrás de los labios violáceos. Llevó una mano hasta el bolsillo superior de la chaqueta y acarició la punta del pañuelito de seda azul con topos rojos mientras volvía a mirar las fotografías.

—Guapa chica, ¿eh? Está pero que muy buena.

Me miraba interrogativamente y asentí. La muchacha aparecía en la fotografía mirándose las medias, curiosidad que no terminaba en las rodillas, sino que precisaba el alzamiento de las faldas y la satisfecha comprobación de la calidad de la malla sobre los muslos. A unos metros estaba un coche aparcado y un pícaro otoñal de buen ver sacaba la cabeza por la ventanilla, guiñaba el ojo al espectador y exclamaba:

¡Suave! ¡Como Bird's!

—Bien escogida, Admunsen. Bien. Tiene mucha gracia. Esta foto ampliada como fondo de nuestro stand en la feria conseguirá un magnífico aspecto.

Laarsen retiró las fotografías hacia delante y meditó algún tiempo antes de hablarme.

—Se le ve a usted poco por todas partes, Admunsen.

—Salgo poco.

—Hace usted mal. Muy mal. ¿Por qué no se pasa algunas mañanas por el Pequeño Salón? Allí nos vemos muchos amigos. Gente con talento y con poder. Tendría usted magníficas oportunidades. Ya ve. La concesión de la publicidad de Bird's la obtuve allí. Usted se encontraría un poco desplazado. ¿Qué edad tiene?

—Veintiocho años.

—¡Huy! Mucho antes empecé yo. Claro que eran otros tiempos. Más fáciles... Sí. Pese a lo que se diga, más fáciles. Se lo digo yo a usted y sé lo que me digo. El que era listo sacaba partido. ¿Comprende? Diez años bien aprovechados. Pero ahora también hay campo abierto para la juventud. Si yo pudiera coger su edad.

Laarsen regresó los ojos nostálgicos hacia la mesa.

—Y a esta preciosidad.

Deslicé la mirada por las paredes forradas de cuero y la biblioteca repleta de libros impersonales: dietarios, colección de *Razas Humanas*, *El hombre de negocios*...

—Inmediatamente pondré todo esto en marcha. Dentro de dos días iniciaremos la campaña y el stand de la feria debe estar ultimado en esta semana. A ver si a última hora fallan los del filmlet. Y usted, Admunsen. ¿Qué me dice de usted mismo?

—¿Yo?

—¿Por qué no presta sus servicios de una manera regular, aquí en la agencia, por la mañana...?

—Mi esposa...

—¡Ah! Ya. Lo olvidaba. Pero después. ¿No le interesaría? Una situación como la suya no la he respetado en ningún otro. La agencia tiene porvenir. Esto de Bird's la ratificará. No cabe duda.

Entonces penetró la secretaria en el despacho y Laarsen acogió con una sonrisa la policromía de las tapas en los platillos azules. Me señaló el sofá y me senté a unos palmos de la mesa, alargando los dedos en cuya punta se sostenía el palillo, selectivo. Laarsen impidió la retirada de la secretaria.

—Berta, siéntese. Se lo pido por favor. Tome algo con nosotros. Es la mejor mecanógrafa del mundo, Admunsen.

Me apresuré a ceder el sofá a la sonriente Berta. Fui a por una de las sillas alineadas a lo largo de la pared y al regresar con ella Berta ya había cruzado las piernas, dejado los lentes ahumados sobre la mesa, comido una aceituna rellena y pinchado una almeja que goteaba implacable sobre el platillo ante la mirada interesadísima de Laarsen, que intuitivamente apartaba las carpetas del derredor.

—¡Ah! Berta. ¡Berta! Ya la conocerá usted, Admunsen. Ya la irá conociendo. No adivinaría usted nunca de qué nacionalidad es su novio.

Berta emitió una risita de familiaridad con la futura broma del señor Laarsen.

—¿Americano?

—No. No. Más raro. Berta es una chica muy imaginativa.

—Bantú, ¿acaso?

Reí mi broma, con cierta discreción.

—Mi novio es australiano.

—Y por correspondencia. Dígalo todo, mujer, dígalo todo.

Berta y Laarsen iniciaron un dueto de risas que yo coreé perdiendo la oportunidad de masticar la almeja que colgaba peligrosamente del palillo despuntado.

—A mí me gustan estas cosas.

Y Laarsen alargó y abrió los brazos intentando abarcar todos los contenidos en la habitación. Por lo que dijo a continuación sobre nosotros y el trato cordial adiviné que las «cosas» eran las tertulias con los subordinados, la comunicación humana. El contenido de los platos desaparecía al socaire de nuestras miradas y nuestros silencios, cada vez más largos. Laarsen se bebió dos copas de jerez y yo repetí mi Campari. Berta optó por el jerez y solo consumió media copa.

—A mí las almejas me encantan.

Y rítmicamente bajaba y subía la cabeza, miraba ahora a uno ahora a otro y con las manos se estiraba la falda sobre las rodillas. Contagiado, afirmé dos o tres veces y Laarsen rio satisfecho. Repentinamente, ojeó su reloj y se golpeó la frente con la punta de los dedos.

—¡Dios mío! ¡Qué hora es ya! Tendrán que disculparme. Había olvidado una cita.

Miré el reloj y cabeceé contrariado por la contrariedad de Laarsen. Se puso en pie, engulló el último canapé de caviar y nos invitó a proseguir sin su presencia.

—¡Oh, no! Desde luego que no —dijo rápidamente Berta.

Yo añadí que también tenía prisa y Laarsen, mientras se abotonaba el chaleco y la chaqueta, musitó «Como quieran» varias veces. Me tendió una mano y ante la interrogación que le planteaba mi otra mano que señalaba las cuartillas derramadas sobre la mesa, me observó perplejo...

—Ah. Sí. Vuelva dentro de dos días. Trabaje sobre todo lo de la Feria de Muestras. Es la piedra de toque. La materialización. ¿Entiende? Ya está casi bien, pero falta un..., ¿eh? Bueno.

Laarsen salió del despacho y yo cedí el paso a Berta. Accedimos al despacho colectivo, donde un par de empleados aguardaban de pie, con los brazos cruzados y ademanes impacientes que diluyeron al vernos salir. Perdí de vista a Laarsen y me encontré a pleno sol, a las dos y media de la tarde, semivacío el bulevar bajo los plátanos. El aperitivo me había aguzado el apetito y descendí sin prisa hacia las callejas traseras de la Jefatura de Policía. La ciudad estaba comiendo y el sol, excesivamente intenso para mayo, me hacía buscar la sombra de los árboles o los balcones. Escogí una cafetería que había sido nueva pero que desperezaba ahora un toldo descolorido y extendía sobre la acera sillas metálicas de esmalte desconchado.

Engullí el consomé y el bistec con champiñones en poco tiempo. La camarera tenía el cutis morenito, los ojos negros y los labios de un *rouge* subido. Su cuerpo abundante pero elástico me atraía. Miré mi rostro en el espejo que respaldaba toda la botellería alineada sobre una estantería forrada de plástico y puse la mano sobre mis cabellos, intentando cubrir algo las entradas escandalosas y la coronilla despoblada como en una tonsura. La camarera se acodó sobre el mostrador y con la cara entre las manos seguía los movimientos de algunos transeúntes que descendían hacia la avenida. Reclamé su atención para pedirle una botella de vino helado. La trajo y corté su movimiento espontáneo de llenarme el vaso.

Inicié un tema de conversación convencional: el trabajo, los clientes escasos.

—Ya es raro. Viene gente. Antes de entrar usted he llegado a tener quince clientes en la barra.

La muchacha sonreía y sus dientes blancos e iguales se rompían de una manera casi imperceptible en la punta del incisivo derecho. Debió de notar la constancia de mi observación porque encontró mis ojos con los suyos y me envió una lejana ráfaga irónica. Bajé los ojos hacia el vaso y aplasté la mano contra el cristal vaporoso por el frío. La botella medió en unos minutos y entre tanto la cintura de la camarera, a la altura del mostrador, parecía tensa y perfectamente ajustada sobre las caderas redondas y macizas. Notaba una cierta sensación de deseo y la imagen de Ilsa se me impuso como un borrón de sábanas blancas y aromas del parque. La botella de vino terminó y me consideré lo suficientemente bebido como para hacer sonar los dedos, señalar la botella y hacer un vuelo con la mano.

—¿Otra?

Asentí con la cabeza y me observé nuevamente en el espejo. Recordaba mi sensación de adolescente borracho ante el mundo ya entreabierto; aquella potencia súbita en mis hombros; la falsa ligereza de las piernas; la elasticidad de la lengua y las ideas. Ahora, en cambio, habitualmente mis borracheras desembocan en carga erótica o modorra. Pero urgía seguir bebiendo, por la mera necesidad de conseguir un estado distinto. Los ruidos comenzaron a remontarse, parecía como si colgaran del techo, y el sabor fresco y agrio del vino se me cebó en el olfato. La camarera paseaba indolentemente detrás de la barrera y alguna que otra vez miraba hacia mí con la más completa indiferencia. A medio terminar la botella le pedí por señas la cuenta y pagué con billetes arrugados sacados del bolsillo del pantalón.

—¿Qué buscas con no guardar el dinero en un billetero? ¿Escapar a la sensación de burgués?

Sonreí por el recuerdo de las palabras de Ilsa y distraído dejé caer un billete y descendió pausadamente hasta el suelo regado de servilletas de papel y colillas. Me agaché y al levantarme topé con la sonrisa divertida y animal de la camarera, complacida por mi esfuerzo grotesco.

Me devolvió el cambio. Dejé la propina en el platillo de baquelita.

El «gracias, señor» de la muchacha pareció engancharse en el ruido de la caja registradora mientras yo empuñaba el abridor de la puerta con decisión. Los ruidos de la calle me llegaron lejanos, casi extraterrenos. Me limpié con una manga el sudor de la frente y anduve calle abajo con una sensación opresiva en los oídos. Disponía de tiempo para dar una vuelta, para detenerme ante cualquier centro de interés. Recordaba lo maravillosa que me resultaba aquella sensación años atrás, cuando del brazo de Ilsa recorría los paisajes urbanos, aplazados luego durante dos años.

Y luego, ya en casa, un ligero dolor de cabeza era todo el resto de las primeras horas de la tarde. Después de la discusión con Ilsa, el parque anochecido y la brisa que huele a magnolias me han despejado totalmente. Me he apartado de la ventana, he ido hacia el despacho y he colocado ruidosamente una cuartilla en la máquina. Después han pasado lentamente los minutos y un cigarrillo se encendía con el que se consumía, y así una y otra vez. Finalmente he apagado la luz. El monte, enfrente de la ventana del despacho, se envolvía de noche y de lucerío de las carreteras que reptan por su falda. Entre él y yo, la ciudad, en la hondonada; ruidos lejanos y, más próximo, el rumor de las hojas del parque, exprimidas por el viento. Es el paisaje que sigue a todas las horas de frustración ante esta máquina de escribir.

Ilsa dormía. Inconscientemente había bajado la sábana hasta la cintura y el pecho subía y bajaba en la penumbra. La melena se esparcía por la almohada y he reagrupado sus cabellos en torno del cuello delgado y blanco. Los pequeños labios pálidos de Ilsa estaban entreabiertos y una leve sonrisa animaba su cara, levemente brillante por el sudor.

El reloj me advertía que había llegado la hora de prepararle la cena, pero Ilsa estaba excesivamente desvalida para que la dejara sola y todo el tiempo que he seguido a su lado lo he invertido en imaginar batallas imposibles con dragones: Ilsa derrumbada en tierra por el miedo y los sollozos y yo enfrentado al monstruo con la eficaz arma de una máquina de escribir que crujía sobre su piel viscosa y acartonada.

Ayer noche las cosas se arreglaron. Herví el arroz con un grano de ajo y una ramita de perejil; lo pasé al escurridor, donde lo rocié con agua fría y después lo mezclé con el aceite donde se freían trocitos de jamón y ajo picado. Vertí el arroz en una taza y la aboqué en un plato. La semiesfera de arroz recibió posteriormente la salsa de tomate y trabajosamente conseguí que el huevo frito quedara en la cima con la yema temblona pero intacta. Los pimientos y las sardinas se asaban en tanto a fuego lento e Ilsa misma abrió la luz al despertarla el ruido de mi rodilla contra la puerta. Dejé la bandeja en el taburete tapizado del tocador y presencié los movimientos de Ilsa para incorporarse, su mueca de satisfacción cuando se apoyó sobre las dos almohadas que amontoné tras su espalda. Contempló la bandeja y me sonrió.

—Perfecto.

Mientras Ilsa comía el arroz regresé a la cocina y comprobé que los pimientos y las sardinas estaban ya asados. Ilsa alargó el cuello para ver el contenido del plato que le traía y sonrió satisfecha. Hizo un alto en la masticación del arroz rojo y gualda por el huevo y el tomate y cogió una de mis manos. Me atraía hacia la cama y opté por sentarme junto a ella. Durante algunos minutos me cogía la mano con su derecha e intentaba acercar el arroz a la boca con la cuchara que sostenía su izquierda.

—¿No has aprendido todavía a comer? ¿Quieres que te lo dé yo?

Ilsa contestó que sí y me entregó la cuchara. Me temblaba el pulso e Ilsa preguntó si había vuelto a beber. Vi las arrugas de su entrecejo y me acerqué aún más para echarle una bocanada de aliento a la cara.

—¡Cochino! Apestas a tabaco.

Compuse un estudiado ademán de niño cogido en falta y me debió de salir bien porque Ilsa tuvo que llevarse una mano a la boca para impedir que el acceso de risa precipitase la comida fuera de sus labios.

Hojeé el libro que Ilsa estaba leyendo y en el que había colocado como punto su lima para las uñas. Hice un comentario satírico. Se tomó la discusión en serio y cuando me eché a reír me miró escrutadora y advertí que estaba a punto de enfadarse.

—Podrías tomarte en serio alguna discusión conmigo.

—No tengo el menor interés.

—¿Por qué?

—Porque tienes la cara excesivamente pequeña para discutir conmigo.

Me llamó cabezota. Realizó agudas reflexiones sobre las cabezas grandes y la necesidad de vastos almacenes cerebrales para sustancia gris aserrinada. Le dije que insultos de aquella especie eran inadmisibles y fingí dar varias vueltas a la habitación hablando en voz alta y despotricando contra ella, pero como si no me estuviera oyendo. Ilsa, en tanto, partía el pimiento y se lo iba comiendo sin abandonar la sonrisa divertida. De vez en cuando me arrojaba migas de pan amasadas y cuando terminó de comer, la servilleta.

Recogí la bandeja fingiendo una seriedad extrema e Ilsa rodeó mi cuello con sus brazos y me besó largo rato. No me molestó aquel beso con remoto sabor a pimiento y sardina.

—¿Ya intentas seducirme?

—La falta que me haces, hijo.

Dejé en la cocina todos los cacharros y al regresar sorprendí a Ilsa ensimismada en la contemplación a través del ventanal de las aristas de los palacios del parque, la fronda de la vegetación confusa y lechosa bajo la luna. Apartó sus piernas bajo las sábanas para dejarme sitio. Sentí la dureza de la tabla que ocupaba medio somier, el correspondiente a Ilsa, y le pregunté por enésima vez si le molestaba mucho la madera.

—Ya estoy acostumbrada.

Apagué la luz cenital y recuperé mi sitio, iluminada la habitación solamente por la lamparilla de la mesilla de noche.

—Dime. ¿Qué haces? ¿Qué preparas? Hace semanas que no me enseñas nada. ¿Cómo te ha ido eso del lubrificante? Es asqueroso ocuparse de esas cosas, ¿no?

—Según como se mire. Yo siempre he creído que trabajar ya era asqueroso. Un buen pino. Eso es lo bueno.

—Y una botella de ginebra.

—Ya que lo complicas tanto..., y tú.

—¿Yo soy una complicación?

—Como todo, señora. Abogo por una bolsa fetal colectiva artificial. Juguitos bien calientes y a vegetar.

—Háblame en serio. ¿Te molesta mucho lo del lubrificante?

—Puedo soportarlo.

—Explícame.

—¿Qué?

—Cosas, cosas de la porquería esa. ¿Qué has dicho de ella?

—Primero. Que es una necesidad artificial, claro exponente de la anarquía que puede crear en el mercado una producción cimentada en la libertad de iniciativa privada.

—¿No podrás hablarme nunca en serio?

—No te enfades. Bien, va en serio. ¿Sabes de dónde sale Bird's, el nunca visto Bird's, el prodigioso Bird's?

—¿De dónde?

—Durante muchos años, los norteamericanos se han preguntado: ¿por qué los rusos llegan antes y a todas partes de la galaxia? Los valores occidentales están con nosotros y, sin embargo, ellos llegan antes. Científicos educados según el cientifismo occidental no sabían dar la respuesta. Entonces contrataron los servicios de los dos comunistas oficiales norteamericanos: un especialista en Jefferson que daba clases particulares sobre

Jefferson y un descargador del puerto de Cleveland. Ambos emitieron un veredicto idéntico, que Gallup apuntó en una libretita. Simplemente, los rusos aplican el sistema materialista dialéctico para todo, y para fabricar el lubricante de los Sputniks, también.

—¡Te he dicho que me hablaras en serio!

—¿Más en serio? ¿No captas detrás de todo lo que te he dicho la crisis del siglo xx? Yo esto lo he vivido de cerca y sé cómo va. ¿Quién te crees que traza conmigo los planes publicitarios de Bird's? La CIA, sí, señora, no te rías, la CIA, el Departamento de Estado. Interesa que la burguesía de toda la tierra se sienta satisfecha de sus coches, interesa que Bird's llegue a todas partes. Bird's es el lubrificante de la paz social.

—Ya tienes un slogan.

—No puedo utilizarlo. Los verdaderos motivos son secretos de Estado. ¿Por qué crees que se prolongan las discusiones con Laarsen? Sigo la historia. Pues bien. Consiguieron los hábiles agentes de la CIA que un científico de pueblo, una aldehuela cercana a Vladivostok...

—¿No podía ser más lejos?

—No. Allí fue..., bien. Pues consiguieron que escogiera la libertad y cruzara el estrecho de Bering dentro de una caja de galletas, la única caja de galletas de la aldea, naturalmente colectiva. ¿Debo hacerte consideraciones sobre la odisea de este hombre ejemplar? Claro que lo escoltaba la Séptima Flota para impedir que Rusia le lanzara una bomba atómica. Pues, Ilsa, maravíllate, el científico les aplica el método materialista dialéctico y ¡zas!: Bird's. Desde entonces, las luchas espaciales se han igualado mucho y ahora la aplicación de Bird's como lubrificante de consumo traerá la felicidad a todas las carreteras del mundo.

—Buena historia publicitaria.

—Laarsen no es de la misma opinión.

—¿Por qué no dejas todo eso de la publicidad? Da clases. Cuando yo me levante, daré. Podrías dedicarte a escribir. ¿Y tu proyecto de la obra de teatro? Gustav te animaba mucho. ¿Recuerdas? ¿Cuándo has de ir a ensayar?

—Quedamos en que me avisarían.

—Prométeme que lo intentarás otra vez.

—Lo prometo.

—Llevas dos años con aquel proyecto. Ya me hablabas de él antes incluso. En tus cartas desde allí dentro. ¿Recuerdas? Decías que estabas animado porque habías encauzado bien el tema y luego no has hecho nada.

—¿Te consta que puede salirme bien?

—Te envilecen esas porquerías de Bird's. Páginas y páginas hablando de hornillos eléctricos, pomadas...

—Mucha gente está en iguales condiciones. Incluso ocupaciones más mecánicas, y hacen otras cosas. No me veo capaz. Tal vez no sirva o todo se deba a un ramalazo de mal tiempo.

—Dura demasiado ya.

—No nos quejemos. ¿Recuerdas aquellos dos años? Decíamos que en el futuro bastaría estar juntos para sentir satisfechas nuestras necesidades. Nos vemos. No pido más.

—Desde hace meses siempre aquí... Cada día el mismo fondo. Cuando me levante todo volverá a la normalidad.

—¿La normalidad? Imposible. Quiero proseguir mi ruta viajera, de aventurero indomable. Precisamente he recibido una carta desde Manaos. Me ha escrito un socio que tuve hace..., ya he perdido la cuenta de los años, mi querida lady Ilsa. Recuerdo, eso sí, que nos asociamos para cacerías de pieles por las selvas de América, del Alto Amazonas. Mi socio reclama mi vuelta. No. No te rías.

»Mi etapa de cazador de pieles fue muy fugaz. Me vino impuesta por las circunstancias. Yo, como ya te expliqué hace tiempo, había desempeñado un papel muy importante en un golpe de Estado en Guatemala. Varios días estuve pegando tiros, viviendo agazapado, huyendo... La cosa salió mal y pedí asilo político en una embajada. Nadie me hacía caso. ¿Revolucionario en Guatemala? ¿Europeo? Un aventurero. Eso es lo que usted es, me decían. Por si fuera poco, la Interpol les pasó mi ficha. Aquello fue definitivo.

—¿Por qué?

—Allí, lady Ilsa, estaba todo escrito, como en el libro que traerá el juez supremo. Ya verás, ya. Y allí decían que yo había sido el asesino de Trotski.[3]

—¿De Trotski también, Admunsen?

—Sí. Fui yo, Ilsa. ¿Me lo perdonarás algún día? Además, he sido uno de los factores decisivos de la Revolución china, indochina... Ya sabes cómo han ido las cosas estos últimos años.

—Bien. Tuviste que huir a Brasil por la selva, ¿no?

—La selva. Como en las películas, pero más cercana. ¿De qué te ríes? Mira. En la selva solo hay un animal simpático: el colibrí. Es de varios colores y tiene un plumaje sedoso. Canta muy bien y se hace amigo de los aborígenes de buen corazón. Yo tenía un colibrí que se murió en alta mar cuando regresaba a Europa. Le llamaba Pepito y me tenía muy bien conceptuado.

—¿Cómo lo sabes?

—El colibrí mira de reojo a la gente que desprecia y me miraba muy de frente.

El silencio que siguió a mi descripción de las cualidades morales del colibrí lo rompió Ilsa conectando el transistor.

—Puedes seguir hablando. Es que no sabía dónde meter las manos.

—No te preocupes.

—Háblame del colibrí, anda.

—Ya está casi todo dicho.

—Y de tu socio.

—Mi socio, curioso tipo. Era un libanés. Por cierto, ¿has estado en el Líbano?

—No recuerdo.

—Gran país. Yo estuve allí cuando tuve que salir por piernas de Israel tras el asunto del sabotaje al Hotel Rey David.[4] Pero no divaguemos. Mi socio era libanés.

—Se llamaba Mohamed, ¿verdad?

—¡Asombroso! ¿Cómo lo has adivinado?

—No sé. Me suena de algo.

—Mohamed. Eso es. Estaba casado en todas las ciudades de la tierra. «Lorenzo», yo en Brasil me hacía llamar Lorenzo porque en Guatemala me hacía llamar Raúl Benavides, «aprende a vivir», me decía. «Yo me he casado según todos los ritos y me he divorciado por todos también, y siempre de la misma manera. Desapareciendo una buena mañana. ¿Imaginas mi vejez? Adorado por una cincuentena de hijos y en todos los idiomas».

—¿No te llamaban a ti «el fornicador del Caribe»?

—Pero esa es una historia que ya te conté... Mi socio era un hombre de baja estatura, rechoncho, con el cabello aceitunado y rizado, dos vetas de canas sobre las orejas, cutis color oscuro, cejas pobladas y desordenadas ya desde la raíz, la nariz ganchuda... En fin, como cualquier socio libanés. Me tenía un gran afecto.

—Lo prueba la carta.

—¿Qué carta?

—La que te ha escrito desde Manaos.

—¡Ah! Sí. Estoy trastornado. Eso de preparar pilaf con huevo y salsa de tomate...

Ilsa buscaba una emisora donde no brotara la voz del locutor. Escuchaba unos segundos la melodía que la sustituía y cambiaba inmediatamente. Suspiró y cerró el contacto. Se dejó caer sobre el montón de almohadones, se arregló el cabello que le rozaba una mejilla y me alargó las manos. Yo las cogí y las observé a conciencia, con una intriga convenientemente acentuada por mi ceño fruncido.

—¿Qué buscas?

—¿Para qué me das las manos? Creí que me pedías una opinión fidedigna.

Ilsa retiró las manos bruscamente y la sonrisa achinó algo sus ojos.

—Has bebido, ¿verdad?

—No. Te lo juro.

—Hijo. Qué heterodoxo estás.

—Yo me inclino en este aspecto ante ti. ¡Oh, lectora empedernida! No sé cómo aguantas las indecisiones morales de los personajes de Lionel Trilling.[5]

—Son reales.

—¿Te quedas con Nancy? Tan preñadita ella, tan instructiva y tan comprometidilla...

Ilsa se puso seria y lentamente apareció la sorpresa en sus facciones pequeñas.

—Eso es una crítica personal.

Me levanté con energía, alcé mi brazo derecho y grité:

—¡Tómatelo como quieras!

—¿Estás loco? Los vecinos...

—¡Hasta ahí podríamos llegar! ¿Pronunciar frases de comedia demodé? ¡Arturo, los vecinos! ¡Arturo, mi honra!

—Yo no te he dicho nada de mi honra.

—¡Lo dirías! ¡Lo dirías! ¡Te conozco!

Luego nos miramos silenciosos un momento y nos pusimos a reír. Me arrodillé en el suelo y le besé el cuello. Se me humedecían los ojos al sentir su barbilla sobre mi cabeza y la presión de sus dedos sobre mi nuca. Pasé los brazos por detrás de su espalda y aplasté mis ojos contra la carne tibia de su escote. Ella debió de sentir la humedad de mis ojos porque por un momento se agitó intentando despegarse y contemplar la evidencia de unas lágrimas. Pero después decidió apagar la luz y besarme.


Laarsen ha estado de acuerdo en casi todo. El teléfono y el botones han puesto en marcha el tinglado publicitario de Bird's. Después, en el coche de Laarsen, hemos ido al recinto de la feria. Los viejos palacios de ladrillo y escayola, desmoronados, cobijan entre sus ruinas los nuevos palacios de viga y cristal, el brillo plateado del aluminio en las monturas de las ventanas rectangulares. Las brigadas de obreros picoteaban por doquier y las palas llenaban las carretillas de cascotes terrosos; una máquina, casi humanizada, cubierta de polvo viejo cubría las recién trazadas calzadas con grava y alquitrán, mientras en sus bordes los cordeles tensos, enrollados en palos clavados en tierra, señalaban la altura de los futuros bordillos; hombres tostados por el sol con la insignia de jardineros municipales sobre la pechera del mono azul regaban las incipientes matas de los parterres, los tulipanes amarillos perfectos y erguidos, los alcorques todavía con el fondo de tierra nueva en el que se hincaba el plátano joven, el abeto joven, el ciprés joven o las palmeras enanas que resistían desde los viejos tiempos del recinto ferial, los tiempos de los palacios de ladrillo y escayola.

—¡Qué esfuerzo! ¡Qué esfuerzo, Admunsen! Este año la feria lo estrena todo. Incluso el vestido.

En la punta de las larguísimas astas blancas permanecían flameantes las banderas de los países expositores; aquí y allá asomaban las individualizadas construcciones de los pabellones extranjeros. Laarsen se dirigió hacia la oficina central.

—¿Qué desean?

—Bird's.

El ujier inclinó la cabeza lo suficiente como para que viéramos el plato de su gorra verde como un sol poniente y nos introdujo en una habitación a través de una puerta chapada y claveteada. Laarsen estrechó las manos de algunos señores sentados en los sofás que rodeaban una mesita repleta de revistas comerciales. Estreché las manos a mi vez. Cervecerías Simmel, Metalúrgicas Brentano, Industria del Corcho, S. L., Aplicaciones Industriales de la Ebonita, S. A. Los rostros adoptaban una sospechosa complicidad con la variedad industrial a la que pertenecían. Rieron pronto los primeros juegos de palabras de Laarsen.

—Menudo chollo has encontrado con Bird's, Laarsen.

—No me puedo quejar.

Los allí reunidos eran sendos segundos de a bordo de almirantes destacados dentro de una habitación acorazada que se abría a nuestra izquierda. Estábamos en el primer piso de uno de los palacios feriales y desde una ventana enorme se veía el ir y venir de los carpinteros y vidrieros por la inmensa nave de techumbre nerviosa, con las vigas desnudas iluminadas por neones simétricamente dispuestos. Los stands se conformaban lentamente. Casi todos respondían a unos propósitos de arquitectura entre funcional y formalista que empezaba en los barrotes de hierro fino a modo de columnas, en las techumbres cúbicas de yeso blanco y en las piernas de la señorita que distribuía los folletos y anotaría preguntas o pedidos durante el mes de vida ferial.

—Es horrible. Este año solo hemos conseguido cinco metros cuadrados. El señor Simmel le estará poniendo a estas horas las peras a cuarto. Con toda la razón.

—Pero tenéis el stand de las bebidas y los bocadillos.

—Eso fuera del palacio. El señor Simmel lo estará

amenazando con ni siquiera participar este año en la feria. Se le han subido los humos a la cabeza.

Laarsen, ajeno a sus preocupaciones, desviaba la conversación hacia la pura especulación de contrasentidos graciosos. El humor de los allí reunidos no estaba en función de las preocupaciones de sus amos, en aquellos momentos reunidos en una conferencia cumbre con el director de la feria. El hombrecillo con lentes y calvicie a tramos era el más preocupado por lo que sucedía en el despacho acorazado.

—El señor Simmel exigirá ocho metros cuadrados. Ni uno más ni uno menos. ¿Dónde vamos a parar? Con cinco metros no podríamos meter ni a la chica.

—¿Es mona vuestra chica?

—Laarsen, que se te ve el plumero.

—Sí. No está mal.

Sonrió el hombrecillo para dar sensación de ponerse a la altura de cualquiera, en cualquier situación.

—Universitaria.

—¡Uf!

Fue el comentario del representante de Aplicaciones Industriales de la Ebonita, S. A., mientras su rostro blanco y largo se apagaba por la cerrazón de sus párpados marrones sobre los ojos grandes y vencidos hacia las patillas.

—Mal resultado.

Hizo una pausa para hacer una mueca con la boca.

—Se ponen nerviosas, se cansan, se traen libros para leer. Contestan con monosílabos. Todo para poder comprarse un bolso de verano y pasearlo por las playas. Interesan más las otras chicas, cumplen mejor. Las despides y les creas un problema. ¿Las universitarias? Las despides y se quedan sin bolso.

—¿A cuánto les pagáis?

—A ciento cincuenta el día.

—Como todos.

—Es el mejor sueldo temporero de toda la ciudad.

Laarsen narró la historia de una señorita de stand que se entendió con él; hacía dos o tres años.

—Estaba sensacional. Yo vi enseguida por dónde iba. Una trepadora, la clasifiqué enseguida. Le regalé unas muestras de medias de seda. Entonces yo trabajaba para Sleeng. Coche, a casita. Casita, feria. A veces comíamos en el parador del parque entre la sesión de la mañana y la de la tarde. Era una cría de veinte años, cosa buena.

Risas.

—Fingí estar enamoradísimo. Una pasión otoñal, debió pensar. A este le saco yo hasta el lumbago. Y sí, sí...

Risas.

—Cochecito para arriba y para abajo. La primera vez fue dos o tres días antes de acabar la feria. Le propuse un veraneo en la Costa Verde y de momento una tarde en la vía Zarst.

Risas.

—Pasamos la tarde en la vía Zarst. Y otras tardes. Pero después de la bofetada que le di porque se negó a salir conmigo hasta que no le diera «la prueba de confianza» de llevarla a mi piso...

Risas. La puerta de la habitación acorazada se abrió y dos o tres prohombres salieron. Tras ellos el director de la feria, sonriente. Los tres acólitos se pusieron en pie y algunos estiraban con las manos las mangas de la chaqueta. Laarsen estrechó las manos de los salientes, pero no me los presentó. Cutis rasuradísimo, de color bronceado; otoñales pero elásticos, tal vez por el diario partido a frontón en el Club Náutico; se dirigían a Laarsen con una seguridad lejana, en la retaguardia; en la vanguardia, una cordial deferencia para el técnico en publicidad y ventas, agua que algún día pudiere beberse. Los tres se despidieron de Laarsen y salieron seguidos de sus lugartenientes, que habían arramblado con las carteras y ponían el rostro solícito de quien se presta a recibir una confidencia vital. El director de la feria había presenciado desde un segundo plano la entrevista entre Laarsen y los tres magnates y cuando se hubo despedido cumplidamente de ellos, abrió una sonrisa familiar, distinta, como hecha de encargo para Laarsen, y le señaló la abierta puerta del despacho.

—¿Así? ¿Como en mi casa?

—Como en su casa.

Y le palmeó la espalda acariciándole y empujándole con el instinto ahorrativo de gestos que poseen los hombres sumamente ocupados. Me quedé solo, con todos los sofás a mi disposición, y aferré una revista pesadísima que venció la rigidez de mi muñeca y obligó al empleo de mis dos manos. La revista simultaneaba los anuncios económicos con reportajes sobre fábricas de hilaturas, muestras de tejidos y algunas estadísticas sobre el consumo de fibras artificiales, que debía incrementarse con urgencia dado el nivel de producción que el país iba alcanzando. Me enteré del casual hallazgo del poliéster por un químico inglés, de la legitimidad de sus patentes, del juicio comprometidísimo de un académico (el más notable especialista en hiatos del que disponemos) sobre «la rotunda consistencia de un traje confeccionado con poliéster, semejante a la incontestable presencia de un monumento pétreo frente a los siglos. El poliéster es, con respecto al ser humano, lo que el brillo de la luna con respecto a la luna».

Mis piernas brillaban lunáticas bajo el poliéster mezclado con estambre gris y satisfecho pasé a enterarme de la complicada estructuración de los gremios sederos durante el Renacimiento, su pervivencia hasta nuestros días, cómo esta pervivencia indicaba la modernidad incuestionable del sistema gremial... Me levanté levemente asqueado y sonreí recordando situaciones parecidas, en una edad remota, indignado contra hallazgos intelectuales de este tipo, reclamando la presencia de alguien, para leer con mordacidad las imbecilidades impresas. *Ubi sunt.*[6] Laarsen se retrasaba y el tiempo se me venía tan encima como la ausencia de Ilsa. Debía comprar todavía la comida: hacerla. Me molestaba la posibilidad de que Laarsen me propusiera comer con él o tomar el aperitivo. Me aventuré por un pasillo. Estuve un rato contemplando los gestos de los trabajadores. En un grupo se intentaba fijar hiedra artificial de plástico sobre las paredes de falsa piedra de un stand. Al fondo del pasillo se abría una amplia oficina llena de mesas metálicas y máquinas de escribir que ladraban al unísono. A papelera por mesilla y máquina, los papeles grasientos del bocadillo de media mañana se mezclaban con los folios fallidos o el papel de copia inservible. De una oficina inmediata salía de vez en cuando el capataz, bien trajeado y con el bigote recortadito, leyendo con una mueca adusta, por encima del hombro del mecanógrafo o de la mecanógrafa.

Oí el ruido de la puerta chapada al abrirse y al volverme Laarsen se estaba despidiendo del director.

—¿No se conocen?

—No —dijo el director contrariadísimo por no conocerme.

Una vez conocido escuchó con sonrisa huidiza, como el tiempo que perdía escuchando, los elogios que Laarsen me dedicaba. Consiguió que nos despidiéramos a base de risitas que no veían a cuento y de sincopadas consultas a su reloj de pulsera; en los sofás ya se sentaban futuros entrevistados que preparaban la sonrisa mundana con la que acogieron el alborozo frenético del director al «volverlos a ver» y sus regateos vitales de metros cuadrados. Laarsen y yo salimos.

En la escalera tropezamos con albañiles que transportaban andamios para enyesar la techumbre de la escalera, agrietada por la humedad, rotos casi todos los cristales del tragaluz cenital.

—Admunsen, mañana ya podemos disponer el montaje del stand. ¿Qué hacemos ahora? ¿Un aperitivo?

Casi sin contestar ya estaba sentado al lado de Laarsen, que iniciaba las maniobras de despegue del bordillo. Nos adentramos por la carretera en el parque.

Laarsen me instó a que entrara en la dependencia acristalada. Adosada a un mirador se veía próxima una cantera abandonada, campos verdes y lejana una lengua de arrabales de la ciudad, en marcha hacia el aeropuerto. Una muchacha pálida, en jersey y zapatillas de tela, preguntó qué pretendíamos tomar.

—Hace ya calor, bonita, para que lleves el jersey.

La muchacha sonrió y Laarsen dejó de contemplarla para solicitar mis deseos. Le rogué que escogiera él. La muchacha partió con el pedido. Laarsen me puso una mano sobre el brazo y dijo mirando el paisaje rabiosamente soleado a aquella hora del mediodía:

—Admunsen, este ha sido el escenario de muchas horas sentimentales.

Me miraba como intentando saber si le correspondía en estado anímico.

—¿Ha oído lo que he contado antes? Siempre se exagera. ¿Sabe? Poca gente podría admitir una visión, como diría yo, pura, auténtica de nuestra vida. ¿Comprende? Conviene hablar a la gente según lo que esperan de ti. Le tengo mucho aprecio, Admunsen.

Decidió mientras acentuaba la presión de su mano sobre mi brazo. Lejos se levantaban anaranjadas e iguales las casas baratas; emergían de un descampado.

—La verdad, Admunsen, aquella muchacha me gustaba. Yo hubiera podido seguirle el juego, ¿comprende? Comportarme según lo que ella creía de mí.

Algunos sirenazos llegaban desde las formas confusas de las fábricas de los arrabales. La muchacha pálida traía la bandeja con meticulosidad, se la notaba poco experta. Distribuyó los platillos, las copas, la botella de vermut y el sifón sobre la pequeña superficie de la mesa cubierta por un mantel de plástico. Luego se fue. Laarsen la miraba, tan triste como hacía unos minutos.

—Me hago viejo, Admunsen. Sé vivir. He vivido mucho. Es difícil saber vivir. Usted todavía es muy joven. ¿Sabe lo que cuesta llegar a sentarse frente al director de una feria internacional de muestras y arrancarle ocho metros cuadrados? ¡Ocho metros cuadrados!

La carretera avanzaba hacia el aeropuerto más allá de las casas baratas.

—Aquella muchacha ha sido mi última aventura sentimental seria. Vivía muy cerca de aquí. Era monísima. Parecía una señorita, no se crea. Sus padres habían querido que estudiara algo. Sabía un poquito de francés. Era, quizás, un poco cursi. Pero era preciosa. La llevé a la calle Zarst porque ella lo esperaba. Dijo: «Es la primera vez».

Remedaba el tono de la chica.

—Pero no era verdad. Ella esperaba que yo me lo creyera. Yo me lo creí. ¿Lo entiende, Admunsen? Pero luego ya fue mucho cuento, mucha tomadura de pelo. Lamento que se me tome por un otoñal en decadencia, pero lo consiento todavía. Por un imbécil ya no. Tenía novio, Admunsen. ¡Un lampista! ¡Qué triángulo! ¿Se lo imagina?

Apenas comimos.

—Usted nunca habla de nada, Admunsen.

—No tengo de qué.

—¿Usted cree?

Sonreía con una malicia reservada. Comprendí inmediatamente a qué se refería.

—El otro día estuve en la recepción del cónsul francés. Estaba Arturo. ¿Sabe que va a abrir una sucursal en París? Así, como suena. Arturo había sido compañero suyo de estudios, ¿no? Él le tiene mucho aprecio. Me habló de lo que les había ocurrido a usted y a su esposa.

Le miré fijamente, sonriendo, absurdo.

—No se preocupe. Me tiene sin cuidado. Todo ser humano puede sentirse héroe o redentor una vez en su vida. Lo malo es cuando pasa a serlo por segunda vez. Entonces es imbécil. Usted va por buen camino. El país crece pese a lo que ustedes gritaban en la calle y los técnicos en publicidad tenemos mucho que hacer, mucho.

Cabeceó y rio, como se reiría la gracia de un niño.

—¡Qué cosa, Admunsen! Perder dos años de vida por media docena de gritos. ¿Contra quién gritaban? Cuando esté en marcha la feria se coloca usted en medio de la gente y grita lo que gritó hace años. Verá el caso que le hacen.

Rechazó la posible formalización de una posible sospecha mía con las dos manos abiertas.

—No se crea que yo soy de estos o aquellos. Yo nunca he vivido mal. Mejor que ahora, nunca. Mi filosofía es esta.

Se retiró empujando la silla con el trasero de modo que yo, por encima de la mesa, pudiera verle el cuerpo hasta las mismas rodillas. Entonces simuló abarcar un palmo con la mano exageradamente tensa. Fijó el extremo del palmo en el ombligo y el otro llegó trabajosamente hasta la bragueta. Luego, sin apartar el dedo del ombligo, fijó el otro extremo en la proximidad del bolsillo del pantalón.

—El palmo cuadrado: comida, mujeres y dinero. Nada más y nada menos.

Comimos en silencio. Luego Laarsen aludió a una espera ya muy alargada de su mujer.

—Vivo por aquí cerca.

—Le dejaré en su casa, Admunsen.

En el coche me dio algunas instrucciones para nuestro encuentro del día siguiente en el pabellón de la feria donde se levantaría el stand Bird's. Debía ultimarse el montaje. También debía asistir a la cena que la Cámara de Comercio suiza daba con motivo de la inauguración de la feria. Eso sería al día siguiente. Ya fuera del coche, ante la puerta de casa, me dio saludos para Ilsa.

—Tengo muchas ganas de conocerla.

Arrancó y esperé a que doblara la esquina para dirigirme al colmado más próximo. Cerraban ya las puertas.

—¿Qué tal, señor Admunsen? Ay, ya tengo ganas de ver a la señora de pie, por la calle.

La tendera pasó las palmas sudadas de las manos por el mandil blanco y se apartó el mechón de pelo gris de la frente. Me fue metiendo lo que le pedía en una bolsa enorme de papel de estraza. Corrí luego hacia casa. Sentía una urgencia de Ilsa que casi me acongojaba. No sé por qué, la asociaba con la muchacha de la historia de Laarsen. En la penumbra advertí que Ilsa dormía. El eco de ruidos y palabras que había subido conmigo desde la calle se diluyó despacio. Sentí el calor de la habitación cerrada y entonces me di cuenta de que seguía allí estático, sin casi distinguir a Ilsa ya y con las bolsas absurdamente cobijadas contra mi pecho. En la cocina, la luz blanca de las baldosas iluminadas por el sol me recordó que estábamos en verano y que los veranos siempre se esperan para hacer cosas que nunca se hicieron.

Desperté a Ilsa y comimos. Luego le conté todo lo sucedido aquella mañana.

—Verás como te pagan bien. Pasaremos un verano estupendo.

Me eché a reír.

—¿De qué te ríes?

—Esperas el verano como los niños los Reyes Magos.

—Saldré a la calle. Veré las cosas de pie. A ti también. Te meteré en cintura. Abusas de mí porque me apabullas. Tú de pie y yo en la cama. Verás.

Después, mientras yo leía el periódico y ella se limaba las uñas, se ha detenido bruscamente y ha comentado:

—Ese Laarsen es un puerco.

—¿Por lo de la muchacha?

—Y por lo del palmo.

—Dices eso porque las mujeres no lleváis bolsillo.

—¡Imbécil!

Durante toda esta tarde hemos sido felices: hemos recordado cómo nos amábamos antes de todo, cómo nos necesitábamos y compadecíamos entonces. Ahora Ilsa duerme y la madrugada está alta, como el calor en el termómetro con el que juega la brisa nocturna en el marco de la ventana.

En todo el día no he salido de casa. Laarsen me ha llamado por teléfono para aplazar el montaje del stand hasta mañana. Hoy se montará solamente el armazón. Ha sido oportuno. Ilsa ha tenido un día depresivo y he pasado casi todas las horas a su lado, leyendo a ratos y arreglando la cama o preparándole sus potingues habituales. A media tarde se ha dormido y entonces me he planteado la disyuntiva: o ir a dar una vuelta o intentar arrancar algo de la máquina de escribir. La calle mostraba desde la ventana la aridez gris acostumbrada, ningún rostro invitaba a llegar hasta ella y deambular bajo las fachadas altas y viejas, anaranjadas por el atardecer. Me senté, pues, ante la máquina de escribir y una a una convertí diez cuartillas en palomitas estrujadas y revueltas en un rincón de la habitación. ¿Qué puede salir de frases iniciales como: «No todos los lunes era verano...», o bien «La luna era redonda algunos lunes»...? Por fin acerté con el tono discursivo y al cabo de una hora la última palabra escogida terminaba un breve relato. Ya de noche, caminé por el piso releyendo el escrito y encendiendo las luces a medida que ocupaba habitaciones. La voz de Ilsa me ha llegado justamente en un punto y aparte.

Ilsa se peinaba con los brazos largos y blancos asomados por las breves mangas del camisón y un gesto de resolución en el rostro inclinado para permitir las pasadas del peine sobre su nuca. He escogido su frente y tras el beso le he preguntado qué quería cenar. Ha dejado el peine cansinamente sobre la mesilla y se ha encogido de hombros.

—Te preparo una sorpresa para después de la cena.

—¿Qué es?

—Una sorpresa.

He dado vueltas alrededor de la cama sonriendo enigmáticamente.

—¿Has bebido mientras dormía?

—No.

—¿No debías ir a ninguna parte?

—No. Hasta mañana. Mañana iré al montaje definitivo del stand.

—¿Es esa la sorpresa?

—No.

—¿Qué es?

—Una sorpresa.

Ha pegado una patada a las sábanas y ha hecho ver que lloraba. La mano pequeña y blanca, topiquísima, se ha restregado contra los ojos mientras un hihihihi lastimero ha rebotado escalofriante contra las paredes azules de la habitación.

—No me enterneces. ¿Qué quieres cenar?

Ilsa, súbitamente horizontal, se ha tapado totalmente con las sábanas, incluso la cara. He salido de la habitación, me he puesto la chaqueta y he bajado a la calle. En la tienda he inventado la cena de Ilsa. Al llegar al piso iba cargado con lechugas, cebollas, aceitunas, tomate, jamón, carne de buey picada... Ilsa leía bajo la luz de la lamparita con una concentración fingida. Sigue con *A la mitad del camino*.

—Yo conozco a una mujer estúpida que se murió al oírse hablar.

Ilsa ha sonreído displicente y ha proseguido la lectura. En la cocina he lavado las hortalizas y las he trinchado con las tijeras, así como el jamón. Les he añadido las aceitunas y lo he aderezado todo con aceite, vinagre y sal. Después he hecho los bistecs rusos, que han tomado inmediatamente su consistencia granulosa. He dispuesto los dos platos con la ensalada y los bistecs. Un vaso de leche ha completado la bandeja. Ilsa ha seguido leyendo sin atender mi entrada. Le he dado tiempo de concluir una página.

—Señora, su fiel criada se está indignando.

—¿Es a mí?

—En el hipotético caso en que una cualquiera como usted pueda ser llamada señora, sí.

*A la mitad del camino* se ha cerrado instantáneo. Los ojos de Ilsa se han concentrado extrañamente en el estudio de mi rostro imperturbable.

—Eres un grosero.

Pero ha tenido que desdoblar las piernas porque sin contemplaciones le he dejado la bandeja sobre las rodillas.

—No pienso ni probarlo.

—Tres cuartas partes de la humanidad se acuestan con hambre.

—Muy responsable estás tú hoy.

Y ha empezado a comer. He comido en la cocina y después he recogido las cuartillas. Ante la puerta de nuestra habitación me he detenido un momento. Pensaba una forma de presentación adecuada con el tono de los minutos pasados. Ilsa terminaba de cenar y al ver las cuartillas me ha sonreído mientras apartaba la bandeja.

—Aquí le traigo el Premio Nobel.

Ilsa ha mirado por encima los papeles y me los ha tendido imperativa.

—Léemelo.

Me he sentado en la cama y he empezado a leer.

LOS ARGELINOS Y LOS SARTRES[7]

Sartre quiso repostar café y se metió en el primer bar que vio abierto en aquella calle nevada de Escandinavia, azulada por el frío. El bar tenía las paredes forradas de madera y las mesas, asimétricamente dispuestas, también de madera mal acabada, completadas por taburetes toscos y por bancos adosados a todo lo largo de las paredes. Sartre pidió en francés café y el camarero le contestó "enseguida" en escandinavo. Sartre no lo entendió, pero se supuso entendido y eligió encender un pitillo, mientras su conciencia se reducía humildemente a dejarse impresionar por todos los epifenómenos futuros.

Un grupo de argelinos eligió, por su parte, acercarse a Sartre, y sus pisadas indolentes atrajeron la atención del filósofo, quien se levantó solícito para estrechar las manos que los argelinos le tendían. Los argelinos eligieron sentarse en torno a Sartre y durante unos minutos él buscó un tema de conversación y eligió la cuestión argelina, tema inmediatamente bien aceptado. Sartre habló de los "cochinos ultra", en el sentido sartriano de la palabra,[8] y los argelinos se mostraron encantados al comprobar que incluso en Escandinavia tenían amigos de su lucha. Sartre, que es muy inteligente, comprendió enseguida lo absurdo de su situación y aclaró:

—Es que yo soy Jean-Paul Sartre.

Los argelinos se mostraron más encantados todavía y le volvieron a estrechar la mano. Como Sartre había dicho su nombre en voz alta, un grupo de Sartres que dialogaban en un rincón se acercaron y saludaron entusiasmados a su colega. Sartre los acogió con cariño y los Sartres se sentaron también a su alrededor. Los Sartres se maravillaron de la intuición genial de Sartre al proponer el tema de Argelia y se zambulleron en la conversación. No todos eran iguales. Había argelinos griegos, argelinos argelinos, argelinos portugueses, argelinos congoleños… Los Sartres también tenían dispares procedencias. No tardaron en exponer todo el complejo proceso intelectual que los había llevado a su profesión actual de Sartres. Un disidente del partido comunista francés, experto en Racine, lucía entre sus méritos el de haber demostrado en repetidas y propicias ocasiones que Maurice Thorez era imbécil.[9] Intelectual expertísimo en el manejo de la lengua polémica, el disidente expuso nuevamente sus teorías sobre Thorez que nadie osó discutir. Sartre recordó sus opiniones sobre el equipo de redacción de L'Humanité, plastificadas para la inmortalidad en "El fantasma de Stalin".[10]

Otro Sartre, inglés, se reconoció gestor de los desfiles pacíficos en contra de las pruebas nucleares y de un libro sobre las razones de la burguesía nacional blanca en Sudáfrica para implantar un régimen fascista, razones que, por descontado, no compartía.

Había Sartres de variada condición y procedencia. Todos admitían haber leído "La náusea" y algunos "El ser y la nada". Otros lo habían leído todo y hablaban con una mayor seguridad. Sartre, con gran naturalidad, confesó desconocer casi toda la producción intelectual de los Sartres. Elogió el artículo del Sartre disidente sobre la imbecilidad senil de Maurice Thorez, a lo que respondió el Sartre aludido diciendo que la imbecilidad de Thorez no era senil, era simple, dramática, escuetamente, imbecilidad.

Un Sartre español se jactó de haber publicado en la prensa oficial de su país, situado al sur de los Pirineos, un artículo en el que hablaba de Sartre indirectamente y sin colocarle más adjetivo que el de "sibilino", adjetivo que mereció el siguiente comentario del censor de turno.

—Hombre. Yo sabía que Sartre era ateo, masón, semita, comunista, socialista, sindicalista, existencialista, masoquista, feminista, articulista, resistencialista…, lo que no sabía es que tuviera enfermedades venéreas.[11]

Y dejó pasar el artículo en el que, entre otros enfoques progresistas, se esgrimió el de que "Los caminos de la libertad" sintetizaban la evolución del espíritu europeo abocado a la crisis de la guerra mundial.[12] Sartre felicitó a tan esforzado Quijote, mostrándose profundo conocedor del héroe cervantino. Los argelinos sonrieron discretamente, como las señoras al recién llegado que una de ellas conoce y las otras no. Las historias de los Sartres se sucedían y el camarero iba y venía con tazas de café que todos consumían sin más amargura que la de la cafeína.

Un Sartre escandinavo, que cortésmente había cedido la palabra a sus colegas por razones de hospitalidad, enfocó seguidamente el escabroso asunto de las relaciones sexuales en el norte de Europa; asunto muy tratado por él en numerosas y expertas ocasiones. El Sartre español le escuchó con especial atención, llevado, sin duda, por uno de sus más caros presupuestos: liberar al pueblo español de su oscurantismo sexual.

—Algunos veranos no tienes ni una escandinava que llevarte a la cama.

Y se ruborizó porque estaba en Escandinavia, pero el escandinavo le liberó de su apabullamiento, admitiendo la necesidad de estas expresiones a partir de determinado grado de abstracción en el lenguaje utilizado por los científicos. Sartre apuntó la posibilidad de que el escandinavo enviara una colaboración a "Les Temps Modernes" y el escandinavo aceptó complacido. El español alzó una taza de café y brindó por una Europa liberada de las enajenaciones a las que la sometía una cultura regresiva.

Brindaron todos y como el turno de los intelectuales ya había concluido, el silencio descendió sobre la tierra como una gran catástrofe y precisamente en aquel punto helado y remoto: Escandinavia. Sartre, nervioso por tanto silencio cósmico, propuso a los argelinos que expusieran su "curriculum vitae". Los argelinos rechazaron la oferta, tímidos, rubicundos. Pero Sartre insistió y los Sartres también, multiplicando argumentos sobre lo necesario del diálogo entre intelectuales y obreros, entre los Sartres y los argelinos.

Los argelinos tenían esa mirada suficiente de las gentes que han aprendido desde el principio a llamar las cosas por su nombre, pero también esa timidez de las gentes que no han concedido nunca demasiado valor al enunciado de su vida y que de pronto se encuentran entre profesionales de las palabras.

Pero acorralados, cedieron y uno a uno expusieron sus méritos, sorprendentemente comunes. El argelino griego había luchado en la resistencia antialemana, en las guerrillas durante la guerra civil; la lucha y la cárcel habían consumido veinte de los cincuenta años de su vida y en su cuerpo atesoraba numerosas pruebas manuales e industriales (algunas electrónicas) de la fatal tendencia que experimentan las culturas regresivas hacia la represión del espíritu del mal.

La historia de los restantes argelinos se parecía a la del griego como un "estar en el mundo" a otro "estar en el mundo", porque en cuestión de argelinos el mundo es un pañuelo.

Y el silencio volvió a descender sobre la tierra como una catástrofe. Por fin, Sartre empuñó las riendas como el auriga platónico, emitió un chist castizo con el más puro acento de Saint-Germain y, ante la llegada del camarero, dijo:

—Otra ronda de café. Yo invito.

Ilsa me ha pedido las cuartillas y ha leído algunos párrafos; ha releído incluso algunos.

—Mala conciencia[13] —ha musitado mientras sus dientes blancos tomaban plaza en la sonrisa.

—Tal vez. Poco importa.

—También hemos tenido nuestros años de argelinos.

—Lo lamentable es que tampoco somos Sartres.

—¿Lo lamentas?

—No lo sé. Hace tiempo que no veo a nadie en serio. Todo se reduce a los ensayos teatrales, a las representaciones en teatros de barriada. Ignoro cómo viven, cómo cambian entre todos. Será importante. Dicen que es importante lo que le pasa a cada cual. Tres mil millones de seres humanos están pendientes de lo que puedan hacer uno a uno.

—¿Qué te has propuesto escribiendo esto?

—Pasar la tarde y darte una sorpresa después de la cena.

Entonces Ilsa se ha enfadado. Hace tiempo que he dejado de investigar la sinceridad de sus enfados por mi autolimitación. Ilsa hoy parecía enfadada de veras. Yo le echaba leña al fuego, asegurándole que mi capacidad de transformar el mundo es mínima y que a cambio pediría que el mundo me transformara lo menos posible.

—¿Te bastas a ti mismo? ¡Eso es!

Ilsa enfadada parece una niña que ha reducido el ideal de su vida a la adquisición de una cinta para el cabello cuyo color no existe.

—No. Y lo sé. Lo lamentable es que sabiéndolo tampoco puedo esperar nada de los demás.

—Esperas el tranvía y la carne del matadero.

Y señaló el plato donde el pan había dejado surcos de grasa fría.

—Y el nicho que te enladrillan los otros. Es cierto.

Ilsa, gritaba casi, ha añadido que este escepticismo cuadra bien a un niño de dieciocho años, no a un hombre hecho y derecho. Me he levantado bruscamente y ella ha callado. He ido hacia la ventana y he perseguido la noche del parque para huir del silencio de Ilsa. He oído el ruido de las sábanas y me he vuelto. Ilsa ya estaba casi a mi lado y su cuerpo tibio y preciso bajo el camisón se ha apretado contra el mío. Con la mano he marcado la curva de su cráneo bajo los cabellos y sus brazos me han rodeado la cintura.

—No debías levantarte.

—¿Recuerdas aquellos dos años?

—A veces. Cuando leo en los libros situaciones parecidas.

—Conmigo te sobra el cinismo.

¿Por qué será que una cabeza humana abandonada en tu hombro parece un pequeño mundo que posees y te basta? Mis dedos han recorrido la columna vertebral de Ilsa y he recordado aquellos dos versos de Alaksen:

*Ella*
*nació a orillas de un río antiguo*
*y morirá algún día al atardecer.*

—No debías levantarte.

Ilsa tenía la cara roja, su cuerpo al despegarse del mío ha quedado estrecho y blanco enfundado en el camisón. Mientras volvía a la cama y arreglaba yo las sábanas, Ilsa miraba hacia la ventana obsesivamente.

—El relato es bonito, Admunsen.

—¿Sí?

—¿Por qué no escribes con más frecuencia?

—Señora, mi etapa de escritor ha concluido. El nombramiento de académico amodorra y te convierte en unas «obras completas» molestamente encuadernadas con piel de cerdo y molestamente encarnadas en un ser humano tercamente vivo. ¿Recuerdas cuando me nombraron académico hace... ya ni lo recuerdo? Mi discurso sobre diptongación y diéresis constituyó un acontecimiento extraordinario.

Ilsa sonreía ausente y durante un rato he seguido hablando de temas relacionados con mi más que probable ingreso en la Academia Nacional, suponiendo que yo hubiera nacido sesenta años ha. Ha sido después, cuando le he explicado la historia de aquel escritor que se suicidó porque en lucha contra el simbolismo de su propia obra conseguía llamar al árbol «árbol», pero en cambio siempre le resultaba la tarde una vastedad de cristales opacos. Ilsa me ha vuelto a recordar algunas de mis cartas de aquellos años. La frase de Séneca que de vez en cuando intercalaba en las cartas más desesperadas: «Detrás de las tranquilas aguas de este pozo hallarás la libertad».[14]

—Lo escribiste para asustarme, para que viviera pendiente de ti.

—Es posible.

Ilsa me ha acariciado la mejilla con la mano.

—Pero luego hemos vuelto a ser felices muchas veces.

He estado a punto de decirle que también hemos sido inteligentes otras muchas.



No sabía nada de Ilsa. Tal vez estuviera allí mismo: dos galerías más allá; unos cuantos cerrojos. No sabía cómo. La última visión que tenía de ella era un rostro cubierto de sombra y una mano tendida entre dos rejas. Mis dedos, al pasar hacia el último interrogatorio, habían tropezado con sus dedos. Después...[15]



Es difícil coordinar la esperanza y el recuerdo. Te han dejado en esta celda como puede dejar un piscicultor su lucio en la pecera. Hay suficiente aire. Hay claridad. Los siete barrotes verticales, cortados en su centro por una barra horizontal, te ofre-

cen dieciséis pastillas celestiales de esta
tarde de abril. Aún queda sol en el mundo y
ni siquiera el frío que evoca el somier desnudo consigue contrarrestar tu recién halla-
do optimismo. Es inútil que recorras una a
una las pastillas de cielo. En ninguna verás
a Ilsa. ¿Hacia dónde estará su galería? Mira
tu habitación. Asimila tu mundo de las próximas horas. Todo aparece impersonal, como
hecho para todos y para nadie. Muros altos,
recios, cubiertos por una calina que no consigue blanquear el gris de la piedra; la
letrina en un ángulo, junto a la puerta, con
tres pliegues que parecen las redondeces ab-
dominales de una mujer en estado; el lavabo
al lado, escueto, con un pulsador ultramo-
derno; el somier vacío aferrado al muro
opuesto al del lavabo…; tú…; nada más. Sientes la necesidad de que la habitación se
llene de algo más que de miradas y caminas
sobre las grandes piezas de mosaico rosa.
Esfuérzate en buscar un poco de esperanza.
Incluso algo de alegría. Recuerda las descripciones literarias de mazmorras, de hu-
millados y desnutridos héroes sumidos en una
oscuridad casi sólida. Es consolador. Indu-
dablemente se ha progresado. Sientes en tus

nervios el impacto de la claridad, el cese del más espontáneo espíritu de defensa. Sospechas que el peligro ha cambiado de naturaleza. Ya no se trata de un dolor en la piel. Entras en el tinglado burocrático de una gestación judicial. O tal vez no. Admunsen, eres consciente de que nada importante te ha traído aquí y de que todo cuanto acontece es desmesurado. Pero tienes cosas más importantes en qué pensar. Ilsa. Reprime la congoja. Es inútil. No mires un cielo impenetrable, ni siquiera ese ángulo de uno de los edificios de la cárcel. No hay más unión anímica que la impuesta por las presencias. De Ilsa te separa un laberinto de pasillos, inaccesible, y rejas; una barahúnda de cerrojazos y órdenes, de llaves en manos expertas en el racionamiento de la libertad. Sí, es cierto. Algo te estruja el corazón cuando recuerdas a Ilsa; su fragilidad vestida de azul; sus pequeñas facciones que recuerdas todavía en la inútil sonrisa crispada que ha compuesto al verte pasar hacia el interrogatorio. No mires hacia el cielo. No la verás. Busca. Sí, ahí. En el billetero… Una, dos, tres, cuatro fotografías; incluso un carnet escolar suyo donde aparece

con el rostro de una adolescente que no ha
sabido qué gesto mantener ante la misterio-
sa luz de una máquina fotográfica inmensa y
automática. Ella también tiene células como
tú. Células tenaces ante el enemigo. Capaces
de resistir esta amargura. Nadie ha muerto
de amargura. Ni de soledad. Ella se pertenece a sí misma. Te llegan los primeros ruidos de la galería donde da la celda. Se abren
puertas. El ruido recuerda al que producen
las cuchillas de los carniceros al cortar
las osamentas. El estruendo regular y periódico se acerca. La puerta está cubierta por
una lámina metálica de color verde oscuro,
claveteada, formando rectángulos y triángu-
los; en el centro de un triángulo un ojito
de vidrio parece observarte implacable y
formar una alegórica Santísima Trinidad adscrita al Cuerpo Oficial de Prisiones. El
ruido tétrico...

—¿Admunsen?

El hombre uniformado ni sonríe ni arruga
el ceño; igual podría dirigirse al somier.
Asientes. Te alarga una hoja.

—Son las instrucciones. Apréndaselas bien.
Estará usted incomunicado hasta que el juez
no disponga lo contrario.

—¿Y mi mujer? Ilsa, Ilsa Sorensen. Ingresó ayer. Supongo. ¿Puedo saber algo de ella?

El hombre te observa perplejo. No debe de recordar ningún apartado de las instrucciones que clasifique la naturaleza de tus preguntas. Intenta sonreír y busca toda la seguridad que puede segregarse tras años y años de tratar con esta clase de gente (tú).

—Está usted incomunicado. Cuando el juez disponga…

—Pero ¿está bien?

—Claro. ¿Por qué no?

El hombre reflexiona un tanto sobre lo que ha dicho. Debe repasar mentalmente las ordenanzas por si las ha transgredido. Un nuevo ser aparece en la puerta; viste de persona civil que está cómodamente en su casa en mangas de camisa. Hace sitio tras el uniforme para sí y para una colchoneta que acarrea sobre la espalda. La colchoneta cae y se abre sobre el somier mostrando su piel relavada de lienzo amarillento; sobre ella ha quedado una manta marrón que el portador despliega minuciosamente.

—¿Permite?

El uniformado adelanta las manos hacia ti. Un nuevo registro. Sobre la manta se sitúa tu pluma, la documentación, el librito que llevabas en el bolsillo de la chaqueta, llaves, papeles olvidados.

—Me llevo el bolígrafo y todos los papeles. No se puede escribir. Está usted incomunicado, ¿sabe? Hasta que el juez no prescriba lo contrario.

El hombre civil te mira con curiosidad. Tiene esa mirada audaz de las gentes que han afrontado duras pruebas y no consideran como tal el hecho de que alguien se moleste porque le miren como a una curiosidad. Desaparece por la puerta y el uniformado también recula lentamente.

—Otra cosa. Mis lentes. Los he perdido. Los necesito.

—Está usted incomunicado. Hasta que el juez no disponga lo contrario. Claro. Lea las instrucciones.

La puerta se cierra. Tal vez sean tus nervios los que supongan una cierta brutalidad en quien la ha cerrado con tal estrépito. Hay nuevos elementos en la habitación. Recoges los documentos y las fotos de Ilsa se te quedan en las manos como una goma de mascar impertinente y melosa. Ilsa te sonríe detrás de sus hermanas, con las facciones poco determinadas por la excesiva luz; Ilsa está también ahí, bajo un imponente menhir durante una excursión universitaria ilustrativa; Ilsa observa con curiosidad un frente que la fotografía no capta, sentada sobre una naveta vetusta y semiderruida; Ilsa está sentada en el suelo, una excursión campestre. Ilsa. Se te nubla la vista. Te desmoronas sobre la colchoneta irregular, que te parece lo más acogedor de este mundo, también el roce tosco de la manta en la mejilla te sienta como una caricia inapreciable. Con la cara aplastada contra la colchoneta algo se te descarga del pecho y la humedad se extiende por el lienzo alrededor de tus ojos entornados. Pasan unos minutos. Te pesan los párpados y el suspiro entrecortado te agita los hombros mientras por enésima vez miras hacia el cielo que nada te dirá, en el que nada verás. Compruebas una vez más el desamparo que representa afrontar los hechos sin más explicaciones que las racionales. Levantarías los ojos al cielo y gemirías: "¡Dios mío! ¡Dios mío!". Pero un relativo pudor intelectual te impide esa descarga emotiva. Pasear. Pasear infatigablemente por esta habitación que a cada minuto se te adhiere como un peso

amorfo. Se te insinúa el recuerdo de los
otros. ¿Qué estarán haciendo? ¿Qué argumentos consolarán su abatimiento, esta soledad
tan fríamente regulada? Y está ahí, incontenible, el alud de los recuerdos en pugna
con la esperanza… Saldrás de esta, Admunsen.
Saldréis. Ilsa y tú. No sabéis cuándo, pero
saldréis, y esa esperanza nadie os la podrá
quitar. Os pertenece exclusivamente. Pero
¿cuándo? Las losas se suceden bajo tus pies
en las más dispares combinaciones de tus
piernas. Esta la piso…, esta no… El reloj.
Apenas una hora. Presientes que se irán su-
mando las horas. A cada hora que se vaya se
agotará un contenido determinado de esperanza… Pero no. No es así. Son los minutos quienes pesan. Cada hora perdida es un suspiro
de alivio. Desesperaciones superadas. ¿En
qué pensar? ¿Qué cantar? ¿Qué recitar? Nada
que hacer. Absolutamente nada que hacer. Nada
que trascienda de uno mismo. ¿Qué hará Ilsa?
¿Se desesperará como tú? Tiene más temple.
Sospechas que por considerar esto la menos-
precias, la insensibilizas y te rebelas contra este asomo de egolatría.

Ilsa es maravillosa, piensas. O tal vez
no. Pero sí, lo es. Te llevas la mano al co-

razón y sacas el billetero… Las fotos de Ilsa
se llenan de claridad. Fue un tanto penosa
aquella excursión. Os enfadasteis. ¿Por qué?
Fue absurdo. Te consta. Consideras que solo
se proyecta actuar coherentemente cuando no
se puede actuar. No has comido desde hace
cuarenta y ocho horas y al dejarte caer sobre colchoneta ya te desvestirías para intentar dormir. Se te ocurre la imagen poe-
tiquísima de que te duelen las retinas del
alma. Es sana esta risa. Así se está bien.
Pones un pie sobre otro. Te estiras como
buscando sitio para músculos que te sobran.
Los ojos se entornan casi automáticamente,
un calorcillo especial te ocupa el cerebro
y el frío se te ceba especialmente en los
pies y en la espalda. Se está bien. Como a
oleadas vienen recortes de escenas, de rostros, de palabras.[16] Ves la mano enorme,
plúmbica de Grierd abofeteando algo o a alguien…, es lo más probable. Alguien llora.
Un cigarrillo. Una mano. El cigarrillo se
apaga contra la mano. Oyes los gritos de la
manifestación. Imaginas haber escapado…

—¿Ves? Ya te decía yo que no te pusieras
en primera fila.

Ilsa estaba demudada.

—De buena nos hemos librado.

Presientes casi dormido que por debajo de estas imágenes hay otra realidad. Por eso te niegas a abrir los ojos. Pero de refilón captas cómo la tarde soleada de abril sigue ahí, fragmentada en el ventanuco… Pero no. Ilsa te ha dado la mano y andáis por un extraño claustro y sonreís a alguien. Ilsa tiene la presencia, cálida, recortada… Pero cerca alguien está tronchando carne y huesos… Gritan. Todo huele a metal, a polvo… Hay vocerío. Escapa la imagen de Ilsa. No puedes detenerla. Están cortando carne aquí mismo…

—¡Admunsen!

El uniformado está en la puerta con un papel en la mano. Algo te dice que te va a dejar marchar.

—Tenga. El recibo del dinero que se le ha ocupado. Le entregaremos tarjetas que a manera representativa constituyen el dinero que circula por el interior de la cárcel. Usted no podrá recibir nada del exterior. Ni siquiera comida. Hasta que el juez no levante la incomunicación. Pero existe un economato de presos. Puede usted pedir en él lo que quiera.

Te da vueltas la cabeza y asientes acompasadamente. El uniformado se retira. Te desagrada su prisa. Levantas una mano. Se detiene.

—Mi esposa. Compréndalo. ¿Está bien?

—Está bien.

. La puerta se cierra. La Santísima Trinidad te observa indiferente. El triángulo metálico recibe tu frente y notas la descarga de su frío a lo largo de todo el cuerpo. Nuevamente pasear o quedarse aquí. Proporciona un cierto consuelo cualquier tipo de contacto. Se busca una protección en las cosas que te has de inventar.

—Y bien, ¿qué te ha mandado hacerte triángulo?

El metal no responde. Presientes que no responderá. Persiste en su silencio verdoso. Su ojito vidrioso te transparenta la imagen de la puerta cerrada de la celda de enfrente. Sin lentes todo lo ves difuso, sin bordes. Recorres la habitación procurando bordearla a lo largo de la pared. Sorteas el obstáculo del catre, del lavabo; no hay apenas espacio entre este y la letrina. Y otra vez la puerta…

—Oh, Admunsen. Heredero directo de múltiples linajes de esclavos, vasallos, siervos de la gleba, jornaleros, minifundistas, inmigrantes. ¿Habría supuesto Adán al iniciar tu estirpe que tú, ciudadano honrado entre los ciudadanos, habrías de verte en tan mohosa condición? ¿Levantó tu abuelo paterno una casa de piedra y pizarra en las húmedas tierras del norte, emigró tu abuela paterna a Jamaica y trabajó de planchadora, sirvienta, niñera… para que tu padre, emigrante, camarero, enfermero, tranviario, repatriado, policía, presidiario, jornalero finalmente, te fecundara a ti, bachiller, ilustre letrado, publicitario eminente y presidiario? Y el linaje materno. ¿Buscó tu abuelo las arqueológicas rutas marinas meridionales, recabó en este puerto y fecundó a tu abuela, costurera y nieta de maestra de escuela, para que tu madre, costurera y esposa de presidiario te engendrara a ti, bachiller, ilustre letrado, publicitario eminente…? ¿Bajo qué fatídica constelación naciste?[17]

Secas las lágrimas y los ojos limpios recorren nuevamente tu escaso cielo en porciones. Una trompeta anuncia misteriosas disposiciones. La sigue un rumor de voces creciente en el patio que debe de extenderse más allá de la ventana. Absorbes las voces con avidez. Gente. Seres humanos…

—¡Eh, tú! Tira de una vez.

—Calla, bocazas.

—¿Qué chamulla ese?

—Mucho. Mucho...

De pronto una música total llena tu cielo. Aplasta el ruido del peloteo que llegaba del patio. El altavoz impulsa con intensidad los estertores del viejo disco de una vieja marcha militar. Una voz suprahumana te embota los oídos.

—Son las tres treinta de la tarde en el reloj de la prisión Heriberto Spencer.[18] Radio Heriberto Spencer inicia la emisión correspondiente al día de hoy: 13 de mayo de 1959.

Unas campanadas malsonantes pretenden sumergirte en una alada atmósfera celestial.

—Santoral. En el día de hoy conmemoramos.

En el reducido grupo de tus amistades nadie ha tenido unos padres con tan mal gusto como para deparar a sus hijos nombres tan ridículos. Uno de los conmemorados parece que lo pasó bastante mal. Otra vez campanas...

... los papeles ya amarillean. Cada vez que los leo recuerdo que escribirlos fue lo más fácil de aquellos días. Aceptar la impenetrabilidad del sufrimiento ajeno. La imposibilidad de comunicarlo. Salir de la incomunicación. Él estaba allí, uno más. Lo recordaba, años atrás, cuando ni él ni yo teníamos veinte años. Tal vez había sido yo quien le había prestado el primer libro de Brecht[19] de su vida o el primer Lefebvre.[20] Más de una vez habíamos hablado sobre el futuro; prestándolo generosos a cincuenta millones de compatriotas, a tres mil millones de compatriotas. Él tenía la cara de niño que yo no veía en mí mismo y a veces había palmeado su espalda por una ironía afortunada a costa de la clase descendente. Y ahora él estaba allí. En la cola gris y cabizbaja que esperaba el café. Sentí deseos de traspasarle parte de mi angustia.

—Ilsa está todavía. No han soltado a Ilsa.

Él miraba a izquierda y derecha, reculaba. Creí que no entendía.

—Ilsa está aquí..., aquí..., no la han soltado.

Pálido, los ojos como un nervio, contestó...

—No sé nada... Nada... ¿De quién hablas?


Los martillazos resonaban en la bóveda metálica de la nave, más regulares que el estrépito producido por tablones y planchas de aluminio al deslizarse contra el suelo, y por encima del silbido enredado de las brigadas de obreros encaramados en escaleras o andamios, multiplicados por los pasillos que formaban los stands alineados. El día lluvioso taimaba la luz natural y los neones encendidos ratificaban su función, dando un aspecto de pequeño mundo con luz propia al palacio de exposiciones número dos. Laarsen, con la gabardina blanca desabotonada, estaba subido en un rollo de cuerdas y gritaba algo a un muchacho que martilleaba en un ángulo del stand.

—Admunsen. Menos mal que ha llegado. ¿Qué le parece? ¿Y Berta? No se han puesto de acuerdo. Vamos. Se retrasa ya demasiado.

Ya estaba emplazada la planta del stand: una tarima alta a la que se llegaba por algunos escalones de madera rústica. De momento sobre la tarima habían colocado las tres paredes laterales de madera prensada, pintada como si se tratase de auténticas paredes de ladrillos. En los ángulos tres o cuatro obreros acoplaban las junturas.

—Mire el plano.

En el plano, el stand Bird's era un bungalow estilizadísimo, con palmera interior como columna que traspasaba el techo y emergía dos metros sobre la caseta. Faltaba colocar el techo, la palmera y la baranda que bordeaba casi todo el frente.

—La fotografía de la pared frontal no la tendrán concluida hasta mañana. Todo lo demás quedará hecho hoy.

Laarsen saltó al suelo y subió rápido hasta la plataforma.

—¿Queda sólido eso?

El obrero más veterano le contestó sí con la cabeza y Laarsen se encogió de hombros.

—Yo lo veo y no lo creo, Admunsen, pero no se sacan el trabajo de encima. Mire los otros stands. Aquel de la Citroën lo han montado en dos horas. Admunsen, quédese un momento. Voy a tomar un bocadillo. Voy de vacío. Ustedes hagan el favor de darse prisa, ¿eh?

Nadie le contestó. Quedé en el centro de la tarima y me distrajo la mancha blanca de la gabardina de Laarsen alejándose entre los grupos estacionados en el pasillo de la nave, de cemento sucio por las manchas de grasa y la paja pisada de los embalajes. Me acerqué al grupo que trabajaba en el ángulo. Estaba bien encajado, pero lo comprobaban con escuadra a diferentes alturas. Ofrecí mi paquete de cigarrillos y los cuatro hombres aceptaron. El más viejo encendió un mechero de latón dentro de una mano hinchada, sucia de grasa, y me lo tendió.

—¿Hay para mucho?

—Hay. Si no quieren que se venga abajo. Y eso de la palmera es un cuento. Ya vamos a necesitar la grúa para el techo y todavía hay muchos stands que necesitan la grúa.

Me señaló hacia un extremo de la nave donde una pequeña grúa emplazada sobre un camión maniobraba con el techo de un stand colgado de su pico.

—¿No podrían haber pasado ustedes sin palmera? ¿Pondrán un mono?

El hombre tenía la barba de varios días, canosa. Los otros tres comprobaban ahora el otro ángulo. Me encontré junto a él, pendiente de un juicio mío o de una opinión que yo no acertaba a expresar.

—¿Cuándo pondrán la baranda?

—Al final. ¿Quiere que la rompamos al pasar y traspasar? Llevamos una semanita de trabajo que bueno.

—Son municipales, ¿no?

—Sí, señor. Yo ya llevo veinte años haciendo cosas de estas y no necesito demasiados consejos. El otro, el que estaba antes que usted, se ha creído que entiende de esto más que yo. Y conmigo se equivoca.

Y se unió a sus tres compañeros, que le hicieron sitio para que observara la juntura. El camión con la grúa portátil maniobraba ya sin techumbre entre los stands a medio terminar. Observé los que podía ver desde la tarima y examiné el plano que Laarsen me había entregado. Reconocí mi letra en algunas anotaciones marginales; mis dos transcendentales divisiones de elementos: exóticos y domésticos. Imaginé sobre lo ya montado lo que faltaba. Las paredes recordaban acogedores interiores de refugios de alta montaña, de ladrillos tostados por el fuego sostenido de una chimenea crepitante. ¿Qué visitante de la feria podría resistir la llamada de ese hogar deseado? Y luego la entrada del bungalow, la palmera. ¿Qué imaginación no aceptaría amablemente al unísono de un deseo de novedad, tradicionalmente situado en tierras ignotas, y el deseo de bienestar? Y finalmente la fotografía. ¿Qué propietario de automóvil no habría deseado poseer una muchacha rubia como aquella, de tan consistente extremidad inferior? Bienestar, novedad, atracción sexual. Mis notas lo decían bien claro; estaban redactadas desde aquella mesa de mi despacho. Recordaba incluso de dónde había extraído la sugerencia de referir la posesión del coche a la posesión de la muchacha. El libro de Vance Packard hablaba de la interpretación psicoanalítica del deseo de poseer un coche.[21] Se posee un coche y se sacia el complejo de frustración de no poseer una mujer nueva y bien construida. Bird's aparecería ante el propietario del coche como un cosmético para su mujer bien carrozada, poseída cada mañana en las asas de su volante. Entre los papeles del plano estaba la fotografía. La muchacha era un coche y el coche una muchacha de carnes recién estrenadas. Recorrí las inexpresivas facciones de la muchacha. Era la suya una cara abstracta de modelo. Cara igualmente útil para hacer el amor como para anunciar pomada de sabañones. Durante unos años el cuerpo de la muchacha se entregaría cotidianamente desde las páginas de un periódico al deseo reprimido de miles de lectores. Y Bird's se vendería mucho más a su costa.

—Ya podemos encajar el techo.

El hombre me estaba mirando mientras liaba un cigarrillo.

—¿Y la palmera?

—Después. La meteremos por arriba.

El hombre hizo una seña a uno de sus compañeros y este saltó los escalones y fue hacia el camión de la grúa. Seguí al capataz y vi que habían montado andamiajes en torno del stand. Detrás del mismo, sobre un terreno cuadriculado para otro stand, reposaba el techo, que mostraba el agujero donde iría la palmera, y la palmera, medio desprovista de los papeles y la paja que la habían embalado. Entre el capataz y los dos obreros alzaron el techo. Ya tenía las cuerdas dispuestas de manera que al izarlo quedara plano, paralelo al suelo, suspendido de un cabo de cuerda gruesa terminada en una argolla, que partía del centro mismo de la plancha. El camión grúa avanzaba despacio hacia nosotros. El conductor frenó y con la portezuela abierta presenció los movimientos del capataz y los tres obreros para aplicar el gancho de la grúa en la argolla del cabo de la cuerda. Consolidaron la unión con alambre y descendieron el techo hasta que recuperara en el suelo su calma horizontal. El chófer saltó del camión para hacerse cargo de los mandos de la grúa desde la caja. Un zumbido levísimo anunció el levante del techo. Quedó plano, a dos metros del suelo, como la tapadera de una olla expulsada por un vapor tenaz. Lo izaron hasta tres o cuatro metros y la grúa giró hasta apuntar con el techo el espacio que delimitaban las tres paredes ya fijadas. El capataz y sus hombres se habían subido a los andamios y levantaban sus manos hacia el cielo metálico de la nave esperando el descenso del techo.

—¿Qué? ¿Ya va?

Laarsen estaba a mi lado frotándose las manos.

—¿Sabe que hace hasta frío?

El techo descendía. Estaba a un palmo de los bordes de las tres paredes. Las manos de los obreros lo asían y la grúa soltó medio palmo más de cadena. Los obreros procuraron que los agujeros redondos de las esquinas del techo encajasen en los cilindros de madera que emergían de las paredes.

—¡Va!

Ordenó el capataz. La grúa dejó caer la cadena y el techo encajó directamente sobre la pared.

—¿Ha ido bien?

—Justo.

Dos obreros se encaramaron al techo con tornillos y aplicaron el berbiquí para acabar de fijarlo. El capataz se nos acercó.

—Ahora pondremos la palmera y la baranda. Ya es cuestión de minutos.

El propio capataz subió al techo y soltó la cadena de la argolla. Las cuerdas que abrasaban el techo cayeron muy cerca de Laarsen, que se apartó intranquilo. El capataz mismo fue quien repitió la operación de unir la argolla que salía de la palmera con el gancho de la grúa. Esta remontó el árbol y la palmera creció, torcida en el aire. Su follaje de plástico quedó como una emulsión contra la red de vigas de hierro que las luces evidenciaban en el techo. Los obreros tiraron de las cuerdas enrolladas en el tronco de cartón plastificado de la palmera y, sincronizados con el giro de la grúa, consiguieron que la punta del árbol, perfumado con esencia de banana, apuntara hacia el agujero del techo. La palmera penetró en el stand Bird's como un ariete sin resistencia y el capataz la introdujo en el círculo abierto en el parqué del suelo. Laarsen me cogió por un brazo y retrocedimos para ver el stand con perspectiva suficiente.

—Sin la fotografía queda frío. Pero ya verá. Me parece muy bien.

Faltaban la baranda, la instalación eléctrica y el atrezzo interior. El capataz bajó los ojos brevemente para entrever la cantidad de billetes que Laarsen había acurrucado en su mano no apercibida. Luego los metió en el bolsillo y nos miró sonriente.

—¿Les gusta? Queda bonito. Es de los pabellones más bonitos que hemos montado. ¿Qué anuncian ustedes? ¿Agencias de viajes?

—Algo por el estilo —le contesté. Laarsen apartó al capataz con un empujón insinuante y oí como le advertía que debía repartir la propina con sus compañeros. El «no faltaba más» del capataz hizo sonreír a Laarsen y borrar con su mano generosa en el aire la suposición de una sospecha remota. La palmera todavía se agitaba por el tejemaneje de los obreros que fijaban la parte externa del tronco a los bordes del agujero del techo.

—La selva en su casa y Bird's con ella, ¿eh, Admunsen? Recuerdo pasadas ferias. Hace dos o tres años montamos un stand muy épatant. Representaba el interior de un satélite artificial. Pero era poco inteligente. Se limitaba a suscitar sorpresa, y nada más. Admunsen, telefonee a estas señas y exija la foto. ¿Me entiende bien? Exíjala. Y a estas otras, las decoraciones. Si no metes prisa no se hace nada. En la conserjería del palacio le dejarán telefonear.

Sorteé los embalajes desparramados por el suelo y avisté los stands definitivamente concluidos y los todavía por terminar. Una mano de dos metros me detuvo.

«¡Cuidado! La muerte se acerca».

Seguí andando tras enterarme de que las carreteras nacionales registraban un alarmante tanto por ciento de accidentes: era un stand oficial, parte integrante de la campaña del ministerio por la prudencia en la circulación. El stand de la Esso era una pecera dentro de la que ya evolucionaban sirenas con falda tubo de materia plástica cuajada de escamas brillantes. Estaban haciendo un ensayo general porque sonaban violines con el *Orfeo en los infiernos* de Saint-Saëns, amortiguado por un ruido de cascada.[22] Una altísima señorita de cartón, en pantaloncillos, sonreía al lado del marco de la puerta y sostenía entre sus dedos una rueda de cojinetes.

—¿Qué desea?

El conserje me interrogaba con sus cejas desordenadas muy próximas a mi rostro.

—Telefonear. De parte del stand Bird's.

—¿Bird's? Es nuevo eso, ¿no?

—Sí.

Hice las llamadas. Al día siguiente tendríamos ultimada la barraca ferial. De regreso sonreí a un camión falsamente sostenido en el aire por globos de plástico y los faros vidriosos me enseñaron su pupila amarilla y limpia como la de un animal recién nacido.

—Estaba impaciente y he hecho colocar la baranda. Creo que hay suficiente espacio como para maniobrar con la foto. ¿Cuándo estará?

—Mañana.

Laarsen se había quitado la gabardina y braceaba como desentumeciéndose.

—Y Berta sin venir. Esa chica algunas veces debe de tener plomo en los pies. Ahora fíjese bien en lo que le digo. Usted quedará al frente del stand durante los días de feria. Es puramente formal, ¿entiende? A las horas clave usted se da una vuelta por aquí. La muchacha que contrataremos estará aquí todo el día. También un botones. Olaf, el de la agencia. Usted solo vendrá en las horas de más público. De una a dos, por ejemplo. ¿Hace?

—Desde luego.

—Importa que el stand dé sensación de seguridad. De vez en cuando hay a diversas horas visitas oficiales ordinarias. Las extraordinarias ya nos las avisarán y vendré yo también. Pero mire, ya estoy nervioso. No tenemos chica ni nada. Berta ha de escogerla. Hace ya dos semanas que se lo vengo diciendo. Tiene una, dice. Eso dice, ¿sabe? Porque las mujeres te hacen gatadas de pánico. De pánico, Admunsen.

Los obreros claveteaban la baranda y al contemplar el stand me sentí tentado de subir al estrado y meterme entre las paredes acogedoras. En el frontón del techo estaban apuntalando el nombre de la marca escrito en tubitos de vidrio iluminable, con un trazo de caligrafía rotunda y angulosa.

—Mañana vendré yo solo a primera hora. Pero sería conveniente que usted se dejara caer un poco después. Un toque de vista. Es la vista la que trabaja, amigo. ¿Eh, Admunsen? A ver cómo resulta la decoración. Berta visitó el otro día el taller de ese... Mire, hablando del ruin de Roma...

Berta se acercaba sobre sus zapatos altos, dentro de un traje chaqueta azul desabotonado, dejando ver la blusa blanca ceñida al busto. Nos sonrió ya desde lejos y Laarsen cabeceó impaciente, pero una sonrisita le traicionaba.

—Señor Laarsen, no me diga nada. No me diga nada. No quiera usted saberlo. Hola, Admunsen. No quiera usted saberlo, señor Laarsen.

Laarsen pareció disponerse a no querer saberlo porque señaló el stand con la mano y dijo:

—Sin usted. Hecho sin usted.

—¿Yo? Pobre de mí. ¿Y qué habría podido hacer yo? Dígame, Admunsen, ¿qué habría podido hacer yo? ¿Eh, señor Laarsen? No quiera saber. No quiera saber. Muy bonito, Admunsen, muy bonito. Le felicito. Da gusto, ¿verdad, señor Laarsen?

—¿Y la chica, Berta?

—Ya la tengo. Una estudiante. Monísima.

—Bien plantada.

—Bien plantada. No sé si acertaré su gusto.

—¡Oh! ¿Quién mejor que usted? Berta sabe de mis gustos más que yo.

Felicité a Berta con una sonrisa y un movimiento de cabeza sumamente valorativo.

—¿Le gusta el stand, Berta? Le disculpo el retraso, pero ha de decirme que el stand le parece precioso.

Berta subió al stand y el obrero que trabajaba en la baranda siguió la agitación de sus pechos escalón a escalón.

—¡Como en casa! ¡Como en casa! ¿Y la foto?

—Mañana —gritó Laarsen desde abajo, encendiéndome el cigarrillo que me había ofrecido.

Berta taconeaba a posta sobre el suelo, paseaba con las manos metidas en los bolsillos de su chaqueta y haciendo guiños con la nariz para alzar los lentes ahumados, que se le deslizaban hacia la punta. Pasó las yemas de los dedos por la pared.

—¡Es de madera!

Reía mirándonos y achacándonos la broma.

—Berta, ¿los prospectos y todo lo demás...?

—Ya está todo en la oficina. Olaf lo ha traído. No hace mucho. No se crea.

El capataz y los obreros nos rodearon. Nada les quedaba por hacer. Los más jóvenes permanecían distantes.

—Lo nuestro ha terminado. ¿Les parece bien?

Laarsen le palmeó la espalda y le aseguró que nunca, a lo largo y ancho de su dilatada experiencia ferial, las cosas se habían resuelto más rápidamente y mejor.

Le vi muy cerca, como un alud de tiempo, y hasta que se apartó y pude verle de arriba abajo no conseguí decirme: Hans, hace años, las tertulias de Kansas, la chimenea de Arturo. Luego estreché la misma mano que me había golpeado el hombro y todavía ahora no puedo decir si la sonrisa que mi rostro componía era la adecuada para aquel reencuentro inesperado. Sé que mezclé alegría, nostalgia, y que intenté reactualizar aquella impresión de poética lejanía que tan bien modelaban mis labios carnosos y pálidos en los ya perdidos dieciocho años. Hans y yo nos encaminamos espontáneamente al bar más próximo y lentamente su presencia logró un sitio en el tiempo y el espacio presentes. Solo me había acordado de él de vez en cuando; tal vez por eso no lo encontraba muy cambiado.

—¿Qué tiempo hace en París?

—Comme ci, comme ça —contestó escueto.

Me sentí observado y sonreí con malicia, demostrándole que captaba aquella contemplación. Hans comentó mis cambios superficiales y pronunció burlona, pero enfáticamente, unos versos de Neruda que vienen a decir más o menos que ya no somos los mismos.[23] Le suministré los últimos informes sobre mi vida y omití lo de la cárcel por aquel lejano temor que en otro tiempo sentía ante Hans: que pudiera suponer en mí un sentimiento de autocompasión producto de una persecución social. Así pues, le dije: me he casado, estoy en este nuevo estado cinco años y tengo unos enormes deseos de llegar a los seis, mi mujer no es tonta y no es fea.

—Y tú, ¿qué haces?

—Demuestro a la gente que Bird's es un lubrificante insustituible si quieren conservar su coche utilitario o que la margarina de mesa puede sustituir con ventaja a la mejor de las mantequillas.

Hans ni siquiera acogió compasivamente la descripción de mi oficio. Por asociación pasó a hablarme de nuestras mutuas aspiraciones literarias. Fue entonces cuando me acordé de él totalmente. Le vi con sus botas de soldado compradas en los encantes viejos y su traje de estambre azul marino perpetuo; con sus manos largas y blancas volando sobre uno y otro vaso de ginebra helada; su rostro pálido y anguloso mintiendo la bondad literaria de Margaret Mitchell[24] en oposición al gran mito de Dostoievski. Había cambiado. Tenía menos carne en sus mejillas y más en su sotabarba. Las venas se marcaban en sus manos de piel menos blanca.

—¿Qué has hecho en París?

—He estudiado, me he acostado con señoritas sin mala conciencia y he escrito poemas malos.

Percibí por su tono, excesivamente confiado, que no era la primera vez que definía de este modo su estancia en París.

—¿Cuántos años?

—Ocho.

No cabeceé porque temí un acre comentario por su parte sobre mi forma tópica de reaccionar en aquella situación. Pero tampoco comentó agriamente mi risita. Era lo que yo esperaba. Yo, ahora lo recordaba muy bien, había comentado en cierta ocasión que la sinceridad auténtica ante Hans equivalía al silencio; desmontaba con habilidad de sacristán los más sacrosantos artificios lingüísticos o mímicos. Pero ahora Hans me miraba como se mira una parte del tiempo que se presenta nuevamente, pero que ya no está de acuerdo con el paso que vas a dar dentro de unos minutos, y noté cierto afecto en sus ojos por el adolescente que fui, pendiente de su cáustica sinceridad, de sus maravillosas informaciones sobre un mundo de muchachas que se acostaban contigo y no amanecían a tu lado como un vicio perpetuo.

—¿Sigues teniendo ideales?

—¿Cuáles?

—El mundo divido en buenos y malos, los buenos vestidos de azul sufrido y los malos a la moda, con un palco en la ópera o en el estadio.

—¿Y tú sigues prefiriendo a los amorales inteligentes?

Hans rio por mi respuesta, como recordando aquellos años en que nos excitábamos con agudezas constantes, en un «más difícil todavía» que nos llevaba hasta la más náusea de las náuseas.

—¿Siguen tan ricos y tan católicos tus tíos?

—Más.

Respondió y cortó la conversación posible sobre su familia para preguntarme aspectos de Ilsa. Le ofrecí una cena en casa, dentro de unas semanas, cuando Ilsa estuviera ya levantada.

—¿Será la mujer de tu vida?

—Mi vida es demasiado monótona para tener más de una mujer.

Y sentí un cierto remordimiento por Ilsa, víctima de una conversación irremisiblemente cínica. Yo tenía prisa y Hans descubrió que también. Apuntó mis señas en el margen blanco de un periódico que sacó de un bolsillo hondísimo que parecía de otro y nos despedimos igual que nos habíamos saludado hacía unos minutos: con sorpresa.

Al llegar a casa, la madre de Ilsa recogía las bolas de lana y clavaba en ellas las agujas de pasta rosa. Me ha preguntado las últimas impresiones del médico.

—Es cuestión de semanas. Podrá hacer vida normal.

Ha suspirado y sus labios violáceos se han apretado mientras movía la cabeza.

—Salís de una y os metéis en otra. No te apures, Admunsen. Sois jóvenes y saldréis adelante.

Le he contestado que hacía ya demasiado tiempo que éramos jóvenes y todo lo cifrábamos en salir adelante. Pero no ha entendido el fin de mi ironía. Yo, probablemente, tampoco. Ilsa la ha abrazado y le ha transmitido unas cuantas reconvenciones dirigidas a su padre.

—Nunca viene.

—Son días de mucho trabajo. Pronto saldrá de viaje.

La madre se ha marchado. Luego he hablado a Ilsa de problemas de la feria y de mi encuentro con Hans.

—¿Hans? ¿Quién es ese?

—Sí, hombre. Aquel que escribió un poema apologético de los gamberros. Te he hablado muchas veces de él.

—¡Ah! ¿El loco aquel?

Me reí a costa de la simplista visión que Ilsa tenía del viejo y pálido Hans. Pero Ilsa ya me estaba diciendo que nunca entendería nada sobre mi asquerosa profesión. He desviado la conversación de los slogans y los anuncios e Ilsa me ha hablado de sus padres.

—Los veo muy solos, Admunsen. A los tuyos también. Me dan mucha pena.

—Pueden venir con más frecuencia.

—No es eso. Además, tú los cohíbes un poco. Te quieren mucho, Admunsen. ¿Recuerdas entonces?

Yo recordaba mi nerviosismo ante cada visita, la repetida sensación de que habían cambiado mucho desde la última. Al principio me emocionaba su emoción y me sentía desvalido, capaz de admitir cualquier ternura por extraña que fuese. Luego pensé que aquellos momentos ocupaban media hora de vez en cuando en la vida de mis visitantes y que a cambio enriquecían sus experiencias y su concepto de sí mismos, por la económica medida de gastar un poco de capacidad afectiva. Yo no tenía otra salida que aquella realidad tan próxima y tan lejana, llena de rejas y recuerdos; el morboso recuerdo de Ilsa.

—Ilsa está bien, Admunsen, no te preocupes. Pronto saldrá y la tendrás aquí hasta tu salida.

—Tus padres mismos, ¿cuándo los ves?

La última vez había sido después de una descorazonadora entrevista con Laarsen. Cuando entré en la calle me sabía observado por las caras que llenaban el mundo de mi infancia.[25] Juzgarían mi prosperidad por la bondad de mi atuendo y la importancia de mi gestión en el mundo por la seriedad de mi rostro. El lechero seguía sentado en su silla con el odre de su vientre clausurado por la braguета inacabable; de la puerta de la zapatería salían los martillazos vibrantes por el pie de hierro colado que llenaban toda la calle, estrecha y torcida.

Y luego en el balcón oía el traqueteo de la máquina de coser de mi madre: mi padre no había vuelto todavía del trabajo y era preciso terminar aquella falda para una vecina —el recibimiento a Cristo con laurel y palmones en la iglesia de la esquina se avecinaba y era costumbre estrenar ese día una prenda de vestir—. Enfrente, el tejado lleno de verdín y los palos grises en las azoteas, sosteniendo los cables que yo recordaba eternamente oxidados, pasados y repasados por las palmas mojadas de las mujeres antes de doblar sobre ellos las sábanas enormes de blanco azulado. Ahora el plástico parecía llenar el próximo horizonte de serpentinas y el vuelo de las sábanas tenía un temple juguetón, que juzgué desconocido. El tráfico de aquella calle de confluencia apagaba todo rumor. En otros años, en esa esquina ventruda y descolorida se apostaban las estraperlistas con su mercadillo portátil de pan y tabaco. El pan como un niño arrullado en el cuenco del brazo adosado al cuerpo y el tabaco en los bolsillos de los delantales o entre los senos sin puntas bajo los pecheros almidonados del delantal blanco. El vocerío de la venta clandestina, el chillido del ciego de la esquina vendiendo boletos de lotería o el de la rifadora, con sus cestas insultantes llenas de latas de carne, frutas secas y alguna botella de vino dulce.

Y aquel rumor más próximo de las tibias conversaciones de las clientas de mi madre. La crónica obscena de una vida obscena relatada mientras se escoge en un figurín barato el modelo para vestido de paño barato, cuyas hechuras costarán baratas. Aquellas conversaciones sobre amores frustrados por la guerra y honras frustradas por la posguerra: eran abundantes los casos de amontonamientos de parejas en el barrio, porque era escaso el suministro del racionamiento y las gentes comprenden inmediatamente la primacía del estómago sobre la moral. Y el traqueteo de la máquina de coser, un fondo constante. Y cómo luego la crueldad moral de aquel mundo se descubre en un poema de Brecht o en una novela italiana y cómo la historia de aquel mundo labrado a metrallazos se descubre también en una novela italiana. Y cómo hasta cierto punto después de aquel descubrimiento supe que era riquísimo en experiencias envidiables por cientos de jóvenes progresistas que miraban el mundo de toda mi vida como a una clientela futura.

Pero de las aristas agudas de aquel barrio de posguerra no parecía quedar nada. Solo el traqueteo de la máquina de coser de mi madre y tal vez mi presencia ante la calle anochecida, similar a la de los años de mi infancia: una vieja curiosidad por descubrir el principio y el fin de las acciones que te envuelven. Luego llegaron mi padre y mi hermano. Sus preguntas repetidas sobre mi situación económica y el estado de Ilsa.

—Hijo. Las cosas os han venido mal. ¿Quién os mandaba meteros en aquello? Ha costado mucho que llegaras donde has llegado, y esto —se palpaba la frente— debe servir a esto. —Se palpaba la cartera sobre el corazón—. Nadie te dio ni te dará nada.

Mi hermano arremangaba su camisa blanca de burócrata y fingía iniciar conmigo un combate de boxeo de confiado final. Mi madre aparecía entonces con la prenda cosida, la bolsa de los alfileres prendida por un alfiler del pecho y los ojos asomados al borde de las gafas que más de una vez yo había limpiado, ya hacia la madrugada: la frente de mi madre sudada sobre la tabla de cortar; mi padre durmiendo, preparado para el asalto del despertador, eficaz y brutal a las seis de la mañana; mi hermano durmiendo en la cuna metálica. Y el libro de Historia o Ciencias Naturales sobre la mesa que terminaba donde empezaba la máquina de coser de mi madre, con las listas de reyes germánicos o sus inagotables clasificaciones geológicas de la tierra, prometiendo infinitas cartas de recomendación para el futuro.

—Tu madre vino la otra tarde, cuando la telefoneaste. Noté que quería esperarte. Verte. Pero llegaste tarde.

Me levanté embarazado y molesto por la fácil victoria que estaba obteniendo Ilsa. Descolgué las gotas del cuentagotas en un vaso mediado de agua e Ilsa dejó de esperar una respuesta para beber.

—Cuando cobre voy a estar una temporada buscando otras cosas. Cada vez me carga más esto.

—Pronto me levantaré. Todo irá mejor. Podríamos pasar todo el mes de agosto fuera e invitar a tus padres unos días. Y a los míos.

—¿Qué te ha cogido hoy?

—He pensado en la muerte, Admunsen.

—No pienses en esas cosas tan obscenas y reaccionarias.[26]

—¿Haremos lo que te he dicho este verano?

Froté dos dedos.

—¿Qué te pagaran por todo eso?

—No lo sé. Quiere que me encargue también del funcionamiento del stand durante toda la feria. Supongo que bastante.

En el antesalón el todo Leyden se entregaba a las conversaciones intencionadas o cultas de una precena. Smokings y trajes de noche femeninos se agrupaban y se deshacían al calor del recién llegado, que provocaba una pequeña excitación. Quinientos comensales, se decía: seremos quinientos comensales. Y los maquillados ojos de las señoras se abrían desmesurados, dejando la pupila pequeñita abandonada en un mar blanco repleto de asombro.

La señora Laarsen me había dado a besar la mano llena de manchas marrones. Un enorme pañuelo de gasa malva le cubría los hombros desnudos y su cabello blanco azulado brillaba bajo la luz de las arañas. Laarsen había aparecido satisfecho entre su esposa y Berta, con su traje de noche de doble tela, la superior vaporosa y agujereada, de un color beige algo tostado. Berta me sonrió chatilla y rio por algo que sin duda asociaba a mí.

—¿Y su esposa, Admunsen?

—¿No te dije que estaba enferma, Nora?

—¡Ay! Qué pena.

Llegaron las autoridades y la distinguida concurrencia las siguió en su entrada triunfal al gran comedor. El himno nacional suizo, país organizador del acontecimiento, nos hizo vibrar a todos. Pensé en Guillermo Tell, en los relojes, en las vacas, en los bancos. Las autoridades civiles y militares ocuparon la extensa longitud de la mesa presidencial. El venerable Fugs, patriarca de las ferias de muestras del país, ocupaba un asiento de honor. La señora Laarsen, mientras avanzaba por el pasillo alfombrado, seguida de Berta, de Laarsen y de mí, miraba sonriente a izquierda y derecha respondiendo a sonrisas que nadie le dirigía. A veces acentuaba la sonrisa ante una cara conocida. Sobre el mantel blanco un boleto: «Señores Laarsen y amigos».

—Aquí es. Bien situados. ¿No te parece, Nora?

Muy próxima estaba la gran mesa presidencial con las copas para el vino, el agua y el champán formando una larga hilera de transparencias verdes y rosas. La señora Laarsen no había abandonado su sonrisa. La piel del cuello se asomaba arrugada sobre la gasa según los movimientos de su cabeza.

—Están todos.

—No lo sé, Nora. Pero lo parece. Un gran acontecimiento sociocomercial. ¿No lo cree, Admunsen?

—Sí. Ya lo creo.

—Ya te acostumbrarás a Admunsen, Nora. Es poco locuaz. Pero tú dale un papel y un lápiz y te monta ahora mismo una fabulosa campaña de publicidad de..., mira, de los tapones esos.

Berta me puso una mano en un brazo y comenzó a reír llena de un imprevisto cariño hacia mí. Aprovechó el gesto para decir:

—Estas cosas encantan, ¿no es verdad?

Le dije que sí y ella miró hacia todos los puntos del salón sonriente y por ello supuse que feliz.

—Admunsen, le cedo por esta noche a Berta, la mejor secretaria del mundo.

—Por Dios. ¿Qué dices? El señor Admunsen está casado. ¿Es usted un marido fiel, Admunsen?

—Tengo muy poca imaginación, señora.

—¿Lo oyes, Nora? Un hacha. Este Admunsen habla poco, pero...

—Ya quisiera yo decir lo mismo de mi marido. Peer, ¿me engañas?

—Querida mía, queridísima mía, solo lo suficiente.

—Yo me dejo engañar, Admunsen.

—Y tú, ¿me engañas, querida?

—Por Dios, Peer. ¡Soy una señora!

—Querida, es cierto. Tantos años de convivencia me lo habían hecho olvidar.

Berta asistía divertida al juego de palabras y súbitamente me rodeó un brazo con el suyo blanco y desnudo.[27]

—Admunsen, está usted hoy muy elegante con el smoking.

Al desviar los ojos encontré al venerable Fugs ocupado en una amable conversación con el gobernador militar. Recordé a Mateo, con su fichero de financieros, laboriosamente realizado durante aquellos dos años. Le llamábamos «el chafardero de la economía». Bastaba darle un nombre para que él olfateara su fichero como un perro cazador la presa y te proporcionara a los pocos minutos un cuadro bastante nefasto de los consejos de administración a los que pertenecía la pieza. Fugs: consejo de administración del Banco de Leyden, accionista de Fosfatos, S. A., Aplicaciones del Petróleo, S. L., Publicaciones Unidas... Laarsen estaba refiriendo a Berta precisamente la vitalidad del anciano Fugs. Ahora Fugs dialogaba distante y cordial con una dama de bolsas letales ostentosas, casi depositadas sobre el blanco mantel.

—Y miren a Thonsen. Admunsen, ¿conoce usted a Thonsen?

—Personalmente no. He oído hablar de él.

—El amo del norte, se lo aseguro. Créame.

—La noche será espléndida, ¿verdad?

Berta se inclinaba hacia mí con la boca entreabierta. El pelo le caía en puntas compactas gratuitamente distribuidas sobre la frente y detrás se amontonaba bruscamente, como ocultando una encefalitis ovoide. Los camareros iniciaban el servicio: consomé de tomate, lenguado a la Meunière, pollo a la americana, macedonia de frutas, helado; vino blanco Zeit para el pescado, tinto Zeit para la carne, champán rosado Zeit... Laarsen tuvo agrias palabras para el menú.

—En este país no saben resolver un menú sin pollo. Es indignante. Va usted por ahí fuera y tienen variaciones. Tantas como usted quiera. Parecemos campesinos. ¿Un día de fiesta? Pues a matar un pollo.

La señora Laarsen arqueó las cejas, movió los ojos aladamente; sus dientes superiores, tan postizos como los inferiores, se asomaron sobre el labio untado suavemente de carmín rosa. Saludaba a alguien de esta manera. El jefe superior de Policía se sentaba a la derecha del gobernador, y a la izquierda, Thonsen. En el archivo de Mateo solo estaba Thonsen. Una orquestina se había situado en una miranda que daba al salón e inició los compases de «El bello Danubio azul».

En una mesa reconocí a varios catedráticos de la universidad, con sus respectivas esposas, en compañía de dos cabezas de sendas empresas familiares de hilaturas. El catedrático de Metafísica inclinaba sus ojos oscuros y alezeicos sobre el plato donde el lenguado se deshacía al solo contacto de la espátula para el pescado.

—Este champán está poco frío —comentó Laarsen fastidiado.

El camarero se acercó ante su llamada y recibió las reticencias de Laarsen sin mover una pestaña.

—¿Sería posible encontrar en las inagotables bodegas de este maravilloso hotel botellas de champán frío? Sospecho que estas que usted nos ha traído las han debido de calentar al baño maría. ¿Es así?

—Enseguida será servido el señor.

Laarsen nos miró a los tres, todavía rojo y triunfador.

—Es que si no te pones así, no se puede. No, señor.

El camarero volvió con una botella de champán perlada por el helor. Laarsen deslizó un billete crujiente en la mano del camarero, que simultaneó la sonrisa con el discreto giro de la servilleta blanca para tapar la propina.

—Muy amable el señor.

Las mujeres seguían pendientes del tráfico de seres y palabras por el salón.

—Estáis poco animados —dijo la señora Laarsen mientras la servilleta le secaba el labio inferior. Laarsen dejó de masticar aquel trocito rojizo de pollo que había separado cuidadosamente de la piel y me miró sorprendido. Terminó de masticar y se encaró con su esposa.

—¿Qué quieres que hagamos? Me hace gracia. Estamos cenando.

—Admunsen, ¿piensa usted igual? ¿Hay algo tan horrible como una reunión de seres humanos que comen? Así, así...

Movía las mandíbulas sobre un pretendido contenido bucal aparatoso.

—Es tan poco delicado. Estas reuniones deberían hacerse sin cenar.

—No vendría nadie —dijo Laarsen mientras separaba otro trocito de pollo con el cuchillo.

—En otras mesas la gente habla. La culpa la tienes tú, que eres muy soso. Ustedes opinen. ¿Verdad que su «señor Laarsen» es muy soso?

—No. No creo.

—¡Claro que no! —pronunció Laarsen rotundamente.

Berta reía con la misma risita placentera que solían producirle las almejas.

—Además, Nora, estamos entre jóvenes tristes, alejados de sus amores. Mira, la pobrecita Berta, alejada de su amor australiano.

Berta reagrupó sus esfuerzos dispersos entre el salón y el pollo a la americana para reír abiertamente.

—Y Admunsen piensa en su esposa enferma.

—¿Recién casado?

—No, hace ya cinco años.

—¡Oh! Que jóvenes se casan hoy todos ustedes.

Laarsen reía viendo reír a Berta.

—¿Le escribe con frecuencia su australiano?

—Quiere usted saber mucho...

Y rompió a reír otra vez. La señora Laarsen la contempló críticamente y la miró con una ironía que se quedó en ella. Laarsen proseguía implacable.

—¿Es muy fogoso su australiano?

—Si no le he visto nunca.

Y continuaba tenaz su risa. Yo también estaba riéndome y la señora Laarsen lo hacía discreta con los labios tensos. Nos trajeron el helado.

—El helado me encanta —comentó Berta, y nos miró a todos asintiendo rítmicamente.

El gesto me resultaba conocido. Por otra parte, Berta me recordaba aquellas muchachas de la academia, matriculadas de francés y mecanografía, que miraban a los bachilleres con una lejana admiración. Eran carne propicia de domingo. Todo lo propicia que puede ser la carne a los dieciséis años, en la penumbra del comedor amplio de un hogar pequeñoburgués, la mesa apartada contra la pared y el pick up cubierto por la voz de Frankie Laine o los Platters sobre el tapete de encaje que había hecho la hija de la casa; [28] las parejas entregadas a contactos furtivos, palabras cálidas en la oreja, apenas el leve ritmo del baile. Luego, entre nosotros, los comentarios por las facilidades de Bertas adolescentes, el acoso al romántico que se había enamorado bajo el imperativo de la sublime melancolía de su cama también adolescente y misteriosamente desierta.

—Va a hablar.

El venerable Fugs estaba en pie, con toda su piel blanca y arrugada parapetada tras el frac. Sus ojillos bondadosos de anciano de cuento infantil recorrieron la sala sonrientes. Un chist discreto y continuado acalló el rumor de las voces y la música de la orquestina.

—Distinguidas autoridades, señoras, señoritas, caballeros... y, muy especialmente, señor embajador de Suiza, bajo cuya hospitalidad nos cobijamos... Esta es la trigésima vez que doy la bienvenida a los feriantes. Esta ciudad os acoge con los brazos abiertos.

Mateo nos había hablado de las relaciones de Fugs con la Solvay.[29] Nos explicaba las presiones concretas que el monopolio internacional de la sal había ejercido en un pueblo del litoral cuyas salinas amenazaban la estabilidad del precio mundial de la sal. Se boicoteó la celeridad del transporte, no se permitió el remozamiento del puerto. No había otra fuente de vida que la pesca y la sal.

—Veréis maravillas. Maravillas del tesón humano. Maravillas del esfuerzo sincronizado de empresarios y productores para servir los intereses económicos de la patria.

La consecuencia de aquellas medidas fue la emigración masiva. El pueblo se quedó con sus casas al mar, abandonadas; el hierro historiado de sus rejas se oxidó bajo la brisa marina; la playa era un inmenso bancal de algas y el cementerio de barcas podridas; y en el puerto la vieja grúa racionaba la sal a los barcos y el pan a los habitantes del pueblo. Recordaba la descripción plástica de Mateo como si me la hubiera contado hacía una hora. Me habían quedado momentos de aquellos dos años con una fidelidad increíble.

—Una Feria de Muestras es el exponente de un temple. Una Feria de Muestras internacional es el exponente de un temple internacional. ¿Qué indica este temple? Fe. Fe en Dios y los hombres. En el porvenir. En el trabajo. Distinguida presidencia, señoras, señoritas, caballeros, la rueda multicolor de la feria se inicia como una primavera repetida. El verano nos traerá sus frutos.

Los aplausos se cerraron como un corro de público en torno de un hecho desusado. Laarsen aplaudía sonoramente. La señora Laarsen y Berta apenas si tocaban la mano con la punta de los dedos. Yo aplaudía con Laarsen allí al lado y Mateo en el recuerdo. Pero Laarsen estaba más cercano.

—¿Qué hacemos?

La presidencia seguía compacta. Servían el café y la copa de coñac.

—Conviene dejarse caer por estos sitios, Admunsen. Yo he obtenido muchas oportunidades en sitios como este. ¿Recuerdas, Berta, hace dos o tres años, en el baile del consulado italiano? Nora iba disfrazada de Dama de las Camelias y yo de astrólogo. ¿Qué diría Berta de mí si llegara un día a la oficina vestido de astrólogo, con un cucurucho en la cabeza lleno de estrellas?

—Señor Laarsen... Señor Laarsen...

Pedía piedad Berta, sumergida en una risa incontenible.

—Por cierto, Admunsen. Ya tenemos chica para el stand... ¡Ah! Si ya lo sabía usted... Una estudiante. Berta la ha contratado.

—Sí. Una chica muy mona. Me pareció la más adecuada. Sabe varios idiomas. El inglés muy bien. Puede pasar incluso por americana.

—Pasado mañana es el gran día, Admunsen. La muchacha esa, Berta y el muchacho de los recados pasarán bajo su dirección. Sobre todo al recadero ordénele sin contemplaciones. Es un gandul.

La cucharilla de Laarsen removía la espuma que cubría el café. Nora rechazó la taza de café con las dos palmas de la mano desparramadas y la cabeza vuelta hacia un hombro.

—Es un veneno para mí. Y me gusta tanto.

—Tus nervios, Nora, tus nervios.

—Mis nervios, Peer, mis nervios.

Y movió la cabeza contrariada. La presidencia se ponía en movimiento. Laarsen se levantó presuroso y se acercó a uno de los grupos que se formaron tras la diáspora presidencial. Fue recibido con amplias sonrisas, apretones de manos, algunas palmadas en la espalda.

—Y ahora a casa —musitó Berta mientras sus ojos se abrían normalmente.

—Usted es nuevo en todo esto, ¿no?

—Tutéame, por favor. Sí, soy nuevo. Conocía la feria desde fuera.

—¡Qué gracia! Pues todo esto es pesado, ¿sabes? Pero luego viene el verano. El señor Laarsen da vacaciones largas. Un mes.

Berta arrugó la naricilla y subió los hombros desnudos, como desentumeciéndose.

—¿Qué vas a hacer esta noche?

—Si quieres podemos tomar algunas copas cuando se vayan los Laarsen.

—¡Estupendo!

Laarsen regresaba. Me levanté al alzarse la señora Laarsen y Berta. Él llegaba satisfecho, los ojos todavía en función de la situación pasada.

—Thonsen es un hombre campechano. Y eso que tiene más millones que estrellas el cielo. ¿Sabe, Admunsen, que también está detrás de Bird's? ¿Nos vamos? —añadió sorprendido por el movimiento de las mujeres.

—Sí, Peer. Estoy cansada..., intranquila.

—Nora, en un momento estaremos en casa. Acompañaremos a estos jóvenes.

—No se preocupe. Vivimos relativamente cerca. Es decir, Berta no sé...

—Sí, sí.

—Ya iremos por nuestra cuenta. La noche estaba magnífica.

—Admunsen, cuidado. No abuse de la enfermedad de su esposa.

—Peer, no presumas de moralista.

—No. ¿Yo?

La riada de smokings y trajes de noche parecía desbordar los cauces del pasillo. Los camareros alineados y firmes se inclinaban levemente al paso de las autoridades mezcladas con el público. Laarsen y yo esperamos en el vestíbulo a que las señoras volvieran del tocador. Berta se había echado el chal de seda amarilla sobre los hombros y la señora Laarsen desplegaba aún más su inmenso pañuelo de gasa.

Ya ante el coche, Laarsen renovó su ofrecimiento de acompañarnos. Lo rechazamos. Berta y yo permanecimos quietos unos momentos, rodeados del trajín de los coches que partían. Le propuse recorrer el centro del paseo bajo los árboles y aceptó. Me orientó hacia su domicilio.

—¿Es serio lo de tu esposa?

—No. Puramente preventivo. Un mes a lo sumo, menos tal vez, y ya saldrá a la calle.

Caminábamos juntos, adecuándome a su paso, breve y seguro. El aire de fines de mayo olía a madrugada cálida. Berta estaba más bonita con sus facciones irregulares iluminadas por los faroles de neón.

—¿Te irás pronto a Australia?

—No lo sé. No es seguro, ¿sabes?

—¿Cómo se te ocurrió?

—Me aburría. Los domingos, los lunes, los jueves... Siempre me aburro. Los mismos fines de semana, los mismos bailes, las mismas caras. Yo siempre he querido hacer cosas distintas..., eso es, distintas. Yo me carteaba con gente del extranjero. Así, sin conocerlos..., así empezó lo de ese chico de Australia.

—¿Es un agricultor?

—Sí. Eso dice. Yo no sé nada. Igual llego allí y todo es mentira.

—¿Tienes fotos de él?

—Aquí... no. Es una persona normal. No es feo, no creas. Casi me haría más gracia continuar las cosas así. Escribiéndonos. Luego todo puede salir mal.

—¿Por qué ha de salir mal?

—No sé. A veces pasa. Las personas de cerca somos distintas. Luego la confianza. Es peor. Sí. Es peor. Las personas que conoces bien te aburren..., te cansan... ¿No crees?

—Es posible.

—Yo no soy como muchas chicas..., casarse y casarse... Tal vez sea porque me gano la vida. No sé. Tengo ganas de ver muchas cosas. Esta noche he sido feliz. ¿Tú no?

—Lo que se dice feliz.

—Tú tienes lo de tu mujer. Pero todo era distinto a lo de siempre. Así lo creo. Estas cosas me gustan. Me pasaría la vida entera con este vestido y en esta noche. ¿Tú tienes dinero?

—No.

—Ya me lo parecía. Yo tampoco. Mis padres son trabajadores. ¿Sabes lo que puedo sentir en un ambiente como el de hoy?

—¿Qué?

—Que pocas muchachas de mi barrio pueden ver cosas así.

—¿Te gusta?

—Me gusta, sí. Además, te obliga a pensar distinto. Ellas..., el novio, se casan, los hijos. Yo soy más libre. Por eso pienso distinto. Me gano la vida. Yo lo atribuyo a eso.

—¿Ellas son felices?

—¿Lo sabes tú? Yo tampoco. Algunos matrimonios salen bien, pero nadie sabe por qué. Otros mal. Pero no sabes si son felices. No creo ni que ellos lo sepan. Viven así..., como todos los otros... como todas las otras mujeres que conozco. ¿Sabes que la señora Laarsen ha tenido más de un fulano?

—No. ¿Él lo sabe?

—Claro. Él me da pena. ¿Qué piensas del señor Laarsen y de mí?

—¿Juntos?

—Sí.

—Nada.

Ella se adelantó para verme la cara.

—No es cierto. Y te equivocas. Sí, te equivocas. El señor Laarsen lo ha intentado. Incluso le ha hecho gracia que me resistiera. Por eso me aprecia. Otras de la oficina, en cambio...

Caminó unos minutos sin decir nada. Yo imaginaba una escena de amor, bastante burda, entre Laarsen y Berta.

—Tampoco creas que soy una santa. ¿Te importa lo que te cuento?

—Lo pasamos bien, ¿no?

—Es posible que no te importe.

—¿Por qué?

—No sé. A veces, ¿no te ha pasado? Cuentas tus cosas a los otros y notas que no les importan. Por eso me gusta lo de mi australiano. Se lo cuento todo por carta.

—¿Qué te dice él?

—¡Oh! Es muy parco en palabras. Me dice siempre que no me preocupe. Pero noto que ha leído mis cartas.

Le propuse entrar en un bar a tomar algo. Pero no tenía ganas. Nos adentramos por una de las calles que partían del paseo. Algunos noctámbulos nos miraban como a protagonistas de una mascarada. Nos acercábamos a los barrios populares cercanos al puerto. Berta se iluminaba de amarillo por los globos de las farmacias de guardia, de rojo por un anuncio de bazar, de verde por las bombillitas intermitentes del rótulo de un meublé.

—Vivo en aquella esquina.

—¿Te dejo aquí?

—No. ¿Por qué? ¿Tienes prisa? ¡Ah! Ya. No me importa. Ya están acostumbrados, el sereno, mi madre y el barrio entero. No es la primera vez que me acompañan chicos.

La vi sonreír y alejarse mentalmente de la situación. Luego volvió bruscamente la cabeza y me miró sin dejar de andar.

—¿Sabes que el verano pasado tuve un aborto?

No tuve tiempo de captar toda su intención. La miré sorprendido, según creo, y me puse serio. Llegamos a la puerta de su casa y me tendió la mano.

—No te digo que subas, como en las películas, porque estás casado y mi padre tiene el sueño ligero.

Le estreché la mano todavía sorprendido. Sacó la llave del bolso y abrió rápidamente la puerta de vieja madera pasada. Me saludó ya en la oscuridad, moviendo los dedos, como si tecleara sobre una máquina de escribir y cerró la puerta.

He llegado andando hasta casa. He intentado explicarme el proceso espiritual de Berta hasta llegar a esa irritación contra mí de los últimos minutos. Tal vez yo haya planteado nuestras relaciones como las de dos extraños civilizados y ella hubiera querido encontrar un oído dispuesto a oír y entender, a comprender y responder. Ilsa ya estaba dormida a mi llegada. Había dejado la luz encendida. Bajo el pie de la lamparilla, un papelito cuadriculado donde Ilsa me advertía que habían telefoneado Gustav y Greta; emplazaban para un ensayo, mañana por la tarde. *A la mitad del camino* estaba en el suelo abierto por la página ciento ochenta y dos; en el rostro dormido de Ilsa distinguí, al besarlo, las huellas de las lágrimas.

Ilsa me ha exigido que le explicara todo lo sucedido anoche. He dudado en contarle íntegro el regreso con Berta.

—¡Muy bonito! Yo esperándote y tú quijotesco acompañando a tímidas señoritas, tristísimas porque han abortado.

—Es una experiencia que no podéis reivindicar todas las mujeres.

Ilsa luego ha criticado a la muchacha universitaria que trabajaría en el stand Bird's: niña de buena familia, imbécil, coqueta... Después ha aplicado su mal humor a las escasas visitas de su padre... Luego ha sido Maxim, el apóstata de *A la mitad del camino,* quien ha sufrido las pequeñas furias de Ilsa.

—Es un ventajista. Les habla a los otros con mucha seguridad sobre algo que solo él puede conocer bien. Los otros no pueden hacer otra cosa que callarse.

—Es un truco del autor para que las cosas queden en el aire sin responsabilizarse. Tal vez no sea consciente.

—Te pasas de listo.

Ahora se metía conmigo. He llevado hasta la habitación la máquina de escribir sobre el portador metálico y he picoteado cuartillas. Ilsa, en tanto, hacía extrañas dobleces con la sábana.

—Si te aburres, por mí puedes irte. Nadie ha pedido que te sacrificaras tanto.

No le ha gustado mi mirada. Ha dado la vuelta y me ha ofrecido la espalda durante mucho rato. He seguido escribiendo hasta que ella ha extremado un poco sus sollozos para que yo los oyera. Me he dado por aludido y le he pasado una mano por la espalda.

—Si no lloras, dentro de un rato te leeré la preciosa historia que estoy escribiendo.

Seguía llorando, pero ahora totalmente en serio. También en serio me he sentado en el borde de la cama y la he obligado a enfrentar su rostro húmedo y enrojecido por las lágrimas al mío. Apretaba los párpados y los dientes y cuando le he puesto la cabeza en mi pecho ha sollozado con un impulso animal que me ha asustado. Todos los objetos de la habitación han perdido sentido. Como si me viniera de ella, la angustia me ha subido por el pecho desde su cara. Los sollozos la convertían en un cuerpo a bandazos, estrellándose contra el mío. Ha tardado en calmarse y al retirar los cabellos de sus mejillas con la mano, el sudor y las lágrimas le han dejado la piel brillante. No me miraba. Buscaba las baldosas con la expresión de huérfano que cada ser humano pondría alguna vez en su vida, si alguien le estuviera mirando con compasión. Yo estaba triste; no por la tristeza que tan artificialmente Ilsa había precipitado, sino por la misma necesidad que ella sentía de aquella amargura.

Sosegada, se ha negado a deshacer el cerco de sus brazos alrededor de mi cintura con gestos tercos, exageradamente infantiles. Afortunadamente, Ilsa no siempre es inteligente. Se lo agradezco con frecuencia.

—¿Qué escribías?

—Una historia de caballeros andantes.

—No te burles.

—¿Recuerdas la historia de Erec y Enide?[30]

Ilsa no la recordaba. Yo le he contado la bella historia del ciclo artúrico: Erec, el caballero más valiente de la corte del rey Artús de Bretaña, se desposa con Enide. Malas lenguas comienzan a decir que Erec se ha adocenado, que el matrimonio le ha hecho perder las virtudes caballerescas. Erec responde con los hechos. Monta a Enide en un caballo y la ordena cabalgar ante él y no avisarle de ningún peligro que se presentara. Pero Enide, ante cada peligro avisa a Erec. Y el caballero vence siempre. Ha reconquistado a Enide tantas veces como la puso en el peligro y legitimiza por ello su amor. Sigue siendo un magnífico caballero.

—¿Y qué quieres decir con eso? ¿Qué tiene que ver con lo que has escrito?

—Pues bien. Yo he escrito la historia de Erec y Enide hoy, deprisa y por la calle. No la he terminado porque tú no me has dejado.

—¿Qué has escrito?

Le enseñé las cuartillas.

—Léemelo.

Le leí lo que había escrito.


### EREC Y ENIDE[31]

Erec se levantó aquella mañana con mala conciencia. Enide dormía a su lado suave y transparente, bajo el camisón de nylon. Frente a ellos, una mala reproducción de Gauguin, "¿Adónde vamos?", y las ropas en el suelo que la precipitación del amor había descuidado.[32] Erec, una vez limpios los dientes, limpia la piel, se vistió meditando y el espejo del tocador le devolvió su frente ceñuda y los labios apretados.

Resoluto, palpó a Enide y la sonrisa de la bella durmiente del cuarto tercera[33] de una avenida del arrabal de Leyden se abrió como un paraguas de nylon verde esmeralda bajo la lluvia.

—¿Qué hora es?

Enide, ya un ser-en-el-mundo cualquiera,[34] sintió un repentino rubor por el rosa de su carne bajo el sutil camisón y se creyó en la obligación de taparse con la sábana y advertir a Erec:

—No mires.

Erec lanzó un ¡puaf! despectivo y Enide otro puaf sonriente y cachondo de director de banco ante el cliente que tarde o temprano pedirá un préstamo. Enide se vistió consciente de ir escondiendo al mundo secretos importantes, y Erec proseguía con el ceño establecido, pero ahora apoyaba el mentón sobre la palma de la mano, decidido a que Enide le preguntara las razones de aquella desusada concentración.

—¿Hay apio para el caldo de hoy? —preguntó Enide.

Erec fue sumiso a la cocina y descubrió dos cosas: 1.º No había apio. 2.º Era absurdo preocuparse por el apio en el estado anímico en el que había amanecido. Volvió, pues, a la alcoba y musitó lánguidamente:

—Preguntas cada cosa.

—¿Qué dices?

—Preguntas cada cosa.

—Bueno, ¿hay apio o no hay apio?

—No hay apio.

—No sé qué hacemos con el apio. Hace dos días había cuatro tronquitos.

—Yo, como comprenderás, no me lo como crudo.

—¿Y qué si lo hicieras? Oye. Me gusta que estés fuerte.

Y Erec soportó el pellizco de barbilla que le arrebató Enide y su sonrisa insinuante de director de banco, etcétera, etcétera. Enide terminó seguidamente su arreglo y Erec carraspeó una y otra vez, pero Enide no se daba por enterada.

—Enide.

—¿Qué?

—Enide.

—¿Qué?

—¿Has pensado en cómo vivimos?

—¿Cómo qué?

Enide frunció un poquito la bella frente blanca y llevó su mejor dedo, el anular derecho, a los labios crudos y carnosos, levemente apiñonados.

—Regular, ¿no?

—Pésimamente —concluyó Erec, remontando uno de sus brazos hasta formar un ángulo recto con el cuerpo a la manera de los guardias urbanos.

—¿Lo dices por la escasez del apio?

—Lo digo por la escasez de todo…

—Porque falte apio no…

—No se trata del apio.

—¿De qué, pues…?

—De principios… de realización… No nos realizamos.

Enide se vio ya definitivamente impelida a meditar y acentuó el ceño, pero no mucho.

—Estás hablando en profundo, ¿no?

—Así es.

Enide siguió meditando mientras ajustaba la media a su muslo blanco, de venas azuladas bajo la piel delicadísima. Se volvió inusitadamente a Erec y asintió resueltamente.

—Pues sí. Te daré la razón. No nos realizamos.

—Hay que hacerlo.

Y Erec ajustó la armadura de cheviot sobre la cota de nylon, palpó sus perneras de poliéster y remiró el brillo de los zapatos. Sobre un horizonte, no muy lejano, la primera luz de la mañana escogía los mejores caminos para seguirlos, al margen de los bosques de abetos suntuosos y helechos gigantes, lagrimeando sobre la tierra húmeda y roja, orillada por piedras blancas, como en los caminos de los cuentos. Enide estaba hermosa como la primera vez y como la primera vez estaba dispuesta a inventarse la alegría. El mundo podía ser una conquista inmediata.

—Enide, anda delante, por las aceras. No digas nada. Rondarán peligros, pero no me avises.

—¿Por qué no puedo avisarte?

—Hazlo. No me avises. Luego te lo contaré.

—Pero dime, ¿por qué no puedo avisarte?

—¿No podrás esperarte hasta el final?

—Hay días en que estás tan raro, Erec.

Y descendieron la calle y resistieron una hora de silencio, de sombras cruzándose, de temblores de piedra y cables arañando las copas de los árboles. Enide llevaba la mejor sonrisa y solo contrarió a Erec cuando intentó detenerse en una verdulería para comprar apio. Siguieron caminando. Erec veía la línea ondulante del cuerpo de Enide, tan conocido, y la recordó más joven, aún más joven, cuando ambos podían permitirse el lujo de ser ignorantes y hablar papú sin saberlo o andar con los pies torcidos bajo la lluvia y las miradas alarmadas de padres de otros hijos, con alma de abuelos de otros nietos; y aquellas bocas amarillas, abiertas, podridas por la piorrea del inmenso silencio.

Y luego resistieron las palabras, gotas de lluvia sucia, ahorrada en tierra de secano, el miserable resultado de un pensamiento miserable. Y luego resistieron los gestos a ralentí de seres atiborrados de proteínas, de seres abandonados por las proteínas. ¡Qué asepsia sobre las calles de la gran ciudad! Nadie se sentía responsable de su mudez, de su imbecilidad, de su torpeza. Y solo en las esquinas las bayonetas habían dejado clavados contra la piedra a los rebeldes, escasos caminantes hacia el reino del hombre, a los que todos veían como buscadores de la corte del rey Artús, perdida pero no olvidada la pálida sonrisa del hada Morgana.

—Soñadores. Soñadores. Cada cual a sus castañas —musitaba como en un responso un viejecillo agarrado a su trozo de pan y a un hijo estudiante de Teneduría de Libros.

—¿Quién ha hecho esto? —preguntó Erec.

El viejecillo cerró los ojos temblones por el sueño y sus dientes amarillos escupieron una sonrisa entre la barba alta y verde, sobre la cara arrugada.

—¿Lo sabes tú? ¿Lo sé yo…? Solo sabemos por qué lo han hecho.

—¿Por qué?

—Porque no han querido estudiar Contabilidad. Mi chico sabe de eso. Mi chico no caerá en esos mismos errores, ¿verdad, Pepito?

—No, papá.

—Y mire, caballero, porque usted es un caballero, se nota, se nota que no es usted un piernas, ¿cree usted que es la primera vez que suceden cosas así? El hombre es el único animal que tropieza dos veces en la misma piedra…Y vaya usted a saber. ¿Son soñadores? ¿Son unos aprovechados? Nadie sabe qué mal te matará y todos sabemos el bien que queremos. ¿Es o no verdad lo que digo? Mi chico es distinto. Estudia idiomas. Ya sabe decir "sí, señor" en casi todos y "¿Cómo está usted?" y "Camarero, la cuenta, por favor"… Señor…, señora…

Pero Erec y Enide seguían caminando por la galería de fachadas zumosas. La sangre pintaba los últimos manotazos sobre la piedra. Hombres y mujeres doblados, con los cabellos y los senos vencidos hacia el asfalto, goteando sangre como un limo precioso e

inútil, clavados en las paredes por bayonetas oxidadas, hincadas en el ombligo.

—Erec…

Enide se había vuelto. Sus labios estaban
blancos y su corazón elevaba los pechos como
olas del mar. Erec la recibió entre los brazos, le acarició los cabellos como en las películas de elevados sentimientos y como en las
películas de elevados sentimientos le dijo:

—Querida, nada temas.

Y siguieron caminando. De un cuerpo clavado se escapaban quejas. Erec levantó la
cabeza del hombre por los cabellos, hechos
guedejas por la sangre y la arenisca de la
fachada.

—¿Cómo te llamas?

—No importa. ¿Aún quedan hombres y mujeres
de pie?

—Sí. ¿Quién ha sido?

—Pero ¿tú te has fijado en lo bonito de
mi pregunta?

—Sí, pero dime, ¿quién ha sido?

—Ve y di a los atenienses que morimos por
Esparta.

—Sí. Pero dime, ¿quién ha sido?

—Entre todos. No somos muchos, pero sin
la colaboración de todos no habrían podido.

—¿Qué han hecho?

—Han callado. No les han asustado con sus gritos. ¡Oh, qué se hizo de ti, famélica legión de justos![35] Nos han acusado de no tocar pies a tierra. Ha sido entonces. Entonces han hecho esto.

—¿Quién?

—Y dale. No estoy para metafísicas, hijo. Se está bastante incómodo.

Enide se reía discreta, sentada en la acera, con las piernas metidas en un alcorque. Su mejilla blanca y pequeña hundida en la palma de la mano.

—Enide, esto es terrible.

—Ese señor habla muy bien.

—Pero es igual. Esto sigue siendo terrible.

—No hagas caso. A primera hora de la mañana las cosas se ven así. Ya se me ha pasado el susto. ¿Vamos, Erec?

Enide estaba muy seria y miraba de reojo al agonizante, que seguía gimiendo.

—Y usted, señor, no se lo tome a pecho.

—¡Vaya! Ahora me sale usted, señorita, con esas. Conviértete en un mártir de la revolución para esto.

—¡Erec! Este señor tiene demasiadas contradicciones internas.

—Va, Enide, déjalo.

—Sí. Más valdrá. ¿Vamos?

Enide tendió la mano a Erec. Él la miraba extrañado, pero han unido sus manos. Luego han iniciado una carrera aparatosa, dejando en el aire las gasas de los velos de Enide, el cucurucho blanco cuajado de lentejuelas, las piezas de la armadura de Erec. Y Erec ha sentido sobre su cuerpo el frío del aire y se ha visto desnudo frente a la calle inagotable, rebasando las hileras de seres clavados, difuminados por el frío en los ojos… Pero la calle no terminaba nunca. Y ha sido entonces.

El trueno ha roto el horizonte y de Enide solo le ha quedado una mano cárdena en su mano. Y él se ha notado vivo solo en la mano que conservaba de Enide, en sus marchitos dedos de la desaparecida Enide. Ya no había calle. Ha creído revolcarse sobre una nube verde… Y allí, asomada al vacío, estaba la cara del viejecillo besando el único ojo que le queda de su tenedor de libros… El viejo lloraba una espuma gelatinosa.

—Caballero… ¡Qué bestias!... ¿Pues no han echado una bomba atómica?

Y Erec, besando la mano que Enide le había
concedido, preguntó:
—¿Quién?

Ilsa me miraba como desde un cuadro de muchacha die-
ciochesca y tísica. Ha recorrido mis cejas con un dedo.
—¿Tan triste te pone vivir conmigo?

Sobre el mostrador se sucedían las cazuelas con menudillos picantes y arenques ahumados. El camarero tuer-
to limpiaba el interior de un vaso con la servilleta semi-
sucia que le colgaba habitualmente del cinto. Con la
cabeza y su único ojo me señaló el altillo que se avistaba
desde la entrada, detrás de la baranda de estacas verdes
y de cartón deslaminado a trechos y clavado con chin-
chetas.
—¿Hace mucho que han llegado?
—No. No mucho. Me parece que no están todos. Está
el matrimonio y el niño. Cada día está más majo el chico.
Me infiltré entre las mesillas de mármol sobre estructuras de hierro retorcido, en las que humeaban platos
repletos de potaje, coloreados de rojo por el chorizo
barato y el pimentón que Gunter prodigaba en sus platos

económicos. Silenciosos y con la vista en el plato, algunos obreros comían calmosamente. En un rincón, un matrimonio esperaba la llegada de la comida con las manos unidas y la expresión embobada en la contemplación de su niña, empeñada en saltar la cuerda que había atado entre la pata de la silla y el hierro de la mesa. Gunter estaba enorme y en mangas de camisa batiendo obsesivamente un plato de campaña mediado de huevo. No llamé su atención, previendo su conversación lenta y monocorde, desmemoriada, desde su cerebro excesivamente engrasado y velado por el humo de la cocina. Subí la escalerilla de madera verde que parecía detrás del último tonel de la hilera, sobre el que habían escrito en tiza el ocho que costaba en la tasca de Gunter un litro de vino sureño.

Llegué a lo alto de la escalera y entré en la única habitación pública del altillo. Gustav dejó el biberón sobre la mesa de madera y me dedicó la primera sonrisa de la tarde. Greta abrazaba jubilosa la última gracia del bebé y también me sonrió, pero bajó inmediatamente los ojos hacia el libro abierto sobre la mesa, bajo la luz macilenta de la bombilla pringosa por las cagadas de mosca.

—Se te saluda, gran Admunsen.

—Ave, César, los que van a morir te saludan.

Me incliné hacia el niño.

—¿No lo encuentras más gordito?

—Mamotrético.

Y semicerré el libro que leía Greta para ver el título.

—*Gramática estructural.* Sos...u...re...[36] ¡Vaya! ¿Aprendes aquí tus funciones de madre amantísima o es el numerito que nos reservas para el día de reunión en la tasca de Gunter?

Greta, al levantar la cabeza, escondió las venas de su frente. Su boca pequeñita y pálida, tan temblona al recitar aquello de

> *Sonreirás esta noche*
> *pero mañana*
> *la tristeza despierta en las gallinas*
> *como la voz popular en...*

se cerró para decirme con falsa ira:

—Las mujeres parimos y opositamos. Oposiciones. Oposiciones. Felices vosotros.

—Gustav, tu mujer plantea reivindicaciones concretas.

—Está insoportable.

Gustav se izó sobre sus largas piernas huesudas y retiró unos cuantos libros amontonados en la silla más próxima.

—Los otros no tardarán. ¿Has ensayado en casa? ¿E Ilsa?

—Eso es. ¿E Ilsa? —terció Greta—. No tengo un rato para ir a verla. Pobre, ¿me maldice?

—Sufre en silencio tu ausencia, Greta.

—Imbécil.

Y continuó leyendo. Gustav llenó su vaso y el de Greta. Me lo ofreció.

—¿No se pega esto?

Señalé al niño que redondeaba los ojos negros y airados como los de su madre para mirar el techo en penumbra, rayado por las vigas desiguales. Gustav sonrió y creí ver junto a sus labios más arrugas que la última vez. Extendió su mano grande y esquelética sobre la portada de uno de los libros que había retirado de la silla y reposaban ahora sobre la mesa, rodeados de redondeles de vino dejados por los vasos. Su dedo amarillo y de uña roída me señalaba el título.

—*Literatura y vida nacional*. ¡El Gramsci![37]

*Signore* Antonio Gramsci estaba en efecto allí, de cuerpo presente, sobre las últimas adquisiciones. Levanté el libro y debajo aparecieron *Crítica del gusto* de Galvano della Volpe, Aragon, Elsa Triolet, Idanov...[38]

—Os ganáis la vida, vamos.

—No tanto como tú. ¿Cuánto excedente económico has usufructuado ya?

—Gustav, tu mujer parece un manual de la Academia de Ciencias. Si sigue insultando me voy.

—Admunsen, ¿será cierto? ¿Quieres que mi hijo llore? Alfred, hijo mío..., Admunsen se nos va.

—Me partes el alma.

Gustav permanecía al margen de nuestra pugna acariciando la cubierta del Volpe y diciendo algo que yo no acabé de oír.

—... y Lukács se acabó...[39] Tendrá que revisar...

—Todo sea por la edificación de un mundo mejor —concluí sin saber lo que concluía.

—¿Y los demás?

—Mateo no estaba en casa. Ha sido un poco extraño.

Greta miraba fijamente a su marido y él le mantenía la mirada.

—¿Qué ha pasado?

—Nada. Nada. Quizás. Pero han colgado el teléfono con demasiada precipitación. No sé. Ya se lo hemos dicho a Siloe. Él traerá noticias, pero no creo que pase nada.

Noté la aceleración de mis palpitaciones. Una voz seca, espartana, me llegaba entre confusas evocaciones de cientos y cientos de dianas: «¿No es más cierto que en el día de la manifestación usted y Mateo Groebels se habían puesto de acuerdo para dirigir los movimientos de la gente hacia el palacio del gobernador?».

—¿No me diréis que Mateo ha vuelto...?

—No es cosa nuestra. Es cosa suya. ¿No lo crees así?

Greta me miraba dispuesta a cualquier discusión. Desvié la mirada y saqué inconscientemente las cuartillas mecanografiadas del bolsillo de la chaqueta. Hice como si ordenara los papeles que ya estaban ordenados y como si leyera con interés. Greta cerró el libro y dedicó algunos arrumacos al niño, que sonrió varias veces moviendo la cabecita dentro de la capucha de hilaza.

—Considero absurdo que Mateo haya vuelto a las andadas. Simplemente. Nada más que eso.

Gustav cabeceó dudando y miró a Greta. Ella apartó de su frente un mechón de melena y pasó la lengua por sus labios pálidos. Miró a su marido y a mí finalmente.

—No todo se reduce a ensayar obras de teatro en los bares y a representarlas en centros de Acción Católica o en cualquier sitio de cualquier arrabal. Sería demasiado fácil. ¿Quién ha de quedarse en casita pensando en el tránsito de la cantidad a la cualidad? ¿Tú? ¿Mateo? ¿Yo? Pero cualquier comentario es precipitado. No sabemos nada.

—¿Y qué? Es una cuestión de situación moral. A nada práctico conduce el que Mateo sea toda la vida un culo de cárcel. Y eso deberíais decírselo vosotros.

—Es mayor de edad.

—Sí, eso es verdad, Admunsen —sentenció Gustav cerrando complacido por el hallazgo sus ojos azules.

Nos miró luego, sucesiva y rápidamente, a su mujer y a mí y cogió las cuartillas.

—¿Te las sabes?

—Así, así...

—Yo lo he releído mil veces. No lo veo suficientemente didáctico, ¿verdad, Greta?... Ya te lo dije. Los personajes son... tal vez excesivamente simbólicos. Y el lamento final de Penélope..., miau... No estoy satisfecho.

¿Qué crees, Admunsen? Me preocupa esta amalgama de vanguardismo y realismo.

—Esta obra tuya me gusta.

—A mí también —añadió Greta—. No hace mucho leí las opiniones de Laarvist en *Nuestro Teatro* sobre la cuestión de realismo y vanguardismo. Las últimas decisiones parece que los hacen conciliables. Te preocupas tontamente. Quiere quitar el personaje de la puta.

—¿Por qué?

—Lo encuentro tópico, poco didáctico.

Me sorprendí fingiendo una preocupación que no sentía por la puta de Gustav. Imaginé a Mateo con su gabardina verde, el pelo largo y negro rebasando el borde de su camisa de franela. Le recordaba en aquel patio gris, ya de mañana dando vueltas a grandes zancadas, con la nariz húmeda y roja y las bocanadas de aliento abriéndose paso entre el aire frío. Greta seguía divirtiendo al pequeñín con ñecs, ñecs, sabiamente dosificados, y Gustav se mordía las uñas leyendo concentradamente mis cuartillas.

—Tu personaje dentro de todo es el más coherente.

Alcé los hombros como disculpándome y cuando empezaba a comprender lo absurdo de mi gesto, Gustav se levantó y empezó a recorrer la estancia pateando sin piedad el suelo de madera sucia y murmurando el contenido de las cuartillas que llevaba en una mano.

—¿Qué hace Ilsa?

El tono de la voz de Greta indicaba que la pregunta era formularia.

—Nada especial. Lee. Discute conmigo.

—¿Qué piensa hacer? Cuando se levante, claro.

—No lo sé.

—¿Dará clases?

—Eso quiere.

—¿No quieres tú?

—No lo sé.

—¿La prefieres como un mueble?

—No deduzcas por tu cuenta. ¿Y qué si así fuese?

—Ya hablaré yo con ella.

Greta se expresaba con firmeza, armada con su niño en brazos, la *Gramática estructural* a unos centímetros de sus brazos desnudos, blancos, recorridos por unas venas azulísimas y, sobre todo, con aquella mirada incapaz de retirarse antes de dejar caer todo el peso de su conciencia sobre el adversario.

—Os habéis apartado mucho de todo, Admunsen.

Escogí las palabras y la sonrisa, despectivas.

—Ya no somos unos niños, Greta.

—¿Qué quieres decir con eso?

—¿Te has fijado en la irrupción de Neptuno en el primer acto? ¿Qué tal quedaría la «Heroica» como música de fondo en aquel momento?

Greta y yo meditamos, no sé si ella con las mismas pocas ganas que yo, pero fue ella quien respondió.

—Excesivamente caricaturesco.

—Tal vez tienes razón. ¿Tú qué opinas, Admunsen?

—No sé. No tengo una composición de lugar.

Llegó el ruido de pasos rápidos en la escalera y en el marco de la entrada, sin puerta, brotó la humanidad imponente de Emm. Nos saludó con un gesto y andando con los hombros alzados se dejó caer en una silla, sin sacar las manos de los bolsillos. No nos miró a la cara. Observaba de reojo el parpadeo del niño. Sacó la lengua al bebé, pero Gretovich, así le llamábamos, no se sintió aludido. Fue entonces cuando Emm nos miró a todos con una media sonrisa y desde detrás de las siete u ocho dioptrías de sus lentes sus ojos guiñaron cómplices. Le sonreí y Greta hizo lo mismo. Emm insistió en sacar la lengua al rorro, pero el pequeñín permanecía hierático, embarcado en un misterioso viaje visual por el techo carcomido.

—Hijo, ¿no dices nada a Emm?

—Greta, no por ser hijo tuyo deja de ser un animal preconsciente.

Greta me sonrió científicamente considerando y Emm lanzó un respingo que interpreté como carcajada prudentemente abortada.

—¿Sabéis que es posible que cambie de especialidad? —nos interrogaba Greta con una sonrisa enigmática.

—De momento ya he buscado un profesor de matemáticas. ¿Qué me diríais si me dedicara a la física nuclear?

Yo no estaba animado como para decirle nada y Gustav dejó de pasear y se sentó a mi lado. Extendió las cuartillas sobre la mesa, dejándolas como las echadoras de cartas, aplastándolas suavemente contra la madera. Se pasó la mano por los ojos.

—Pierdo vista. Estoy traduciendo hasta las tantas.

—¿Qué traduces ahora?

—Un libro inglés sobre canaricultura.

Recordé que Emm trabajaba desde hacía unos meses en la administración de una fábrica de marroquinería.

—¿Qué tal quedan las ciencias económicas aplicadas a la marroquinería?

—Se efectúa un cierto décalage.

Y rio mirándonos a todos con los dientes verdes desparapetados y la lengua contenida casi con frenesí.

—Ya estamos casi todos. Faltan Siloe y Mateo. Sin ellos, el ensayo, a la mierda.

Gustav hablaba y se frotaba todavía los ojos.

—No hagas eso —le conminó Greta.

Gustav deslizó la mano por su cara y la posó sobre una de las cuartillas.

—¿Sabes algo de Mateo? —pregunté a Emm.

Denegó con la cabeza mientras cargaba una pipa con briznas de tabaco que sacaba del bolsillo de la chaqueta. Separó algunas migas de pan, endurecidas, y cerró los ojillos para delimitar la zona en que debía prender la llama de la cerilla. La primera oleada de humo nos tapó su rostro y desde él nos dijo:

—Hace semanas que no le veo.

Greta trataba de lanzarle un callado mensaje con la mirada.

—¿No va a venir?

—No lo sé, Emm. Pregúntaselo a Greta.

—No lo sé, Emm.

—Yo solo sé que en estas condiciones no podemos representar la obra dentro de dos semanas.

—Será dentro de tres o cuatro —dijo Greta levantándose para dejar el niño dentro del cochecito de hule y armazón niquelado.

Greta estuvo unos minutos allí contemplando el ir y venir de los parroquianos junto a la barra del bar. Se frotaba los brazos con las manos y su pequeña figura de muchacho con piernas desnudas y velludas parecía a contraluz un molde de adolescente anémico. Nosotros tres permanecíamos en silencio. Greta había sido, como Ilsa, la compañera de muchas noches por los tugurios del puerto, con Alex y su pierna inútil, arrastrándola como un remo, con la guitarra en banderola o tocando incansablemente la «Balada de los ahorcados»[40] o alguna gavota que él mismo había instrumentado. Greta se quedaba entonces mucho rato contemplando el mar oscuro y aceitoso, entre los buques anclados y las grúas del puerto levemente iluminadas. Contemplaba el mar con una predisposición que jamás volvería a tener ante las cosas al cabo de los años. Las aguas varadas no la inducían a pensar en la cantidad de cloro precisa para desinfectarlas. Era un animal nocturno como nosotros, sin sitio en la ciudad dormida, de amaneceres pertinaces y poco sugerentes. De entonces a aquí había leído quizá demasiados libros, había pronunciado demasiadas palabras inteligentes y había andado también demasiados pasos certeros sobre la tierra firme. Greta se volvió y su pecho asexuado se llenó de aire y lo sopló después contra la melena que se le venía a la cara.

—Nada.

Gustav empezó a declamar:

> *Las aguas llevan y no la dejan*
> *la calandria ahogada de la tristeza,*
> *tristeza de Ulises ciega por siempre*
> *come sus ojos un pólipo verde Penélope...*

Emm escuchaba solícito a Gustav y yo me levanté para acercarme a la baranda y ojear la puerta. En voz baja pregunté a Greta:

—¿Qué puede haber pasado?

—No lo sé.

—¿De verdad?

—Sí.

Greta arregló la toquilla sobre el cuerpo del niño.

> *La tierra no es redonda y sus caminos*
> *terminan en el límite de los suspiros.*[41]

—Aquí —informaba Gustav— debe llegar la voz en off de Penélope cantando:[42]

*Murió el joven marino de pena entera*
*en la playa escondida, sin compañera.*

Y luego ha de seguir recitando:

*No volverá el marino, muchacha,*
*espera la negra estela de la noticia...*

Yo me distraje repasando mentalmente mi papel en la voz de Gustav grave y enfática, imponiéndose al ruido de las conversaciones de los clientes de la taberna y al chasquido de los vasos en la fregadera.

*... de aquel crucero que se hizo alga,*
*que se hizo planta, que se hizo árbol*
*sin las calandrias, sin las estrellas, sin*
*ni siquiera morir despacio, como los días*
*en el ocaso. No volverá el marino...*

Y Gustav levantó la vista hacia nosotros para concluir:

*... muchacha.*

—¿Vosotros creéis que esto lo va a entender alguien?

Emm asintió. Greta eludió la cuestión volviendo a sus deberes maternales. Esta vez empotró el chupete entre los labios temblones del bebé.

—Lo entenderán por el contexto, Gustav.

Argüía Emm y me miraba indagando mi opinión.

—No vienen ni Siloe ni Mateo.

—¿Tienes prisa? —preguntó Gustav.

—No tengo mucho tiempo —contesté.

—No podemos comprometernos otra vez con tanta precipitación. No hay días.

—¡Atiza!

Emm había descubierto los libros. Gustav me hablaba del compromiso contraído con aquellos obreros de las casas baratas del sector «de Maistre».

—Solo disponen del local dos veces al mes. Una la emplea el cura para representarles escenificaciones de anécdotas eucarísticas o de virtuosas hijas de María que resistieron ejemplarmente las tentaciones de la carne —hablaba Greta ya desprovista de niño.

—Yo me sé el papel —advertía Emm—, pero no comprendo mucho lo que hace ahí ese papú que luego resulta ser un suizo.

Gustav repasó cuartillas rápidamente y con la escogida en la mano fue hacia Emm y centró su atención por el repiqueteo de un dedo sobre la cuartilla.

—Es el conformismo y al mismo tiempo sirve de boutade que destruye el aparente simbolismo de los personajes, ¿entiendes? Yo no me valgo de mitos para simbolizar, sino para significar. ¿Lo ves ahora?

Mateo no llegaba. Siloe tampoco.

—¿Tenéis el teléfono de Siloe?

—A estas horas da clase en los jesuitas —informó Greta.

Sin añadir nada buscó en un bolso dinero y salió de la estancia. Gustav vaciló un momento y después avanzó hacia la puerta y gritó desde allí:

—¡No des el nombre!

Cuando volvió, miró al sorprendido Emm y aclaró:

—Puede que haya sucedido algo.

—¿Qué?

—Mateo o Siloe. No vienen. Saldremos de dudas.

Gustav observó el pataleo del niño contra la toquilla que le cubría y después encendió un cigarrillo mirando los movimientos de Greta abajo, marcando un número en el teléfono empotrado en la pared entre dos barriles.

—¿Qué estás haciendo, Admunsen?

—Sigo con la agencia de publicidad.

Gustav miraba ahora el rectángulo de calle que la puerta abierta de la tasca nos dejaba ver. Los colores del verano prometido pasaban fugaces en el estampado de los vestidos femeninos y el ruido de la ciudad en siesta era apenas un silencio cortado por el frenazo de los tranvías lejanos o por el viento que desparramaban los coches escasos. De abajo llegaban los cucharazos de algún comensal tardío sobre la loza seguramente desconchada de los platos de Gunter. El camarero comía un voluminoso bocadillo de pan envuelto en un papel grasiento y hacía gestos impotentes frente al merodeo de las moscas sobre las cazuelas.

—Sigo con la agencia de publicidad. A partir de mañana la feria me ocupará mucho tiempo.

—Escribes algo.

—No, no tengo tiempo.

Me sentí predispuesto a creerme acorralado por la repentina solicitud de Gustav. Musité:

—Ni ganas.

Pero Gustav ya se apartaba de la baranda. Instantes después, Greta hacía sonar los escalones bajo los zapatos planos de mujer en rebeldía contra la tradicional consideración de objeto sexual. Greta respiraba alterada y soltó las palabras con un efecto estudiado.

—Siloe no ha ido a dar clase tampoco.

Caí en la relación del «tampoco» con la extraña desaparición de Mateo y sentí un peso en el estómago.

—Es mejor que nos vayamos —opinó Greta.

Gustav asintió. Greta se dirigió a Emm.

—Telefonea a casa esta noche. Ya sabremos algo. Si Mateo o Siloe dan señales de vida, comunícalo.

Gustav me señaló. Greta recapacitó unos segundos.

—Admunsen, es igual. No tiene nada que ver.

En unos instantes, el niño pasó a los brazos de Greta y los libros a las manos de Gustav. Emm y yo cargamos con el cochecito. Gunter apartó su mole para que maniobrásemos al pie de la escalera.

—Señor Admunsen, ¿y la señora?

—Bien, Gunter.

—En cuanto venga le daré unos menudillos de chuparse los dedos. Dígaselo. Se pondrá buena solo con saberlo.

—Ya lo creo, Gunter, adiós.

Gustav pagó en la barra y Greta ya nos esperaba en la calle oteando toda la longitud de las aceras despobladas. Fuimos juntos hasta la esquina, el niño agitándose sobre la almohadilla forrada de plástico, empujando la toquilla como una pesadilla pegajosa. En la esquina Greta decidió mis acciones.

—Bueno, Admunsen. Hasta otra. Saluda a Ilsa.

—¿Cómo sabré yo lo que ha pasado?

—Llámame. Pregunta si va bien lo de la compra del libro. Ya me entenderás. Estarás algo desentrenado.

Greta sonreía sin mirarme. Como inhibiéndose de la travesura que acababa de cometer. Empujó el cochecito y los otros dos alzaron la mano para saludarme. Los vi alejarse e iniciar unos pasos más allá la conversación contenida tanto rato. Regresé a casa. Pasé muy cerca del domicilio de Mateo y el miedo vino de mi memoria a mi corazón. Lo asocié a una tarde lluviosa, en aquella habitación enorme llena de mesas, desde la que solo veíamos la copa de un chopo y el leve azulado de las montañas lejanas. Mateo se frotaba las manos y hablaba del «ejército de reserva» o tal vez del veinte por ciento de población norteamericana en condiciones objetivas revolucionarias. Yo paseaba por el pasillo central imaginando una escena similar a la que ahora estaba viviendo, la angustia de volver a una situación como la que entonces se agotaba día a día, a base de los poemas de Browning[43] o Brecht, traducidos por Christian, de los comentarios mordaces de Mateo a Rostow o Galbraith,[44] de la silenciosa preocupación de Ferdinand por la teoría ondulatoria y sus comentarios imprevistos, tajantes, rápidos, sobre la necesidad de adecuar nuestra alimentación a un régimen estricto de proteínas y vitaminas. Y luego, cuando Ilsa salió y me brindaba su rostro blanco cuarteado por la tela metálica y su voz conformando los recuerdos que tanto me alejaban del futuro, palabra a palabra...

—¿Recuerdas, Admunsen, el invierno pasado? ¿La foto que te hiciste sobre la nieve, frente al torrente? ¿Recuerdas, Admunsen?

Me metí en una cafetería. Las cuatro ginebras recibieron los dos cubitos de hielo en el largo vaso azulado y el zumo helado y levemente agrio me estremeció tras el primer sorbo. Las pinturas cubistas de las paredes representaban una muchacha ofreciendo manzanas a un caballo geométrico, pintado de azul. En la gramola alguien había puesto el «Parce que...» de Aznavour.[45] Cuando oí que alguien porque tenía los ojos azules y veinte años se creía el rey o la reina del mundo, no tuve más remedio que pedir otras cuatro ginebras en el mismo vaso azul, vacío ya, obsesivo como la galaxia soñada por un borracho bajo una noche estrellada de un verano que recordaba, hacía ya ocho, o tal vez nueve años, cuando yo tenía veinte y podía emborracharme sin mala conciencia, creyéndome intérprete de un papel adecuado a un mundo en desorden.

Ya en casa. Mañana, la feria. No he dicho nada a Ilsa sobre lo de Mateo. Ella no ha cesado de darme instrucciones sobre mi atuendo. Ha recriminado mi torpeza en la búsqueda de una camisa sin estrenar que me regaló hace algunos meses. Ha hecho el ademán de levantarse. He encontrado la camisa. Ilsa ha asegurado los botones calmosamente y me ha obligado a ponérmela. Ante el espejo, la tela poco flexible envaraba mi torso. Ilsa ha insistido sobre mi torpeza para vestirme, ha adelantado el botón del cuello que cerraba mal, ha sonreído satisfecha por mi segunda prueba, ha comentado que con camisa blanca sigo pareciendo guapo pese a mi vejez y después, muy seria, me ha preguntado si alguna vez ella, al vestirse, parecía ocultar secretos importantes.

# Segundos papeles

Las columnas dóricas, recién encaladas de nuevo amarillo, tenían su correspondiente gendarme con el traje de gala. Un salacot plateado recibía la lluvia del penacho blanco, estático por la rigidez firme de los gendarmes. Bajo la gran escalinata, los mástiles altísimos y blancos temblaban por el flamear de las banderas de setenta naciones, como escobillas de pinceles pintando un cielo azul inmutable. La multitud bordeaba la calzada que llegaba hasta la escalinata y proseguía después hasta la cinta tirante cuyo corte abriría la Feria de Leyden de 1962 y hasta las vallas esmaltadas de blanco todavía tierno y los porteros con brazaletes estampados con los colores nacionales y el escudo de la feria. Tras las vallas se distinguían los pabellones feriales funcionales o barrocos y la soledad de un mundo que no tardaría en recibir el asalto de los visitantes. Laarsen vestía chaqué y sus canas engomadas contrastaban con la seriedad negra de la chistera. Yo manoseaba con la mano sudada el pase especial de feriante en el fondo del bolsillo de la chaqueta que Ilsa había escogido. Las otras chisteras tomaban posiciones estratégicas al pie de la escalinata y Laarsen decidió finalmente no retirar la sonrisa y componer un saludo común que cada propietario de chistera percibía como particular.

A las once y cuarto en punto el Rolls del ministro de Industria y Transportes apareció entre las dos hileras de gente precedido de las motos cabalgadas por gendarmes. La banda, olvidada detrás del público, inició el himno nacional y el gentío enmudeció. El Rolls se detuvo y el conductor azul marino bajó, abrió la portezuela con la gorra cobijada en el otro brazo y el ministro mantuvo la sonrisa coloreada por el esfuerzo de agacharse para salir del coche. Los dientes del ministro estaban perfectamente blancos, como todos pudimos muy bien comprobar, e igualmente blancos los de varios directores generales que se pegaron a sus suelas. Firmes y sonrientes escuchaban los últimos acordes. El último chang de la charanga significó el inicio de un vitoreo colectivo y anónimo. El ministro se inclinó y los directores generales le contemplaron sonriente como a un hijo predilecto. El ministro estrechó cuantas manos se le tendieron y devolvió cuantas sonrisas le dedicaron. Sus cejas se arqueaban más ante una cara conocida y sus labios musitaban palabras que provocaban risas y algunos pasos atrás de propietarios de chisteras dispuestos a desarticularse por la ingeniosa locuacidad del prohombre. El prohombre pasó a mi lado con los ojos brillantes y los dientes blancos resaltando en el rostro atezado por el sol. Laarsen se inclinó respetuosamente y seguidamente nos sumamos a la comitiva ministerial que se apretaba ante la penosa tarea de ascender los cincuenta escalones. Rodeado de financieros, industriales y policías de la secreta por todas partes, subía al lado de Laarsen, elástico y sonriente. Rebasamos los gendarmes engalanados y las columnas. Los chicos de la prensa fotografiaban distintos aspectos de la irrupción en el palacio de exposiciones. Subimos otra escalerilla de alfombrado bermejo y llegamos ante un pasillo amplísimo de mármoles blancos y negros. Una gran puerta abierta, de madera repujada, daba al salón de conferencias, enorme como un santuario, de paredes pertrechadas por losas de mármol en las que estaban grabados para eterna memoria los nombres de los consejeros de consejos feriales durante los cincuenta años de edición del acontecimiento. Las butacas de satén verde fueron ocupadas rumorosamente y el ministro, los directores generales y algunos chisteras escalaron una tarima sobre la que se alargaba inacabable una mesa de caoba recién barnizada, sobre cuyo tablero goteaban vapor las botellas de agua mineral helada y los vasos de cristal tallado, más brillantes si cabe sobre la bandera nacional que ocupaba toda la pared de fondo del salón, con un escudo de la nación en el centro, como un broche.

La presidencia se sentó y nosotros también. La mesa presidencial parecía un escaparate de chisteras y el venerable Fugs, parapetado detrás de la suya, nos presentó al ministro. La feria, dijo, es un exponente de una voluntad de superación. El público miraba con simpatía al viejo Fugs; cincuenta años de finanzas locales y nacionales nos contemplaban desde aquellos ojillos rojizos, apenas vivos entre los pellejos que le colgaban de las cejas. Entre un trueno de aplausos el ministro se levantó, estrechó la mano de Fugs y un acólito adaptó el micrófono a su altura.

—Señores, por especial encargo del jefe de Gobierno vengo a inaugurar esta nueva edición de la feria, doblemente importante: por lo que la feria significa en sí y por el cumplimiento de su cincuentenario. Y yo me pregunto: ¿de qué temple debe estar hecho el corazón de los hombres que la dirigen? ¿Cómo han podido remontar el torrente de nuestra agitada historia para llegar a la maravilla de estos meandros plácidos como los de un río clásico, cantados por Píndaro o por Horacio? La respuesta está en vuestros corazones. Desde aquí —valedme la imagen— los oigo latir. ¿Qué corazón más generoso que el de vosotros, empresarios de esta tierra de Sineraah, artífices del progreso de esta tierra y con el progreso, de la paz de esas gentes estacionadas ahí fuera que esperan nuestra señal para enfrentarse a las maravillas técnicas que solo un progreso racionalizado ha podido producir? Ante el tribunal del Gobierno solo sanciones favorables merecéis y ante el tribunal divino, ¿qué mejor recomendación que la de la plasmación de vuestros impulsos en obras?

El ministro sacó entonces de una cartera negra un montoncillo de folios; los colocó ante sí sobre la mesa y con el dedo los centró y con las manos acarició los bordes del bloque de papel antes de alzarlas para resaltar el énfasis de sus inminentes palabras.

—Y ahora vamos a analizar algunos aspectos de la actual coyuntura económica nacional.[46]

Una rigidez de melómanos se apoderó de los presentes. Todos los chaqués ocultaron sus arrugas, tensos sobre las espaldas donde las columnas vertebrales se erguían como serpientes seducidas por la melosa flauta del faquir.

—Los países insuficientemente desarrollados, sin más fuerza que las propias, se encuentran dentro de un círculo vicioso, establecido por la inexistencia de energías creadoras capaces de modificar las estructuras económicas y sociales tradicionales y por el papel de corsé que esas mismas estructuras anquilosadas representan.

Algunos propietarios de energía creadora se removieron susceptibles como una jovencita poco agraciada. El ministro seguía opinando que los recursos nacionales y extranjeros eran insuficientes para la etapa de desarrollo a la que se aspiraba. Una planificación, o un plan de desarrollo, es necesario. El plan debe ser redactado por empresarios y productores que:

—... al sentenciar con aquiescencia los efectos del plan, cifras y políticas que justifican como posibles y deseables, se convierten en la extrema garantía de que lo sostenido en el sector privado se realizará, con lo que se ponen en situación de realización de los objetivos planeados por ese sector.

»En las especiales circunstancias del país hay que mantener una estabilidad monetaria y de precios, equilibrio de balanza de pagos, pleno desarrollo de los recursos productivos y de trabajo, distribución de la riqueza y de la renta y equilibrio económico regional. Nuestra economía debe prepararse para una integración en unidades económicas superiores. Hay que crear sectores de exportación capaces y un excedente exportable en condiciones competitivas.

»Y me diréis, ¿qué representa nuestra feria dentro de ese plan que se nos propone? Os lo contestaré. Representa una responsabilidad de organización y un escaparate de la calidad de nuestra producción. Y la feria crecerá si hay paz y progreso. Y el país crecerá con ella. Crecerá pese a los agoreros y a los traidores, que están en todas partes. Que se infiltran en todas partes. Que la feria de 1962 nos sea a todos muy propicia.

En pie, mis manos se abofetearon mutuamente el mismo rato que las de Laarsen.

—Ahora, Admunsen, vaya al pabellón. Berta y la chica están allí.

Sorteé grupitos y el rumor de las conversaciones se cortó bruscamente al salir al largo pasillo. Abajo, la gente esperaba a que el ministro cortara la cinta para penetrar en el recinto ferial. Rodeé la multitud y entre dos enormes macetas de madera de las que crecían sendos arbustos de laurel, un portero abrió la boca airado y la cerró ante la cuadratura de mi pase especial. Ya dentro del recinto busqué el pabellón número dos; crujía bajo mis pies la arenisca recién desparramada y, entre estilizados abetos y recortados setos, llegué ante la solemne entrada del palacio ferial número dos. Otro portero en la puerta, otra ira frustrada por la aparición de mi carnet y después el lucerío eléctrico de la nave, los rótulos luminosos colgados de la bóveda en penumbra, las líneas funcionales de los stands y una suave musiquilla que esparcían los altavoces pegados a las débiles columnas de hierro como orejas estratégicamente camufladas. El stand de Bird's parecía la entrada de un bungalow polinésico y en la pared de fondo la inmensa fotografía del caballero frenando ante las hermosas piernas de la muchacha. El slogan «Suave como Bird's» se me acercó en letras blancas y distrajo mi atención de los pobladores del stand. Berta me sonreía detrás de sus gafas ahumadas y noté su mano lenta y blanda en la mía casi antes que su voz.

—Admunsen, ¿no conoce usted a nadie?

Había una mesilla llena de folletos, una mesa de oficina recubierta por un vidrio negro perfectamente acoplado a un rectángulo niquelado, un teléfono, un archivo, un enorme bloque de calendario. Junto a la mesa, una muchacha permanecía en pie mirándome con curiosidad. Sus ojos oscuros y grandes se abrían en un rostro aceitunado, cercado por el pelo muy corto, precipitando sus puntas alrededor del óvalo de la cara. El cuello largo y blanco me recordó el de Ilsa; se injertaba en el pecho mediante un collar de perlas que iniciaba un vestido de punto gris que dejaba escapar dos piernas fuertes sobre los zapatos de tacón alto. La muchacha se movilizó ante un gesto de Berta y me tendió la mano.

—Ingrid, Admunsen.

Detrás de ella apareció el muchacho que Laarsen destinaba para los recados. Tenía el pelo rubio desordenado y una sonrisa entre ingenua y confiada que me lo hizo antipático. Parecía un adolescente de portada de revista. Ojeé mi pequeño reino de veinte días y sentí cierta incomodidad frente a la gran fotografía, frente a los ojos cercados de arrugas del viejo libidinoso y las pantorrillas blancas y rotundas pese a la retícula de la rubia. «Suave como Bird's». En una esquina un diseño técnico de la función de Bird's en el motor. Para centrarme en algo separé un montón de folletos y los ojeé con mirada crítica. La voz de Berta me llamó la atención.

—Bien, Admunsen, abreviemos. No se preocupe, que todo irá bien.

—¿Cómo va a ir esto?

—Bien, bien, no tiene ningún secreto. A usted nada le va ni le viene. Se sienta o se va. Vuelve de vez en cuando. Ingrid dará folletos a los que pidan. Olaf irá a entregarlos al pie de las escaleras mecánicas en los ratos de mayor afluencia. Si alguien le realiza alguna pregunta complicada sobre Bird's, usted le da de esos catálogos especializados de la carpeta azul o bien la dirección de los concesionarios; eso si lo ve realmente interesado. La dirección la tiene en la primera página de ese bloc. ¿Lo ve? Eso es todo. Nada del otro mundo.

Berta sonrió a Ingrid, Ingrid sonrió a Berta.

—¿Debo sentarme? ¿Estar de pie? ¿Bailar alguna danza polinésica?

Las dos tenían la risa fácil y el muchacho levantó el brazo como diciendo «¡Pues sí que está enterado ese!».

—Todo menos bailar algo polinésico, Admunsen. Yo me voy. Como me vea Laarsen aquí me mata.

Berta suspiró y se puso el abrigo de verano; el forro de raso resaltó su hombro de piel blanca. Besó a Ingrid en ambas mejillas.

—A usted no, ¿eh, Admunsen? Ingrid, Admunsen está casado, tenlo muy en cuenta.

—Lo tendré. Descuida.

La voz de Ingrid era un tanto nasal e intensa, como la de la Dama de las Camelias. Desaparecida Berta, agoté mi sonrisa campechana y me volví a examinar nuevamente el stand.

—Usted tampoco sabe demasiado cómo va todo esto, ¿no?

—Nada. Es el primer año.

—¿Y quién nos ha mandado a usted y a mí meternos en este lío?

—Supongo que algo parecido.

Durante unos momentos dudé el continuar el diálogo ingenioso y amable. Opté por meterme las manos en los bolsillos y quedarme en la puerta del bungalow con un hombro apoyado en el tronco de la palmera. Ingrid se acodó en la veranda y sus puños le subieron la carne de las mejillas hasta reducir los ojos a dos trazos negros. Un rostro polinésico, pensé. Frente a nosotros un tractor pintado de amarillo y varios encargados del stand vestidos a la más rigurosa moda de obrero agrícola, de los que aparecen en *Life*: uniforme de monos azules con tirantes sobre camisas de franela, y las correspondientes gorritas de colores. Estos obreros agrícolas tenían el inconfundible aspecto de niños burguesitos de la avenida Zarst, pelo cortado a la navaja y cuerpo huesudo realzado por suéteres sin cuello y pantalones de raya impecable. Pero ahora, disfrazados de pioneros del maquinismo agrícola, miraban de reojo a Ingrid y alguno directamente a los senos o a las piernas. Comenzaron a representar una escena de psicodrama. Uno se encaramó al tractor y los otros le rodearon escépticos, respetuosos con las reglas fundamentales del Actor's Studio: el cuerpo dejado caer sobre la columna vertebral y los brazos sueltos, expresivos, rechazantes, rechazantes siempre.

—¿Ya sabes cómo va eso?

—No es un cohete, ¿eh, Norstad?

—Callaos —ordenó Norstad.

Asió el volante y frotó el tosco pantalón con la otra mano varias veces mientras cabeceaba una mueca triste, tan triste como la de Marco Antonio en el elogio fúnebre de César. Antes de iniciar la gesta heroica, Norstad lanzó una mirada última y desesperada a Ingrid, como diciéndole: «Me voy a la luna y ya vuelvo; espérame en la cama con las piernas ya abiertas». Hizo girar el volante con firmes, acompasados movimientos de ambos brazos, fuertes bajo las mangas de franela. Ingrid se apartó de la veranda y quedó de espaldas al grupo. Norstad me guiñó el ojo y me señaló con la cabeza a Ingrid. Sonreí en abstracto y seguí la dirección de Ingrid. Olaf, sentado poltrón en un sofá, miraba de soslayo las piernas y las caderas de Ingrid, que leía uno de los folletos.

—¿Los ha escrito usted?

—He escrito cosas peores.

Ingrid me miraba incrédula.

—Sí, sí, créalo. ¿Ha probado usted alguna vez la sopa Helen?

—No lo sé. O sí. No recuerdo.

—¿Sabe usted en qué se diferencia de todas las demás?

—¿Y usted?

—Claro. En que tiene «buen sabor, buen color y buena digestión». Como slogan no es muy afortunado. Fue el primero que publiqué. No todos los empresarios son tan imbéciles como aquel fabricante de harinas. No será su padre empresario, ¿verdad?

—¿Tengo aspecto de ser hija de empresario?

—Sí. Un poco.

—Sí. Es empresario. Compañía de seguros de entierro. ¿Tiene algún slogan para eso?

—Muérase a gusto si está asegurado en...

Ingrid dejó caer la risa por las esquinas de su boca semicerrada.

—¿No tiene su padre stand en la feria?

—¿Qué dice? ¿Hay también sección de funerarias? Estoy convencida de que nuestros ataúdes son de lo mejor. Y no es porque sean de mi padre. No vaya usted a creerse.

Aumentó súbitamente el tono de la música por los altavoces. Se agitaba ahora entre los frágiles tenderetes el ritmo de un rock.

*Yo te daré la felicidad*
*Yo te daré*
*la*
*fe*
  *licidaaad.*

El público todavía no entraba. La musiquilla se hizo a continuación más grave. La música de entrega de diplomas. Silencio.

—Señoras y señores, en estos momentos el excelentísimo señor ministro de Industria y Transportes ha cortado el precinto ferial. La Feria Internacional de Muestras de Leyden inicia su edición cincuentenaria.

Y se reanudó la entrega de diplomas. Nuestros rostros se habían alzado al más próximo altavoz, intentando imaginar más allá de la boca metálica de los amplificadores el rostro de la locutora, sus muecas dirigidas a todos y a nadie.

—No tardarán en llegar.

—¿Se parará aquí el ministro? —preguntaba Olaf, metiéndose la corbata dentro de la chaqueta y estirando los puños de su camisa blanca.

—Si se para no está programado.

Ingrid recorría con un dedo la boca de la muchacha bañada de retícula. La muchacha tenía esas líneas prefabricadas de un rostro atrayente según la moda de este año. Su expresión no era triste ni alegre, era como un envoltorio atrayente de regalo navideño, un objeto bonito que se cargaba de sexualidad por la picardía que el otoñal manifestaba ante sus piernas.

—¿La foto ha sido idea suya?

—Sí.

Ingrid se recostó en la mesa y la arista dura apenas se hincó en sus nalgas, por lo que deduje que llevaba faja. Me sentí observado por ella.

—Usted es también universitario, ¿no?

—Sí, también. ¿Lo duda por eso?

—¿Siempre acostumbra a suponer lo que piensan los demás?

Hablaba como un personaje literario. Sentí la tentación de decírselo. «Lleva usted el diálogo por un camino excesivamente efectista». Podía añadirle que no se preocupara excesivamente, que eso nos pasa a todos los que hemos leído más que hablado. No me molestaba el enigma que sobre mi personalidad ya se había establecido para ella: oh, el misterio; oh, el hombre vagamente interesante. Los cristianos se conocían por la señal de la cruz y los inteligentes por el lenguaje elíptico.[47] Ingrid seguía mirándome. Yo trataba de clasificarla entre los inteligentes-directos o los inteligentes-complejos. Ya había perdido olfato y tampoco lo necesitaba demasiado.

Reparé entonces en que por la boca de su bolso asomaba un libro. Nuestras miradas se cruzaron después y se toparon unos segundos; ella la desvió y creí ver que enrojecía. Luego volvió a mirarme, dispuesta a la conversación.

—Me ha dicho Berta que su esposa está enferma.

—¿Conoce usted mucho a Berta?

—Nos conocimos el verano pasado, veraneamos en el mismo sitio. Yo quería irme este año a Alemania y mi padre está de uñas conmigo. Si me pago el viaje, mejor. Berta me habló de esto y aquí estoy.

—¿Qué se le ha perdido a usted en Alemania?

—El alemán. Estudio Biología y es un idioma fundamental para cualquier disciplina científica.

Busqué urgentemente mis escasos conocimientos sobre biología para intentar largarle algún donaire. No daban abasto. Sonreí, pues, con falso escepticismo.

—¿Tanto le interesa la biología?

—Sí. ¿Le parece poco interesante o demasiado para una mujer?

—No, no. Yo asocio la biología con todo lo que me suena a monstruología. ¿Entiende? Biología, lógica matemática, cibernética, planificación económica... Me dan miedo. ¿Sabe usted? Lo saben todo y de una manera como nunca lo podremos saber los demás. Son palabras e ideas mayores para mí. En mis tiempos, con un poemita de Bertolt Brecht y una bolsa de agua caliente para los inviernos rigurosos se podía ir tirando. Hoy se ha puesto todo muy difícil.

Ingrid reía vencida hacia delante con el rostro polinésico congestionado. Recuperó sus buenas maneras y la posición vertical. Sus tacones sonaban bien sobre el entarimado encerado. Imaginé a Ilsa hacía ya casi un año, andando con igual desenvoltura... Cuando Ingrid se volvió casi me sorprendí de que no fuera Ilsa.

—¿Está muy mal su mujer?

No contesté, algo sorprendido por la identificación de nuestros pensamientos.

—No. Pronto se levantará.

Y me sentí levemente angustiado. ¿Por qué? ¿Porque la enfermedad de Ilsa tocaba a su fin?

—Dice Berta que no la enseña usted a nadie. ¿Tan fea es?

—No, no —protesté, y tuve que levantarme para ordenar algo mis reacciones.

Ya había conseguido sonreír durante el último no y así mi brusca puesta en pie se diluyó en un lento paseo aplomado hasta el escritorio y un revolver papeles. Me sentía tan embarazado como sobre un escenario. Pero el ruido que sobre el cemento encerado empezaron a hacer los primeros zapatos nos congregó a los tres en la veranda. La puerta se había despojado de porteros y el ministro penetraba rodeado de chisteras, con la suya en la mano. Los encargados de stands empezaron a aplaudir. Olaf y yo aplaudimos. Ingrid, no. Del altavoz salieron los compases del himno nacional. El ministro consumaba rápidamente el recorrido. Comentó al oído de alguien las características de un stand donde un elefante enorme de hule pregonaba las excelencias de la motocicleta sobre la que lo habían encaramado. Vi cómo Laarsen se desviaba de la comitiva y se llegaba a nosotros. Escaló presuroso el bungalow. Estaba sudando y sus ojos todavía traían pasadas visiones. Distrajo la vista sobre Ingrid.

—¿Qué? ¿Se aburre, señorita?

—No. El señor Admunsen es muy simpático.

—Admunsen, Admunsen, todas las mujeres hablan de Admunsen y Admunsen no habla de nadie ni con nadie. ¿Qué les da usted? Y ese gandul, ¿ha hecho algo?

El gandul estaba en posición de firmes con el cabello rubio como un plumero.

—Olaf, ¿desconoces el empleo o la utilidad del peine?

—¿Decía?

—Decía que si no sabes peinarte.

—Tengo el cabello rebelde. Mi madre...

—¿Y a mí qué me cuentas de tu madre? ¿Para qué va a utilizar el ministro tu pelo? ¿Para cepillarse los zapatos?

Ingrid rebuscó en su bolso mientras Laarsen proseguía la filípica contra Olaf. Luego se acercó al muchacho y le tendió un peine.

—Eso es, péinate. Es el chico más inútil que ha parido madre. Crece y crece y crece tonto.

Laarsen se echó hacia atrás para abarcar con la mirada la totalidad del interior del bungalow.

—¿Le gusta, Admunsen? Bonito. Bonito. ¿No, Ingrid? La foto ha quedado muy bien. Realmente. Le felicito. Va bene. Bueno. Si el ministro se parara ya le contestaría yo, ¿entendido? Me voy otra vez con el acompañamiento.

Vimos cómo Laarsen se alejaba y volvió a los pocos minutos siguiendo al ministro, en diálogo sonriente con un otoñal tripudo que nos enseñó las encías al sonreírnos ante la iniciación de Laarsen. Me miró con una cierta curiosidad. Laarsen le debía de estar hablando de mí. El ministro inclinó la cabeza al pasar a nuestra altura y luego vimos cómo repetía el gesto ante los obreros agrícolas.


Emm paseaba bajo los plátanos con un periódico doblado bajo el brazo. No muy distante, la cola de un autobús hacia las afueras de Leyden se protegía del sol implacable del mediodía bajo un parasol deshilachado.

—¿Qué ha pasado?

Emm estaba muy serio y me señaló con la cabeza su proyecto de recorrer la acera y dejar atrás la cola de futuros pasajeros.

—¿Qué ha pasado? ¿Mateo?

Emm miraba obsesivamente ante sí, apretó las mandíbulas y musitó.

—Espera.

—¿Qué?

Sin contestarme, seguimos andando y llegamos a una plaza cerrada con acacias en sus cuatro esquinas y una fuente metálica en el centro. Emm se sentó en uno de los bancos de listones pintados de verde y cuando me senté dijo de sopetón:

—La cosa está muy mal. Mateo y Siloe y siete más que no conoces, en comisaría. Greta, Gustav y otros dos, escondidos.

—¿Por qué? ¿Qué ha pasado?

Emm se encogió de hombros.

—Nada y mucho. Lo de siempre. Recogían firmas para enviarlas a la UNESCO. Cogieron a un enlace. Le encontraron cosas en casa. El interrogatorio pasó a otro plano... y espera. La cosa no ha terminado. Ya lo ves, nada y mucho.

—Telefoneé a Greta varias veces, no contestaba. Por eso te llamé a ti.

—¿Desde tu casa?

—¿Estás loco?

—No creo que controlen el teléfono, me refiero al tuyo. A estas alturas ya se deben de haber olvidado de ti. Pero por si acaso.

Un niño regresaba de la fuente con el cántaro de arcilla oscura rezumante de agua. Emm le detuvo con un chist y señaló el cántaro. El niño me miró inquieto.

—Quiere beber, quiere que le dejes beber.

El niño tendió el cántaro y Emm bebió a chorrillo jugueteando con el agua contra los dientes y el galillo alternativamente. Dejó el cántaro en las manos del niño, que siguió andando ladeado por el peso.

—¿Y ahora qué?

—Hay un problema. Ha sido muy oportuno que me llamases.

—¿Qué problema?

—Greta y Gustav.

—¿Qué pasa?

—No sabemos dónde esconderlos hasta que crucen la frontera.

Desvié la vista hacia la fuente y los dos o tres niños que balanceaban el cubo asido, dentro del que se debatía el cántaro acorralado.

—¿Y el niño?

—Está con la madre de Greta. Era un estorbo para todo esto. Ellos dos...

—¿Qué pensáis hacer?

—Tú, ¿no sabes ningún sitio seguro?

—¿Yo?

—Sí. No podemos disponer de las habituales direcciones de seguridad. Tú...

—¿Yo?

—Sí. ¿No sabes dónde?

—No.

—La situación es grave. A Greta le tienen ganas. Ya sabes el tiempo que le van detrás. Si los cogen los desloman.

—No. No conocemos a nadie, Ilsa y yo. Últimamente, ya sabes.

—¿Y vosotros?

—¿Qué quieres decir?

—Vuestra casa.

Miré a Emm con los ojos muy abiertos.

—¿Estás loco?

—No lo he pensado yo solo. Últimamente ni se han preocupado de vosotros.

—Últimamente. ¿Y qué quiere decir? ¿Qué quiere decir eso?

—No hay otro sitio.

—¿Cómo no puede haber otro sitio? Dime, ¿cómo no puede haberlo?

—No hay otro sitio.

—Pues debe haberlo. ¿Qué clase de coña habéis armado? ¿Cómo queréis que precisamente yo, nosotros...?

—No hay otro sitio, Admunsen.

—¡Ya lo encontraréis!

Me puse en pie y experimenté el peso del calor como una evidencia repentina del verano. Emm sacaba la pipa y hurgaba los bolsillos de su chaqueta de hilo buscando el tabaco en los rincones.

—No creo que sea una respuesta.

—No tengo otra. Solo hay dos.

—O sí, o no.

—Pues no. Y lo que siento es que seáis tan imbéciles que planteéis el dilema.

—El dilema lo tienen Greta y Gustav. Ellos nos lo plantean a nosotros.

—En casa no puede ser.

—Unos días.

—No serán unos días. Os acostumbraréis a no buscar otros sitios. La frontera es más difícil en verano. Nuestras familias. Los vecinos. La ciudad. ¿Cómo se os ha ocurrido?

—Hasta ahora no hemos encontrado otra cosa.

—No puede ser.

—Tú sabrás.

—¿Y tú no? ¿Por qué descargas en mí la responsabilidad de una negativa?

—Puedes decir sí o no.

—No. Solo podría decir no, no y no. Lo sabes.

—Si lo hubiera sabido no te lo habría propuesto.

Me senté otra vez.

—No es eficaz.

—Es urgente.

—No sería eficaz. Imagina el cuadro: nosotros y ellos en una casa de vecinos.

—No saldrían.

—Nuestras familias. No podemos impedirles la entrada. Puede ocurrir lo inesperado. Un registro.

—¿Por qué?

—¿Por qué? Saben que Greta e Ilsa eran muy amigas, que Greta y yo también, que Gustav...

—¿Lo saben?

—¿De dónde te descuelgas, idiota? ¿No lo sabías? Medio interrogatorio cuando me detuvieron versó sobre Greta.

—No lo sabía.

—¿No lo sabías? Vamos. Y otro tanto le ocurrió a Ilsa. Greta por aquí y por allá. ¿No lo sabías?

—No. Eso cambia la cuestión.

—Hombre, ya me extrañaba.

—Eso cambia la cuestión.

—No, no creas, no la cambia. La urgencia sigue.

—Sí.

—Pero ¿ves lo ineficaz de nuestra casa?

—Sí. Ahora, sí.

—Claro. Es imposible. ¿Lo ves? Ya me extrañaba. Sería un suicidio. De nosotros dos y de todo. ¿Lo entiendes? No sería eficaz. Sería absurdo.

—Sí, ¿qué hacemos entonces? ¿Se te ocurre algo?

Era el viejo Emm de los viejos tiempos cuando al término de la reunión se dirigía a mí y concluía: «¿Qué hacemos, se te ocurre algo?». Yo entonces fijaba la vista en la punta del lápiz que tachaba la última nota del orden del día y le miraba con agudeza, calculando una por una las palabras que él y los otros iban a escuchar y aceptar. Incliné la cabeza abatido y fijando los ojos en una papelina de cacahuetes tuve que reprimir unas recién llegadas ganas de reírme. La papelina estaba encerada y amarilla, pisoteada. Denegué con la cabeza.

—Es terrible.

—¿No pueden aguantar donde están algunos días?

—No. Esta noche deben salir.

—¿Necesitáis dinero?

—No. Una casa.

—Si os hace falta algo, ropa, dinero...

—De momento no.

—Ilsa y yo os ofreceríamos la casa, cómo no. Pero ¿ves lo imposible? ¿Lo ves? ¿Sería absurdo? ¿No?

—Sí, claro.

Emm descargó la pipa picándola contra el tacón de su zapato.

—Ilsa me espera.

—Sí, ya hay poco que hablar.

Nos levantamos y recorrimos la acera hasta la parada del autobús, ahora abandonada al sol y a la sombra escasa del parasol. No muy lejanas flameaban las banderas de la feria y el asfalto estaba lleno de tiques de entrada, prospectos de propaganda y viseras publicitarias rotas.

—Tenme al corriente.

—¿Cómo?

—Mañana a la misma hora. Si no he venido llama a Marius. ¿Lo conoces? Sí, ¿verdad?

—Sí.

—Si no vengo es que algo me ha pasado. No sé si voy a ir a trabajar. ¿Qué harías?

—No vayas. Pueden ir a buscarte allá.

—Me iré a un cine. Eso es. Avisaré del resultado de la gestión, me pondré enfermo y avisaré al gerente y luego me iré al cine.

—Hasta mañana. ¿Verás a Greta y a Gustav?

—Yo no. De momento, no.

—Si necesitas algo...

—Sí. Ya te diré algo. Hasta mañana.

—Adiós.

Le vi cruzar la calle y crucé a mi vez, encaminándome hacia el parque. Me sorprendía sonriendo y con ganas de echar a correr. Aceleré los pasos y unos metros antes de la esquina corrí hasta ella a zancadas. Luego inicié la cuesta de la calle también corriendo y sonriendo y me sentía mensajero de una gran noticia y solo cuando rompí a sudar y me quedé sin aliento me sentí solo, a media altura de la calle, bajo una calina desusada y con el exclusivo aliciente de la breve sombra de aleros y balcones. Imaginé a Greta y a Gustav abrazados y mirando hacia una puerta. En realidad sustituían a la pareja de *Romeo, Julieta y las tinieblas* escuchando el amargo silencio de la casa ignorante.[48] La cara de Greta en primer plano cerrando los ojos y llorando se confundió con la de Ilsa en la misma disposición, pero enfrente estaba yo, sintiendo en el centro de mis manos el frío negro del barrote.[49]

—Saldrás pronto, Admunsen. Nos iremos lejos y nunca más tendremos miedo.

Estaba ya en la esquina de casa y me detuve. La puerta de la escalera y la puerta del bar enfrente mantenían la misma distancia respecto de mí. El mostrador parecía abandonado y a mis carraspeos se alzó la mesa blanca de un viejo con la cara arrugada por el sueño entre sus brazos pegados al mármol.

—¿Qué desea?

Arrugaba el ceño y su piel cuarteada y blanca en los antebrazos desnudos tenía las venas hinchadas y grumosas.

—¿Qué desea?

—Champán.

—¿Champán?

—Champán helado. Una botella. Me la llevo.

—¿De qué precio?

El viejo caminaba hacia la penumbra del salón donde se percibía la cámara frigorífica de madera. Trajo varias botellas.

—Cincuenta, cincuenta, ochenta, ciento veinticinco...

Cogí la botella y al contacto de mi mano el vapor circuló en gotas de agua por la palma. Pagué y el viejo desapareció tras la barrera del mostrador. Salí a la calle y la crucé corriendo hacia casa. La puerta del ascensor me pareció más torpe que de costumbre y al cerrarla tras de mí lo hice casi con rabia. Llegué y cerré las puertas con la misma precipitación con la que introduje la llave en la grieta de la cerradura. Un vaho fresco de habitaciones en penumbra me enfrió el sudor en la frente y luego el pasillo desembocó bruscamente en la alcoba donde Ilsa, a medio incorporar, se llevó una mano a la boca para contener el grito.

—¡Champán!

—¿Qué dices?

Se ahuecó la melena a un lado de la cara y nos abrazó a la botella, sobre mi pecho, y a mí.

—¿La has robado en la feria?

—Sí, señora. Y un tractor. Abajo lo tengo. ¿Vienes a dar una vuelta?

—Muy suelto llegas tú hoy. Vas embalado, ¿no?

—No.

Dejé la expresión de la duda en su rostro y fui hasta la cocina para coger dos vasos y preparar unos bocadillos. Grité desde allí.

—Comida y bebida fría.

—¿Se ha muerto alguien?

—No. Celebro la victoria de un caballo de Ali Khan en el Gran Derby.

En las baldosas se reflejaban las sábanas tendidas en las galerías de la vecindad, estáticas, sin un soplo de aire que levantara aquellas faldas blancas. La voz de Ilsa se estranguló para cantar.

—Va a llover.

—Podrías ser más amable. No destapes la botella en la cocina. ¿Me oyes? ¿Eh?

—Sí.

—Quiero que lo hagas delante de mí.

Irrumpí en la habitación con la bandeja.

—¿Qué santo se ha descolgado?

—San Ho Chi Minh.[50] ¿Sabes que hoy me han ofrecido realquilar la casa?

—¿A quién?

—A los príncipes de Mónaco.

—Qué bien.

El tapón rebotó contra el techo y cayó sobre un hombro de Ilsa.

—Bruto.

Las burbujas se desparramaron por el vaso e Ilsa aplicó los labios al borde mirándome sonriente.

—¿Qué te ha dado?

—Se me ha ocurrido de pronto.

—¿Cómo ha ido la feria?

—Bien. ¿Sabes que la chica del stand es progresista?

—¿Cómo lo sabes?

—Lo lleva como un estigma. Habla lenguaje elíptico por si pesca orejas de cofrades. Hoy he hecho el numerito de no picar.

—Te pasas de listo.

—No. No. Lo es. Estudia Biología, es un buen síntoma. Y miraba a todo el séquito ministerial como a una contradicción de primer plano. Es lista la chica. Y ha tenido otros detalles. Es lista, bonita y progresista. Endulzará la vida del intelectual de izquierdas que se despose con ella.

—¿Es eso lo que celebramos?

—¿Por qué no? Espero conocerla más. Lanza dentelladas. Ha sustituido el viejo imperativo de una educación individualista: «todo el mundo para mí» por «yo para todo el mundo».[51] Es otro tipo de individualismo. Cada acción clandestina que desempeña equivaldrá a una muesca en su pistola y un buen día irá a parar a una cárcel con la pistola llena de muescas y se llevará el pedestal a cuestas para tratar de ver un poco de horizonte más allá de las rejas, puesta de puntillas sobre el pedestal. Y cuando sus padres vayan a verla con el coche más nuevo para tratar de impresionar al director de la cárcel, saldrán de la entrevista convencidos de que su hija no ha nacido para Marie Curie, pero sí para Rosa Luxemburgo.[52] Y la niña y los papás quedarán tranquilos porque lo triste no es ir contra la historia, sino en la tercera clase de la historia.

—Vas embalado.

—Y nunca tendrá miedo, porque nunca amará algo concreto, con límites. Amará la humanidad, los gráficos de precios y salarios, los índices de depauperización. Vivirá en la lógica, controlará sus ideas y con ellas la lógica del mundo. Y el miedo no se le echará nunca encima. Girará en la punta de uno de sus deditos como en los juegos malabares. Es bueno, ¿verdad? Y no es del más caro.

—¿Qué te ha pasado?

—Nada, que la feria va bien. Va a ser menos envilecedor de lo que creía.

—¿Ha venido el ministro? ¿Cómo es de cerca?

—Corriente, una persona corriente, pero con sonrisa de fotografía.

—¿Así?

—No te sale bien.

—Y la chica, verdaderamente, ¿cómo es?

—Como tú hace diez años.

—¿Cómo era yo hace diez años?

—Como ella ahora.

—Cretino.

—Gracias. ¿Quieres más?

—Sí. Ya estoy un poco piripi, ¿sabes?

—Come un poco. ¿Qué has hecho?

—He leído y he oído música. ¿Sabes que Ben Bella y Ben Jeda están de punta?[53]

—¿Y qué piensas hacer? Vamos a ver.

Le cogí las manos y la miré a los ojos.

—Todo lo que hagas ha de ser producto de la reflexión. No te precipites, ¿entiendes? Piensa que tu decisión puede ser trascendental.

—Estás piripi.

—Analiza, desentraña. ¿Ben Jeda? ¿Ben Bella? ¿Piensas en las implicaciones del asunto?

—¿De qué hablas?

—Mal asunto, malo, Ilsa, hija mía. No te ensucies las manos.

—Has bebido.

Me levanté y agoté la botella en mi vaso.

—¿Qué numerito estás haciendo hoy?

—Soy un personaje de Ibsen.

—Y un cuerno. Dime lo que te ha pasado.

—Nada.

—¿Seguro?

—Sí.

—¿Entonces?

—Nada. Por eso. Como no pasa nada alteraremos las normas y abriremos una botella de champán.

—Mañana has de volver a la feria.

—Sí. He de volver.

## ¿CUÁNTO TIEMPO ESTARÉ AQUÍ?[54]

Lo pregunté al principio de todo. Cuando el hombre del centro insinuó una sonrisa y deduje que aquellos reflejos de sus innumerables dioptrías eran como minutos de una tarde de mayo luminoso, pregunté:

—¿Cuánto tiempo estaré aquí?

—Un año.

Pasaron años. La cantidad asustaría a cualquier perito en años de los que corren por ahí y ponen consultorios a los que acuden los muertos para preguntar:

—¿Cuánto tempo estaré aquí?

Años, años enteros con sus 500.000 minutos y pico repetidos, con sus trescientos sesenta y cinco días iguales. Me intrigaba la constancia de los años. Yo había inventado numerosos pasatiempos solitarios. Primero salté a la pata coja. Después atribuí una función específica a cada una de las catorce pastillas de cielo que formaban las rejas entrecruzadas, dentro de la historia distinta que cada tarde el cielo representa ante mi ventana. Lloré abundantes lágrimas por la patética agonía de una nube zarandeada por los vientos del nordeste. Es una historia que haría llorar a cualquiera capaz de enternecerse por la agonía de un gusano que ha perdido las antenas en el choque con la suela de un zapato, irrechazable, como el tamponazo de un juez militar. Pero no haría llorar a los que lloran por la caída brutal de la "e" paragógica o de la "d" en posición intervocálica: caída fatal impuesta por infinitos malhablados. Los académicos han llorado por el triste adiós a la "d", tan sufrida; pero jamás llorarán por la agonía de una nube que no se resigna a morir porque no ha hecho otra cosa que presenciar mundo y que tal vez ni ha llovido siquiera, ni ha posado para el paisaje de un pintor dominguero, ni ha servido de ejemplo didáctico para un profesor de Ciencias Cosmológicas.

Una mañana recurrí a mis pasatiempos habituales. Partí doscientas doce galletas en seiscientos sesenta y cinco trocitos irregulares, como seiscientas sesenta y cinco almas apacibles, dulces, glucosas, mantecosas, albuminosas. Después intenté introducirme una sábana en la boca, exceso que el hombre del centro ya me había reprochado en cierta ocasión porque en plena operación sorprendí el vuelo de un vencejo cortado a rodajas por las rejas y olvidé terminar de engullir la sábana. Llegó la noche y al intentar cubrirme con la sábana descubrí que solo me quedaban los treinta centímetros que me colgaban de la boca. Salí airado hacia el centro aprovechando la apertura de la puerta y me planté ante el hombre del centro con un taconazo seco, imperativo. Quise decirle que consideraba abusiva la escasa longitud de las sábanas. Pero no podía hablar. Él entonces echó unas gotas de brillo en los cristales de sus gafas y comenzó a tirar de la sábana. Yo, lentamente, comprendí que tenía el mundo en mi boca y que querían quitármelo. Forcejeé con el hombre del centro y fue cuando él me colocó por primera vez en la palma de su mano. Me estremecí y siguió tirando de la sábana hasta que salió toda y quedó a mis pies como una ancianita desnuda y blanca, cubierta por el rocío de la mañana.

No me taparon con la anciana. Me trajeron sábanas limpias y al día siguiente conseguí meterme una anciana entera dentro de la boca. Por eso aquella mañana no concluí la operación, me aburría repetir acciones tan normativas que exigen una técnica tan precisa. Porque no es lo mismo, no, señor, no, introducir una sábana en la boca que un saco lleno de polvo de patatas recién arrancadas de la tierra. El saco tiene un sabor a viento sucio y un cosquilleo de mariquita de la patata ahogándose que desagrada si lo muerdes. Y no lo digo por exagerar.

¿Y qué hacer si nada me distraía? Decidí reflexionar. Me arremangué la camisa, barrí la celda, me senté en la cama y me puse el codo en mi rodilla con la mano abierta, de modo que al inclinar la cabeza se aguantara allí. El movimiento me salió bien. Vamos, bien, lo que se dice bien, bien, no; pero más o menos. Estuve llorando largo tiempo, abrumado por la perfección de los actos humanos. Estaba reflexionando sobre lo triste de que alguien olvide tu nombre y al reencontrarte, al cabo de unos años, busque tu ser-para-él en una libretita de hule que, eso sí, lleva siempre sobre el corazón cuando se abrió la puerta y el cefalópodo del ordenanza pronunció el slogan alarmante.[55]

—El jefe del centro está para usted.

Me estremecí.

—¿Ha echado polvos brillantes sobre sus lentes?

—Bicarbonato es lo que ha echado, majara, majarón perdido.

Me sentí halagado por aquella denominación que me recordaba la alta nobleza de la India y salí montado sobre la espalda del ordenanza, corta y estrecha. Más bien salí sentado sobre sus pantorrillas, altas y gordas. Él, siempre he dicho que tiene muy pocos principios y menos mundología, no agitó la nariz como una trompa e hizo comentarios que intuí como groseros sobre mis acciones habituales:

—No, si un día se va a cagar en mi boca.

Llegamos al centro y comprobé con alegría que el hombre del centro había echado polvillos brillantes en sus gafas. Sonrió y me levantó dos cabellos, los trenzó y yo me reí feliz e intenté morder los cristales de la garita. Bajé del elefante y le invité a subir.

—No. No. Será mejor que hablemos, Sir Admunsen.

Encogí los hombros según se aconseja en las novelas sobre tema inglés, cuando la milady va a soportar una reprimenda del milord, y saqué la cajita de cerillas como si se tratara de rapé y olí una cerilla, pero no se encendió. El hombre del centro me señaló una silla y él se sentó frente a mí. Yo fingí la mayor indiferencia, tamborileaba en el brazo de la silla y silbaba "Remember When" con un tonillo juguetón que la hacía antipatiquísima.

—¿De buen humor, Sir Admunsen?

—Le he repetido dos mil seiscientas treinta y dos veces que mi nombre es Archibaldo.

—Oh. Perdone, sir. ¿Qué? Está bien.

Le miré con toda la ironía que una media sonrisa y un ojo semicerrado pueden configurar y él se revolvió nervioso.

—No se quejará. Hemos hecho por usted abundantes excepciones. ¿Quién dispone de tantos libros, tocadiscos, platos especiales, visitas especiales, en esta casa? A propósito. ¿Le gustaron los caracoles picantes?

—Me recordaron una taberna del puerto con tufillo a fritanga y anís.

Y me eché a llorar. El hombre del centro me volvió a poner en la palma de la mano y me volteó por el aire. Reí divertido.

—Ya ve usted. Este trato especial no se lo doy a nadie más.

Recuperé mi sitio en la silla y, frunciendo el ceño y dando golpecitos continuados al cigarrillo con un dedo para desprender la ceniza, inquirí:

—¿Cuánto tiempo me falta?

—Pues un año.

—¡Un año! ¿Todavía un año? ¿Siempre un año? ¡Ah, no! ¡Eso sí que no, desde luego que no!

Me levanté y anduve con pasos largos hacia mi celda, pero antes de entrar me detuve en el centro de la galería, alcé los brazos y grité:

"Otros vendrán, verán lo que no vimos
yo ya ni sé con sombra hasta los codos
por qué nacemos para qué vivimos".[56]

Seguidamente llamé a todas las puertas cerradas con el puño cerrado y ya me dirigía al piso superior cuando entre el ordenanza y los energúmenos de la guardia pretoriana me agarraron y pese a mis gritos me llevaron a la celda. Canté un himno y al llegar a una estrofa preciosa, con un verso particularmente afortunado que dice: "En pie, famélica legión", se me hizo la boca agua y empecé a comer galletas con buen apetito. Pero no con tanto apetito como aquel viejecillo condenado a ciento cincuenta años y al que solo le faltaban dos por cumplir.

—Autodisciplina —decía siempre el viejecillo, que en su juventud había sido la mano derecha de Baden-Powel—, autodisciplina.[57] ¿Ciento cincuenta años? Pues a cumplirlos.

Y seguía engullendo aquel inacabable huevo frito a cucharadas.

Entonces entró el hombre del centro.

—Está hoy muy revoltosillo, Sir Archibaldo.

—Lo que está es majara.

Apuntó el desagradable ordenanza con sus cabellos grises erizados y aquel ojo inmóvil y acuoso asomado excesivamente, como intentando ver las cosas antes que nadie o al menos la huella de la puñalada que le pegué al ordenanza de la mierda y que le ha dejado una media luna en el pómulo. (Se puso desagrada-

ble discutiéndome el derecho a pegarle patadas en el vientre los jueves, al atardecer).

—¡Chist! Sir Archibaldo no está majara.

Y se sentó en el catre. Yo me senté a su
lado y el ordenanza se marchó.

—¿Viene a verle la familia desde sus po-
sesiones en Escocia?

Recordé a la mujer de cara pequeña y media sonrisa que me besaba los jueves y mantenía cogida mi mano hasta que sudaba la
suya y entonces disimuladamente la secaba
en la falda mientras con la otra me pelliz-
caba la nariz.

—Esa mujer, los jueves.

—¿Su esposa? Tiene grandes proyectos para
cuando usted salga de aquí.

—¿Cuándo?

—Dentro de un año.

—¿Cuánto dura un año?

—Un año dura un año.

—Pienso en el futuro, eso es tiempo. Y recuerdo que eso es también tiempo. Tiempo que
nadie me devolverá. En ese año me caben todos
los de mi vida. Los de antes y los de después.

Tal vez se deba a que busco en la gente
una afectividad que necesito, pero, fugazmente, creí ver una lágrima redonda y bri-

llante, como una gota de mercurio, en la mejilla del hombre del centro.

—Su esposa habla siempre de lo que harán cuando usted salga, Sir Archibaldo. Yo sé cómo no le dolerá el tiempo, cómo creerá que cada minuto es un pasito hacia delante y…, pum…, sesenta pasitos…, pum…, sesenta pasitos más.

—¿Cómo?

—Duerma, duerma mucho, Sir Archibaldo.

—No me gusta.

—Lea. Hable. ¿Por qué no habla conmigo? Yo le escucharía con mucho agrado. ¿Por qué no hablamos de política?

—¡No! ¡Vamos! ¡Sería el colmo!

—No, Sir Archibaldo. No. Yo soy muy liberal. Vamos a ver. ¿Unas palabritas de política?

Reí, tímido, me levanté y me acurruqué en el ángulo de la celda, forrada hasta media pared con azulejos blancos.

—No. No.

Dije zalameramente:

—Sí. Sí.

—No. No.

—Sí. Sí.

—No. No.

—Le harán hoy caracoles picantes otra vez.

—¿Muy picantes?

—Muy picantes.

—Entonces...

—Va, Sir Archibaldo. ¿Cómo va esa culturita? Infra... Infra... Infra...

—... estructura.

—Muy bien, Sir Archibaldo. A ver... Super... super...

—... estrutura.

—No.

—... estructura.

—¡Diablo, Sir Archibaldo! Está usted hoy muy seguro.

—Me entreno... Sí, sí..., lo confieso. A veces me pongo firme, muy seriecito y derechito recito, de corrido: infraestructura, superrestructura, condiciones objetivas, condiciones subjetivas, cantidad, cualidad, relaciones de producción, unidad de contrarios, etcétera, etcétera.

—Muy bien, así me gusta. ¿Ve? Animarse no cuesta nada.

—Tiene usted razón.

—Un año pasa pronto.

El hombre del centro sacó la bolsita de polvos brillantes y echó unas gotas en los cristales de sus gafas.

—Bueno, debo irme. El ladrón de gallinas se ha vuelto loco.[58] Esta mañana ha amanecido hablando de una vaca. Según parece, ahora quiere pasar por ladrón de vacas. El practicante le ha dado una aspirina y seguía insistiendo en el robo de la vaca. Megalomanía.

Y distraídamente escogió uno de mis libros.

—Qué, ¿se lee?

—Poco.

—Eso está bien. Con Dios, Sir Archibaldo.

Yo me puse firme y le recité de corrido:

"Aunque tú por modestia no lo creas,
las flores en tu sien parecen feas."[59]

Y el hombre del centro salió contento.

Al cabo de unos años me trajeron los caracoles y recordé haberlos comido hacía mucho tiempo, como si estos caracoles recién guisados, con el cuerpecito semejante a la plantita de un pie de Pulgarcito, verde y arrugado, hubieran resucitado y hubieran venido a pie desde Holanda, donde yo me los había comido cuando lo del tráfico de tulipanes amarillos. ¡Me habían perseguido unos caracoles desde Holanda! Cuando terminé de llorar y comer llamé al ordenanza.

—Pregunte al hombre del centro cuánto me falta para salir.

Y cuando el antipático ordenanza se hubo ido, comencé a meter mis cosas en esa bolsa de lona que la mujer de los jueves me había regalado hacía ya mucho tiempo. Silbaba una melodía que me sabía muy bien y cuando llegó el ordenanza ya tenía el equipaje casi hecho.

—¿Qué?, ¿cuánto falta?

—Un año, majara, un año.

Luego me dijeron que el ordenanza estuvo a punto de perder el otro ojo. Mi puñalada rebotó contra su arco ciliar y a eso se debió el que no hundiera aquel ojo airado y airante.


—Hemos hablado ya muchas veces.

—Por si volviera a suceder. ¿Crees que no puede volver a suceder?

—Ni te lo plantees.

—¿Por qué?

—¿Por qué ha de volver a suceder?

—Dime, ¿repetirías las ilusiones, los desánimos y otra vez las desilusiones de entonces?

—No lo sé. Es hipotético. ¿Por qué te planteas un problema que no podemos resolver?

—¿Te costó remontar aquellos dos años o no?

—¿Qué te parece?

—Yo no lo sé. Es cuestión de adaptación.

—De costumbre.

—Esa es la causa.

—Y la causa ¿quita valor al sufrimiento y a la angustia?

—No lo sé.

—En el fondo es lo que crees, ¿verdad?

—A ratos.

—Y entonces desvirtúas el valor de mi espera. ¿No es así?

—Del mismo modo desvirtúo el valor de mis desánimos. Llegaron a ser tan habituales como el desánimo de un oficinista porque no llega a jefe de administración de tercera.

—Pero el creer en la intensidad de nuestro sufrimiento ha dado fuerza a nuestra vida en común posterior, ¿o no?

—Sí. Pero hemos tenido mucha suerte. No nos hemos desparramado. No nos hemos dispersado. Esta habitación nos ha dado una unidad, nos ha hecho autosuficientes. Después, ¿qué?

—Es la misma pregunta de antes y la misma respuesta. ¿Qué sabemos?

—Fuera de estas paredes están los otros, como antes, como siempre. Están las víctimas y los verdugos de antes, de siempre. Y solo nosotros hemos cambiado. Tenemos miedo. O tengo miedo.

—Yo no soy una piedra. Yo también tengo miedo. Pero eso nos demuestra que aquel sufrimiento nos unió. Nos necesitamos más porque sabemos lo que significa la separación.

—Tenemos miedo por nosotros dos y tenemos vergüenza por los otros. Y el dilema está claro. O los otros o nosotros.

Ilsa me miraba interrogadora, sorprendida inconscientemente, apretaba la sábana con fuerza entre sus manos pequeñas.

—Y de momento yo no sé qué está claro, nosotros o ellos. Pero tendremos que elegir.

—¿Cuándo?

—Cuando estas paredes ya no nos protejan y debamos reintegrarnos al mundo de los otros. Está claro. Ellos no pueden darnos lo que tú a mí o yo a ti. Pero ¿tú y yo nos justificaremos suficientemente? Existe el dolor de los otros y la evidencia de la solidaridad. O tal vez no. Tal vez debamos ser asépticos. Cada cual con su cámara de gas a cuestas. Cada cual la ha elegido y cada cual se adecúa a su sufrimiento. Lo hace brillante. Excelso. Se hace brillante. Excelso. Dejemos a los demás sacrificándose por una idea más o menos encarnada; en el fondo se sacrifican por ellos mismos y nada les proporciona más felicidad que jugar el gran numerito de mártires o de héroes.

—Tal como te lo planteas se es un héroe o se es un traidor, pero siempre se es un egoísta.

—Sí. Y creo que nuestro egoísmo se plantea de dos en dos, es más comunitario que el del héroe que se masturba cada día el cerebro con la corona de laurel o de perejil.

—Yo no sé qué decirte. Tal vez me he acostumbrado a que estas paredes nos protejan. No he decidido nada ulterior a estas palabras que estoy diciendo.

—Saldrás a la calle pronto, como yo. Practicarás eso que llaman convivir y te darás cuenta del poco valor que tienen los grandes gestos del héroe. En el fondo, el héroe es un pobre desgraciado que si no se toma en serio a sí mismo no se lo toma nadie. Los he visto en cantidad. Cuando dejan de ser factores activos de la Historia y se convierten en pasivos presidiarios entonces aguantan la moral con pequeñitos gestos: llevan camisas de franela o se niegan a que alguien les haga la limpieza de la celda. ¿Convicciones profundas? No he conocido a ninguno de esos héroes capaz de reconocerse en el fondo un pobre hombre. Esa es la imposible convicción profunda del héroe.

—¿Por qué me hablas de todo esto hoy? ¿Qué ha pasado?

—Han detenido a Mateo, a Siloe y a otros.

—¿Cuándo? ¿Por qué?

—Ayer o antes de ayer. Por las pequeñas reivindicaciones de siempre. Unas firmas para pedir la libertad de esto o de aquello a la UNESCO, un buscador de firmas particularmente imbécil que tiene documentos comprometedores en casa: detención, interrogatorio, registro, interrogatorio, una organización que va cayendo.

—Admunsen, ¿qué más? ¿Qué más?

—Greta y Gustav escondidos.

—Admunsen, ¿y tú? ¿Qué te puede pasar?

—Nada si no hago nada.

—Admunsen, ¿no hemos tenido bastante?

—Esta es la cuestión. Pero pienso que la respuesta nos es desfavorable. Tendríamos que llegar a una conclusión previa. Ni planteárnoslo. Pero para eso es preciso desautorizar previamente el juego de los buenos y los malos. Todos somos una mierda, pero hemos aceptado alguna vez que unos cuantos no lo son.

—Palabras, palabras, palabras. ¿Y aquellos meses? ¿Y aquellos años?

—Pero solo eso. Arriésgate a no tener más argumento que ese cuando te pidan explicaciones.

—Nadie los vivió por nosotros, Admunsen.

—Te dirán que sí. Que el primer caído en la primera barricada de Lancashire ya cayó por todos nosotros.

—¿Y es mentira?

—No lo sé. Tendría que preguntárselo. Lo solucionaríamos diciendo que lo suponemos así porque aplicamos a priori un esquema ideológico. Pero previo a todo eso está el hecho de que sé, radicalmente sé, que tengo miedo.

—¿Por mí? ¿Porque te separarían de mí?

—Si te digo que sí, ¿te bastará?

—Sí. Hoy, sí.

Durante minutos hemos fingido pensar, cabizbajos. De hecho, estábamos cansados de exigirnos pensar con brutalidad. Queda siempre una aspiración a mantener en el pudor las motivaciones radicales de nuestra conducta. Luego nos hemos abrazado, nos hemos besado, hemos buscado la vieja, poética muerte del espasmo; la extrañeza luego de la resurrección al mundo de siempre. Pero ya los problemas no tenían actualidad. Urgía arreglar la cama, el cabello, el vestido y ordenar la habitación antes de la hora de la cena.

*Camino, camino azul del cielo,*
*dime tú, dime tú,*
*dime dónde está mi amor.*
*¿Estará aquí, aquí,*
*en mi corazóóón?*

«Atención, atención, se ruega a los padres de la niña Viveca Zirst que se personen en las oficinas del palacio ferial número uno».

*¿Estará aquí, aquí*
*o allá en Liverpool?*

*Camino, camino verde del mundo,*
*dime tú, dime tú,*
  *dime dónde está*
  *mi*
   *a*
    *mooor.*

El chorro de gente se deshilachaba por los pasillos y por encima de sus cabezas los rótulos luminosos y los neones del techo formaban una algarabía luminosa en distintos colores. Los altavoces desencadenaban ahora una java en acordeones húmedos todavía por el relente nocturno y los vapores del Sena. Los pies escogieron espacios libres entre otros pies, sobre un suelo sucio donde se marchitaban las hojas de propaganda. ¿Funciona bien su coche? Gasolina azul no es lo mismo que gasolina blanca. Todo para el automóvil.

«Atención, atención, se ruega a los padres...».

—¡Mira! Flota.

El camión alzado a media altura apuntaba con sus ojos de vidrio amarillo un ángulo de la nave; el padre intentaba explicar al niño los accesorios que la carrocería mostraba indiscretamente arremangada sobre el chasis. El pasillo que conducía al stand Bird's hilaba los stands que mentían entoldados playeros, interiores de yates, rincones campestres o casas de campo brutalmente desparedadas, mostrando los lares encendidos de luz roja y eléctrica y cartón piedra, las mesas de tosco y gastado roble y las piernas de la señorita del stand vestida de lugareña con escote de muchacha de cafetería. Aquellas piernas de la señorita del stand con las pantorrillas unidas como valvas de marisco; dramática advertencia a los visitantes famélicos, como los platos que exhiben las charcuterías finas en los escaparates.

Ingrid jugueteaba con un collar polinésico que daba seis o siete vueltas sobre su escote; Olaf escuchaba atentamente algo que ella le decía y cuando me vio apretó los labios como disponiéndose a no revelar un reciente secreto.

—¿Cómo va?

—Ya tenemos chiste.

—¿Qué dice?

—Ya corre un chiste por la feria a costa de nuestro stand. Lo llaman el stand vaselina por el «suave como Bird's».

—Va bien. El éxito sorprende a la empresa.

Ingrid retiró un libro de mi supuesta mesa y lo dejó a medio meter en el bolso, de modo que desde la mesa yo pudiera leer el título. Me senté tras la mesa y de *La élite del poder* pasé a contemplar el trasiego de los viandantes que se detenían sin remisión ante el stand, sonreían malévolamente ante la fotografía y el texto y luego inclinaban la cabeza hacia atrás para leer el rotulo luminoso. Señalé *La élite del poder*.

—¿Es su signo de la cruz?

—¿Qué quiere decir?

—Los cristianos, en época de persecución, se reconocían por las calles de Roma haciendo el signo de la cruz.

Ingrid dio un manotazo al libro, que acabó por meterse dentro del bolso, y luego me miró sonriendo.

—¿Cuál es su signo de la cruz?

—Yo tengo la manía de silbar «La Varsoviana» en los taxis y solo he encontrado un taxista que se pusiera a silbarla a dúo conmigo.[60]

—Debió de ser muy interesante.

—Sí, pero me cobró la carrera.

Ingrid escogió un montón de prospectos y los puso en las manos de Olaf, que dejó la revista deportiva que estaba leyendo para cogerlos.

—Vete al pie de la escalera automática y repártelos.

Olaf saludó militarmente y saltó la escalera de un impulso. Ingrid se volvió hacia mí.

—¿Cree usted que lo hice a propósito?

—¿Lo del libro? No lo sé.

—Sí. Lo hice a propósito. Dudé entre traer este y el *Anti-Dühring* de Engels.[61]

—Engels no solo me hubiera dicho algo a mí.

—Lo tengo encuadernado de manera que solo consta el título y no el autor.

—Le aseguro que la policía, en caso de registros, se lo quedaría. También van haciéndose una culturita.

—Sabe usted mucho de todo eso.

Sonreí enigmático y pensé inmediatamente que me estaba comportando como un imbécil en un flirteo.

—¿Se le hace pesado el trabajo?

—No. Estuvo el señor Laarsen un momento.

—¿No picó?

—¿Cómo?

—El libro.

—No. No picó.

Ingrid rio convirtiendo sus ojos en dos trazos.

—Es curioso que usted haya picado.

—Cualquier optimista diría que ello demuestra el desarrollo de la cultura progresista en nuestro país.

—¿Usted no lo cree?

—No.

—¿Por qué?

—Porque no es verdad.

—Y esto ¿no significa nada?

—Que usted y yo tenemos algunos amigos comunes y nada más. Somos dos socios del mismo club restringido.

—En las páginas de la revista universitaria del distrito hubo hace unos meses una polémica sobre estas cuestiones.

—Y hace ocho años hubo otra. Me las vi negras para demostrar que, en efecto, las ideas progresistas se esparcían y, lo que es más importante: que influían en la vida del país.

—¿No es así?

—No.

—¿Mentía usted?

—Tampoco. Era esquemático. Las cosas debían ser así porque lógicamente eran así. Las ideas progresistas ocuparon y ocupan más cabezas, pero esas cabezas no pasan de influir en un club. Solo en el club.

—¿Y quién forma parte de ese club, según usted?

—Usted, yo, unos cuantos amigos míos y suyos, más o menos propicios, más o menos buenos. Yo le daría cinco nombres y otros dos coincidirían con cinco que usted podría nombrarme.

Hubo un silencio durante el que cruzamos las miradas varias veces.

—Pero de esa gente que pasa no sabe usted ningún nombre. Y ellos tampoco saben que usted es una cristiana perseguida en Roma. Tampoco saben que estamos en Roma, que hay anfiteatro. Un vacío anfiteatro al que algunos van a parar solos, rodeados de gradas vacías, pero con fieras. No se crea que es un hecho trágico. ¿Recuerda usted el poema de Alaksen sobre la sinfonía número once de Shostakóvich?[62]

*Los zares aprendieron que la sangre germina*
*y tiñe todo el suelo. Hoy día, compañero,*
*te matan de otro modo. Te atan, te vacían*
*y guardan tu cerebro en líquidos alegres*
*de ausencias y silencios...*

—¿Por qué no sigue? El poema tiene un final optimista.

—¿Lo ve? Hemos leído lo mismo. En el fondo somos los mismos ahora y entonces. El final de Alaksen más vale no recitarlo; es mentira, o es una verdad insuficiente. Las flores del Palacio de Invierno no se huelen desde Leyden, en caso de que su olor no empiece ya a ser peste.

—Entre usted y mi padre no hay más diferencia que el que usted ha leído a Alaksen. En la práctica significan lo mismo.

—¿Usted cree? En mi caso es pese a haber leído a Alaksen. Soy mucho más nefasto. Y pese a haber leído a Alaksen, he ideado este stand. ¿Le gusta la fotografía? Mire cómo la contempla ese muchacho y como la mira luego a usted. Ayudo a educarle como a una bestia. Ya nada significaría, nada representaría el que yo me negara. Solo equivaldría a que yo me muriera de hambre.

—Eso es un detalle. Usted puede hacer otras cosas.

—¿Me está prospectando?

—¿No quedamos en que pertenecemos al mismo club?

—En el club hay matices. Aunque usted no lo vea. Usted no puede darse cuenta de muchas cosas.

—¿De cuáles?

—De las que ya están integradas en una manera de vivir. Sus lecturas y sus discos preferidos son las lecturas y los discos preferidos de todos los miembros del club. Llega un momento en que allá donde usted mire o escuche ve y oye cosas propicias. Pero el mundo no es nuestro club. Mire y escuche. Escuche las canciones del altavoz y vea la estupidez colectiva en el rostro de las gentes.

—No tienen la culpa.

—Sí tienen la culpa. No se invente usted al pueblo. No tiene otro.

Ingrid se había sentado. Estaba seria y su figura, mitad adulta, mitad adolescente, se acoplaba al zigzag de la butaca sin mover ni un músculo.

—Usted ha hecho la revolución en la cabeza y la ha perdido. Pero la revolución se hace en la calle.

—Es verdad. En la calle o donde haya gente. En el centro de ese pasillo, por ejemplo.

Norstad estaba explicando a un grupo de visitantes las características del tractor. Un grupo de jovenzuelos mal vestidos se reía ante mi foto. Uno se llevó la mano al sexo y lo agitó ante la hilaridad de los restantes. Ingrid, que había seguido mi mirada, desvió la vista y enrojeció.

—Objetivamente son la vanguardia del proletariado. Viven en condiciones óptimas de depauperización, ¿no? ¿No cree usted?

—Habla usted como un tendero ilustrado. Espero que hable con poca gente porque le considero muy negativo.

—Tiene usted razón. Yo acostumbro a hablar poco en espera de que la gente diga cosas más interesantes.

—No es eso.

—Más útiles.

—Eso sí. Su postura no conduce a nada.

—Y la de usted a nada de lo que usted cree.

—Ya lo veremos.

—La emplazo ante Dios dentro de unas cuantas lunas.

Ingrid volvió a reír, le tendí un cigarrillo. Distinguí a Olaf abriéndose paso entre la multitud con los brazos más largos que las mangas y lanzando interesadas miradas al stand.

—Ahí vuelve Olaf. A ese puede usted trabajarlo.

—Ya he empezado. ¿Qué se creía? Hay madera. ¿Sabe? Vanguardia del proletariado. Huérfano.

—No abuse de la situación.

—De momento le traeré un libro de Ostrovski.[63]

—*Así se templó el acero*. No hay duda, conoce bien el oficio.

Ingrid cabeceó y se llevó un dedo a la sien.

—Usted y yo tenemos mucho que hablar. ¿Su mujer piensa igual que usted?

—No lo sé.

—¿No lo sabe?

—No.

—¿Y a qué espera?

Olaf pateó la tarima y palmoteó las manos.

—Ya está. Los cogen como cheques.

Se pasó la mano por el pelo rebelde y contempló a Ingrid largamente. Luego me miró en busca de un sitio en el stand donde meterse.

—Siéntese, Olaf, si quiere.

—No estoy cansado.

Hizo el ademán de sentarse en cuclillas en un ángulo, pero se contuvo y miró a Ingrid inquisitivamente.

—Siéntate, Olaf.

—No, si no estoy cansado.

Y se puso a pasear.

—¿No le ha dicho nada el señor Laarsen de su peinado, Olaf?

—No. Hoy me he puesto... Pero lo tengo muy rebelde. Dice mi madre que parece un estropajo.

Se encogió de hombros y dibujó en el rostro una mueca de la más absoluta desconfianza hacia la opinión de su madre.

—La madre de Olaf también trabaja para Laarsen. Es la asistenta, ¿no, Olaf?

—Sí.

Olaf se removió inquieto y me miró de reojo, pasándose otra vez la mano por la cabeza.

—¿Quieren algo? ¿Quieren que vaya a buscar algo?

—¿Estudia usted, Olaf?

—No. Sí. De noche. Mi madre quiere que aprenda idiomas y cálculo.

—¿Le gusta?

Se encogió de hombros.

—Me gustaría ser mecánico de coches de carreras. Arreglar motores de coches de carreras.

Pisó a fondo un supuesto embrague y el tubo de escape empezó a funcionar.

—Brumm, Brumm.

Ingrid le tendió un cigarrillo y él lo cogió, receloso por mi presencia, sin descolgarme del reojillo.

—Conoce usted su oficio, Ingrid, no cabe duda —dije.

Ingrid se puso seria y negó con la cabeza. Me levanté.

—Debo irme, ya se arreglarán sin mí.

—Sí —contestó Olaf, sacando el humo por la nariz.

—Hasta mañana, pareja.

—Adiós, señor Admunsen.

Pegué varios codazos en algunos costillares y llegué con cierta rapidez a la puerta. Desde lejos divisé a Ingrid y Olaf en animado diálogo y, decidido, rebasé el amplio umbral y salí a la luminosidad aplastante del mediodía. La alegría de los parterres, los coches aparcados, el vocerío omnipresente de los altavoces, el colorido de banderas y trajes veraniegos me borró por ensalmo las duras formas artificiales del interior del pabellón ferial. Rebasé las vallas de la entrada y el tráfico de la plaza demoró el cruce hacia la acera donde dentro de unos minutos me encontraría con Emm.

La cola de viajeros estaba allí como el día anterior y el parasol raído seguía siendo insuficiente. Llegó un autobús y su motor no dejó de palpitar mientras vaciaba y recogía carga humana. En el reloj de la fachada de un grupo escolar constaba la hora hache. Oteé las aceras que rodeaban la gran plaza de Shepharäar y ningún rostro entre la multitud me sugirió siquiera a Emm. Compré una revista ilustrada en el próximo quiosco y me refugié bajo el entoldado desocupado como si esperara el autobús. Por encima del borde de la revista contemplaba el ir y venir de las gentes a mi alrededor. Creí ver a Emm dos o tres veces. En el reloj del grupo escolar la larga aguja señaló el cuarto de hora de retraso de Emm.

Media hora, me encarecí mentalmente, media hora más y entonces... Emm no podía haber olvidado la cita. Todo el mundo empezó a parecerme sospechoso. El rostro abstracto de un hombre alto pálido me pareció un rostro de policía o de confidente; también me parecieron fijas en mí las gafas de sol de un gordinflón con bigote que fumaba evadido bajo el sol. La revista había perdido función entre mis manos inquietas y quedó doblada y clavada entre mi brazo y el cuerpo. La aguja del reloj avanzaba inexorable y se me ocurrió que pudiera estar equivocada. Consulté mi reloj de pulsera y las horas coincidían implacablemente. Dejé pasar un minuto en la segundera, sin levantar los ojos del reloj. Empecé a silbar y me detuve aterrado al darme cuenta de que silbaba «La Varsoviana». Mis ojos buscaron al hombre alto y pálido. No estaba. Pero las gafas de sol seguían flotantes como soles nefastos. Su propietario se limpiaba el sudor de la frente con un pañuelo y luego introdujo el pañuelo por el vértice de la camisa descotada y se secó el sudor de las axilas. Disimulé la mueca de asco porque tuve miedo de que advirtiera mi gesto y precipitara de este modo el cumplimiento de todo el daño que podía hacerme. ¿Y si Emm llegara? ¿Y si aquel hombre y yo esperáramos a la misma persona? ¿Y si estarme allí significaba entrar yo mismo en una trampa? Media hora de retraso. El hombre vino hacia mí y casi tropezando conmigo cruzó la calle arrastrando los pies. Podía ser un relevo de guardia. Giré sobre mí mismo pretextando verme el dorso del pantalón y sacudírmelo. Ningún sospechoso a la vista. Dos muchachas pasaron cerca de mí y una ráfaga de perfume atrajo mi mirada hasta que las vi doblar la esquina. Silbé una melodía, concienzudamente escogida esta vez. La que había oído por el altavoz de la feria. Emm. Aquel era Emm. El joven alto y grueso se acercó lentamente y lentamente pasó a mi altura y vi su rostro inexpresivo, en nada parecido al de Emm. Sirenas. La feria terminaba su sesión matinal. Las vallas se apartaron y la gente salió a borbotones. Se acercaba el límite del horario que yo mismo me había propuesto. Debía llamar a Marius. Pero todavía faltaban dos o tres minutos. ¿Podía irme? ¿Y si todavía llegaba Emm? Me alejé del parasol y me acerqué al bar más cercano. Busqué la placa que anunciase el teléfono público y desde la puerta me volví por si Emm hubiera llegado. Igual hice mientras el camarero buscaba una ficha telefónica dentro del pote oxidado.

—La ficha. Eh señor, la ficha.

Me adosé prácticamente a la pared para aplastar contra ella el futuro diálogo y busqué la dirección de Marius en el listín. Marqué los números con un miedo a equivocarme que casi me hacía temblar. Me pareció misterioso el son perfecto del primer timbrazo. Se repitió. Una. Dos. Tres. Cuatro. Cinco. Seis.

—¿Diga?

No era la voz de Marius. Era una voz de hombre. Una voz extrañamente firme e imperativa.

—¿Está Marius?

—¿De parte de quién?

—De un amigo.

—¿De quién dice?

—De un amigo. De Hans.

—Un momento.

El teléfono hizo un ruido que me pareció traducir un próximo relevo de manos. Una voz de mujer.

—Diga, por favor.

Era la madre de Marius. Recordaba su voz.

—¿Está Marius?

—No. No está.

—¿Tardará?

Nadie contestó. El teléfono hizo algún ruido. Creí oír el cuchicheo de una conversación.

—No sé. ¿Quién es usted?

Colgué por un impulso automático. Las paredes del bar se me caían encima e incluso el horizonte luminoso de la calle me pareció un tabique imposible de rebasar. Dejé el dinero sobre el mostrador y esquivé el acercarme al punto de la cita, pero desde lejos miré y remiré por si Emm se hubiera presentado. El parasol tenía dos o tres habitantes y sobre las aceras parecía haberse desparramado toda la ciudad. Me angustiaba la variedad de rostros que me impedía limitar el peligro a uno concreto. Reflexioné sobre lo inútil de un terror previo a cualquier síntoma de alarma. Recorrí las aceras deprisa para encontrar calles despobladas donde fuese ostensible la posible persecución. Rodeé varias manzanas que me alejaban de casa. Nadie parecía seguirme. Pero tal vez estuvieran en la puerta. O no. No serían tan ingenuos como para aparcar el coche en la puerta misma de casa. Sin duda lo habrían dejado en la plazuela de la calle de atrás. Me llegué caminando despreocupadamente hasta la arista de la esquina. Dos o tres coches utilitarios aprovechaban la sombra de unas moreras jóvenes. Descendí hasta la altura de mi calle. Reduje otra vez lánguidamente mis pasos. Nada. Nadie. Miré las ventanas del piso. Inmutables. Todavía ante la puerta vacilé. ¿Y si telefonease? Entonces comprendí que la situación no tenía salida. Ilsa sí estaba. Ella sí estaba. Que ellos estuvieran o no carecía de importancia al lado de este hecho. Me sorprendió mi decisión cuando ya por el cristal del ascensor vi el cuatro que señalaba la llegada a mi rellano como un anuncio publicado en la pared. El ruido de las puertas retumbó en el silencio de la escalera como una denuncia. Ante la puerta me detuve observándola, como si alguna variación de forma o color pudiera advertirme un cambio de situación. Clavé la llave en la ranura. La puerta cedió y repitió el chirrido de costumbre. La penumbra de costumbre. El pasillo de costumbre. Ilsa dormía.

Súbitamente descargó la tormenta de verano. Como en un slogan de publicidad sentimental, la lluvia lavaba más gris el horizonte[64] y la desazón por recuperar el misterio irresoluto que había dejado en la calle hizo morosos mis pasos por el piso y absurdos los gestos de completar con la uña un desconchado en la pared o acariciar perplejo el borde continuo y pulimentado de la mesa. Ilsa me llamaba de vez en cuando por motivos que cada vez me parecían más fútiles y, casi sin proyectarlo, empuñé un paraguas y dije que me esperaba Laarsen para discutir mi futura actuación en la feria. El leve peso de Ilsa al rodear mi cuello con su brazo y dejarse caer para recibir el beso estuvo a punto de detenerme, de sentarme a su lado y contarle lo sucedido. Pero salí rápidamente y ya en la calle el olor del asfalto picoteado por la lluvia en agonía hizo más atrayente la aventura de adentrarme en la tarde oscurecida y fresca de una ciudad casi despoblada. Solo el ruido de la lluvia y las esquirlas de los charcos desalojados por el tráfico. Sentía la necesidad de telefonear nuevamente a Marius y solo me detenía el muro de gentío a cubierto bajo los toldos de los bares, expectantes por la lluvia que amainaba. Me decidí. Respiré aliviado al ver cómo un camarero me introducía en una cabina de madera que pude cerrar como una ducha pública, para buscar luego sin prisas el teléfono de Marius en el listín y marcar los números cuidadosamente con un temor a flor de piel por equivocarme. La voz de la madre de Marius preguntó.

—¿Diga?

—¿Está Marius?

—No. Y no estará durante mucho tiempo. No vuelva a llamar.

Colgué y me recreé unos instantes en la paz sideral de la cabina, contemplando las espaldas de la gente apiñada ante la lluvia y los codazos del decidido que se abría paso para continuar su trasiego. ¿Qué podía hacer? Desde luego, buscar a alguien. Me alarmé por mi prolongada estancia en la cabina. ¿Y si estuviera intervenido el teléfono de Marius y comprobaran desde qué teléfono público se había hecho la llamada? Salí y ya en la acera una voz, la del camarero, me detuvo.

—Eh, la ficha.

Pagué ante los rostros maliciosos del público y luego decidí alejarme rápidamente del bar. La lluvia cesó finalmente y el primer chorro de sol tintineaba sobre las fachadas y descendió al asfalto. Ya a pleno sol tibio del crepúsculo busqué otro bar, otro listín de teléfonos y angustiosamente alguien a quien llamar. Marqué el número de la oficina de Laarsen.

—¿La señorita Berta?

Berta se puso a reír alborozada.

—¿Quiere hablar con Laarsen? No está.

—No. No. Dígame...

El corto silencio lo rompió la voz de Berta.

—¿Qué?

—Un teléfono. El de Ingrid. Debo advertirla de algo referente a la feria.

—¡Pero si está en la feria! Ya debe de estar terminando la sesión de la tarde.

—Dígame, pues, el de la feria.

Anoté en el dorso de mi mano aferrada al teléfono el teléfono de la centralilla y el número del stand Bird's. Respondí a la breve conversación que Berta planteaba sobre la feria. Luego, una vez colgado el teléfono, busqué una excusa para llamar a Ingrid.

—¿Ingrid?

Olaf se retiraba del teléfono. Ingrid al fin.

—Admunsen, ya me iba.

—¿Tiene a dónde ir? Pensaba proponerle una tarde en mi agradable compañía.

—Estoy citada. Pero espere... ¿No le molesta una tarde con dos en vez de con uno?

—No.

—Dentro de unos minutos en la puerta del Hotel Hilton.

Ingrid saltó del taxi y me cedió la mano achinando los ojos por la sonrisa.

—¿Y el otro?

—¿Cómo sabe usted que es otro y no otra?

—Olfato.

—Disponemos de media hora de soledad. Luego encontraremos al otro.

Ingrid caminaba a mi lado y en sus ojos y en la escasa sonrisa que le tensaba los pómulos podía presumirse un diálogo interior del que yo sería sin duda materia.

—¿Qué ha pensado usted ante mi llamada?

—Muchas cosas.

—¿Espera que sean ciertas?

—Alguna lo será.

Sentí el morbo de una necesidad de confesión rápida, de dejar en manos de Ingrid toda mi angustia. Pero sabía que Ingrid reaccionaría menos propicia según su nivel de inteligencia. Temía una respuesta similar a la de «Las dificultades se afrontan, no se confiesan». Ingrid estaba allí extraordinariamente joven, evocadoramente joven.

—A veces cuesta llenar una tarde como esta y de un tiempo a esta parte solo tengo un interlocutor. En estas condiciones, el diálogo se hace demasiado convencional.

—¿Su mujer?

—Sí, pero no crea que le hago el numerito de marido cansado, en busca de plan tierno con una muchacha emancipada. Hágame el favor de suponer que es otra cosa.

Ingrid siguió andando y dijo, calculadamente impulsiva:

—Lamentaría defraudarle. He perdido la costumbre de conversaciones íntimas. ¿No lo cree? Puede perderse solo con dos semanas de no tenerlas. Hay muchas cosas que aprender. Te llenan sin darte cuenta. Y luego las cosas por hacer.

—¿Es su novio ese tercero?

—¿Mi qué?

Ingrid reía.

—No se enfade. Es que me hace gracia la palabra. ¿Dónde empiezan y dónde terminan para usted las funciones de un novio?

—¿Es su amante?

—¿Dónde empiezan y dónde terminan las funciones de un amante? Más o menos.

Me mortificó la sugerencia, entre idea e imagen, de una Ingrid experimentada sobre lechos más o menos furtivos.

—Yo le quiero. No sé cómo. Por eso tal vez no sé cómo llamarlo.

—¿Y él?

—Él no llama a estas cosas de ninguna manera. Solo las hace. A veces me molesto porque me parece que me coge la mano, me besa o hacemos el amor como una anotación más de su agenda. De su temible agenda. Pero son resabios de formalismo.

—¿Pequeñoburgués?

—Sí. Formalismo pequeñoburgués.

—Yo soy un pequeñoburgués.

—No se preocupe. Se nota. Pero eso se cura.

—¿Y a usted no la mortifican esas diferencias supuestamente formales?

—Un poco. Todo lo que tardo en situarme. Considero también un poco absurdo el preocuparme más por esto que por la biología o por otras cosas.

—¿También usted tiene agenda?

—¡Si todo el mundo la tiene!

Ingrid reía con la boca abierta mirando divertida mi asombro fingido.

—¿A que usted también la tiene?

—Pero no pongo en ella ciertas cosas.

—¿Esta cita no estaba?

—No.

Ingrid caminaba, ahora pensativa.

—No sé qué pensar. A ratos creo que mi conducta no es natural, Admunsen. Espontánea. O tal vez sería necesaria otra palabra. ¿Directamente en referencia a la realidad, le sirve?

—Sí. No olvide que soy muy inteligente, uno de los doscientos ciudadanos de este país que pueden entenderla porque han leído lo mismo que usted.

—Por ahí iba. A veces creo que he supuesto la realidad y que no la he vivido.

—A su edad.

—¿Va a repetir el numerito paternalista de esta mañana?

—No, no se preocupe.

—Vamos otra vez hacia el Hilton. Hemos quedado en reunirnos en la terraza.

—¿Sabe que voy yo?

—Sí. Le he telefoneado. ¿Sabe qué le he dicho? Oye, aquel tipo del que te hablé, el jefe del stand, esta mañana se ha sentido aludido por Wright Mills. Es potable.

—Muy obligado. Gracias.

—¿Le molesta?

—Y él le habrá preguntado con los ojos muy abiertos. ¿Trabajable?

—¿Por qué con los ojos muy abiertos?

—La gula.

—Se lo diré. Nada más verle se lo diré. El señor Admunsen opina que eres un guloso.

—¿No lo es?

—Lo imponen las circunstancias.

Subimos las escalerillas hacia la terraza del Hilton y nos sentamos en una mesilla de la miranda. Contemplamos en silencio el tráfico por la avenida entre la débil luz, casi reemplazada, del crepúsculo.

—Da la impresión de que no pasa nada, ¿verdad? Cada cual camina con su asepsia a cuestas, en la propia piel termina el mundo del que disponemos. Y ni esto es cierto.

—¿Por qué? Yo soy dueña de mis actos.

—Yo no.

—¿Es una manera más fácil de disculparlos?

—Usted ignora casi todos los motivos de su comportamiento, tal vez eso le lleva a simplificar el comportamiento ajeno. Todos hacemos mucho caso del no hacer lo que puedan hacerte. Además, desconocer los motivos da mayor seguridad para establecer convenciones, para clasificar y entendernos.

—La vida de todos avanza así. Y es mejor así. Lo que usted insinúa evitaría todo compromiso y toda posibilidad de comportamiento.

—Y lo que ustedes practican evita toda posibilidad

de comprensión. Pero tal vez tengan razón y baste el que nos entendamos. No tengo ideas claras.

—Se le nota.

Ingrid no hablaba con mordacidad, mantuvo mi mirada y cobijó de pronto mi mano con la suya.

—Yo no sé si tengo las ideas claras, Admunsen. Pero sé cuál es mi deber, nuestro deber.

—¿Por qué no me dice que tienen las ideas que yo necesito?

—Me convertiría en un viajante de comercio y con usted no quiero hacerlo.

—¿Y por qué con otros sí? ¿Por qué en mí distingue y es capaz de no unificarme y en los otros no?

—Es una situación distinta.

—¿Estorbo?

El muchacho sonreía detrás de sus gafas de sol; se inclinó y su cabeza rubia me tapó el beso que dejó sobre los labios de Ingrid.

—Admunsen, Peer.

—Tenía ganas de conocerlo, Admunsen. ¿No han pedido nada?

Chasqueó los dedos y el camarero se acercó. Mientras nos poníamos de acuerdo sobre las consumiciones, Ingrid atrapó una mano del muchacho y le miró fijamente para cruzar palabras que no oí. Me pareció ver que Ingrid quedaba desconcertada o abatida. Desvió la mirada y la perdió entre la gente que deambulaba.

—No podré estar con vosotros demasiado tiempo
—dijo Peer, sonriéndome.

Agitó los hombros deportivos como desentumeciéndose y me interrogó abiertamente.

—¿Ya se pone de acuerdo con Ingrid? Es muy tozuda.

Ingrid, sin mirarnos, sonrió suavemente, como dán-
dose por aludida.

—Ten cuidado con Admunsen, Peer, no solo ha leído
a Wright Mills.

—Admunsen ha estado dos años en la cárcel, Ingrid.

Ingrid y yo miramos al mismo tiempo a Peer.

—Ha sido casual que lo supiera. Esta tarde he hablado con un amigo común: Ferdinand. Le he hablado del
sorprendente técnico publicitario que dirige el stand
Bird's y me lo ha explicado.

Me complací en el efectismo dramático de la situación
y soporté la mirada asombrada de Ingrid sin levantar los
ojos del cenicero. Peer puso una mano en el cuello de
Ingrid, que me pareció más frágil que nunca; ella ladeó
la cabeza para esquivar la caricia y cogió en el aire la mano
de Peer.

—Admunsen es sorprendente.

—No se lo crea, Ingrid. Somos cofrades. Simplemente eso. Del mismo club; ya se lo dije esta mañana.

—Es estupendo que Ingrid haya topado contigo. Es
un estupendo síntoma.

Ingrid y yo nos reímos brevemente.

—Admunsen no está de acuerdo. El síntoma es precisamente negativo. Somos pocos y vivimos en un mundo pequeño y estrecho.

—¿Por qué? El crecimiento cuantitativo es un hecho objetivamente innegable en estos años. Objetivamente innegable.

Peer sacó la agenda del bolsillo. Ingrid y yo nos miramos vagamente tristes, pero intuí que por motivos distintos. Peer trazó unas palabras en una hoja de la agenda y se la pasó a Ingrid.

—Dentro de un momento me voy y al cabo de una hora hemos de vernos en la dirección que te he escrito. Así, Admunsen, que eres un escéptico. Las cosas han cambiado, ¿no crees? Vosotros hicisteis cosas un poco a lo romántico. Ahora todo se ha racionalizado. Te llevarías una sorpresa. Hemos estado hablando de ti con Ferdinand. Él es profesor adjunto ahora. ¿Lo sabías? Así lo conocí yo.

Miré la piel fina del rostro adolescente de Peer. Las manchas de la barba irregular se acentuaban y la frente tersa lo parecía aún más por la sonrisa que mantenía continuamente.

—Las cosas han cambiado. Ingrid podrá decírtelo. Somos más..., no sé cómo decirte..., más realistas. Es una consecuencia del crecimiento cuantitativo, de la división de funciones. El club no es tan restringido como crees. Debo irme. Perdóname. Ya prorrogaremos la discusión en otro momento.

Estreché su mano a medio alzarme y él besó, creí ver que morosamente, los labios de Ingrid, que le vio marchar con los ojos fijos en su espalda ancha. Ingrid me miró luego y buscó entre la gente a Peer. Le vimos andar decidido hacia la esquina, sin volverse atrás.

—¿Seguimos aquí o paseamos?

—Elige.

—Paseemos.

Salimos a la calle y recorrimos varios metros sin decirnos nada.

—No te preocupes por la noticia.

—Es fácil decirlo.

Descendíamos hacia el puerto.

—Yo no he estado en la cárcel —añadió Ingrid.

—No significa casi nada. Cuando sales solo tú has cambiado. Las cosas siguen igual. Necesitando lo mismo. Exigiendo lo mismo. Y se las traiciona igual antes que después. Hoy día es imposible para unos cuantos creer que vivir es el oficio para toda una vida. Es mentira. Para algunos es luchar y cuando no lo hacen llevan el desarraigo a cuestas como el caracol su cáscara. Y lo curioso es que ese luchar no tiene ningún valor por encima del de vivir y que es en realidad un modo de vivir, tan propicio igual que otro cualquiera. Todo depende de quién lo desempeña. Yo no puedo ser otra cosa que un luchador o un traidor. Y solo al plantearme este dilema ya me convierto en un mal luchador. Pero también esto es mentira.

Es una convención más. Hay que aceptar, no obstante, las convenciones del club porque si no, te quedas en un terreno de nadie, que es a la larga un terreno de ellos, de Fugs, Laarsen y la policía. De Laarsen y sus podridos amos. Es mala cosa el miedo, Ingrid. El miedo a que te destrocen la única vida que te han dado, a perder los escasos seres y personas que te han llamado por tu nombre. Tú no tienes miedo porque todavía crees que perteneces a una ola monolítica que avanza. A «la tropa de hombres nuevos», que diría Alaksen. Pero eso también es mentira. Serán nuevos, pero para ti no mejores. Los hombres con los que te habrías encendido pasearán la misma amargura que tú, tras toda una vida quemada por la Historia con mayúscula.

—Predicando lo que dices seguiríamos en las cavernas.

—Tienes toda la razón. Por eso no lo predico. Te lo digo para justificarme. Cuando me quede solo ni eso podré hacer.

Llegamos al puerto. Ingrid no quiso entrar en los muelles. No quería alejarse de la zona donde había quedado citada con Peer.

—No estaremos solos. Será mejor que no vengas.

Note que quería hacerme asequible parte de la clandestinidad de la cita. Asentí.

—Quiero conocer a tu mujer, Admunsen.

—Cualquier día, al acabar la sesión de la feria, vienes

a comer con nosotros. Pero no le digas nada de esta entrevista. No quiero que se sienta sustituible.

—¿Está mejor?

—¿Desde ayer?

—Es verdad.

Ingrid se detuvo. Cogió mis dos manos con las suyas y me miró con seriedad.

—Debo irme. ¿Lo comprendes?

—Sí.

—Pero podemos repetir esto otros días. Peer lo comprenderá. A solas. Pasearemos y hablaremos. Hemos de hablar de muchas cosas.

—Sí.

Acentuó la presión de sus manos y su taconeo rápido remontó la pendiente de la acera. Todavía unos metros más arriba se volvió para decirme adiós con una mano. Dejé el puerto y me adentré por las callejuelas iluminadas por las débiles bombillas de las freidurías, los billares, las cafeterías de prostitutas y maricas. En las aceras turbias, hileras de hombres esperaban con las manos en los bolsillos. Los más inquietos se palpaban el sexo bajo la piel de la tela del pantalón. En un solar, entre las ruinas de un edificio derruido, unos niños jugaban a la ruleta, fabricada con una caja de galletas vacía, a la luz de un tenderete destinado a churrería, junto a los cuerpos confusos y apagados de un carromato, un tiovivo, una noria, una pista repleta de autos de choque en descanso. Me acercaba a mi barrio y lentamente las calles se hicieron menos exóticas, menos furtivos los rostros de la gente: obreros que regresaban del trabajo, mujeres con las cestas de mimbre en busca de la cena.

Mi madre se dejó besar en la mejilla y dejó la tiza azul sobre la tabla de encarar y se empeñó en que probara una tarta de cerezas que había hecho aquella mañana. Yo mismo saqué la bandeja del horno de gas de esmalte desconchado y me corté un trozo con el familiar cuchillo añoso de mango ennegrecido. Mi madre removió el contenido de una olla y mientras me preguntaba por Ilsa observé los cambios habidos en la cocina. Un reloj de cocina había sustituido al viejo despertador semejante a una tortuga sobre el bufet. Luego llamé a Ilsa.

—Estoy en casa de mis padres. Enseguida voy.

—Te ha llamado Laarsen. He tomado nota. No tardes. Dice que no te ha visto. ¿No os habéis encontrado?

—No. Ya te explicaré.

—No tardes.

Me envió un beso a través del hilo.

—Un día de estos iré a ver a Ilsa. No tengo tiempo para nada. Ya lo comprenderás.

—No te preocupes.

—Un día has de venir a hablar con tu padre. Hay muchos problemas. No le gusta la chica que sale con tu hermano y le hace la vida imposible. Ya le conoces.

—¿Te gusta a ti?

—¿Qué le importa a tu hermano? Es a él a quien debe gustarle. Es una chica que está harta de tener novios. Es del barrio. Tú debes de conocerla. La hija de la de la herboristería.

—¿Aquella niña?

—¿Niña? Tiene ya veinte años. Es muy maja.

—¿Mi hermano qué dice?

—¿Qué va a decir? Está perdido por ella. Hay otra cosa. Tu padre está muy cansado. Toda la vida trabajando como un animal. Debes convencerle para que deje de trabajar horas extraordinarias. Ya nos arreglaremos.

—Yo os puedo ayudar, ahora...

—Déjalo. La enfermedad de Ilsa os da muchos gastos. Es un problema nuestro.

—Y mío, ¿no?

—Es nuestro, ¿no crees? Siempre ha sido así. Si tuviéramos que esperar lo que los hijos nos hubierais dado ya nos habríamos muerto, de hambre y de disgustos. No te apures.

—Ahora me defiendo bien. Si necesitáis... Podría costear las clases nocturnas de Joseph.

—Habla con tu padre. Convéncele. Ven una noche. Siempre vienes como el rayo. Pero ahora vete. Ilsa estará sola.

La abracé y cuando llegué a la calle vi que había salido

al balcón para despedirme, como cuando era niño. Desde la esquina alcé la mano y la agité. Ella hizo lo mismo.

Laarsen me citaba en su casa, había anotado Ilsa en la hoja de papel cuadriculado que me tendió enfurruñada.

—Te estás convirtiendo en un personaje de *La dolce vita*.[65]

—Fornico como un desesperado. Tienes razón.

Cogí un taxi que me llevó al chalet de los Laarsen. Crujió la grava del breve jardín geométrico y los tres escalones de mármol me llevaron hasta la puerta repujada barnizada de negro. El farolillo que pendía sobre mi cabeza me permitió ver el timbre cercado por la yedra que reptaba por la pared. Una muchacha uniformada me condujo hacia una puerta acristalada y tras ella penetré en un salón, sobre una alfombra mullida, entre dos grandes jarrones chinos y frente a sus pobladores, parejas maduras que se levantaron cuando Laarsen, dejando su copa precipitadamente sobre una mesilla, exclamó:

—¡Admunsen, dichosos los ojos!

Pero la señora Laarsen llegó antes hasta mí; me asió una mano y me condujo hacia el centro de la estancia. Besé y estreché manos. Utilicé luego la misma mano para coger la copa que me ofrecía Laarsen.

—Pruébelo. Medidas justas. Naranja, kirsch, whisky, hielo.

Paladeé un sorbo y asentí, acentuando con ello la sonrisa de Laarsen.

—¿Lo veis? Admunsen y yo estamos de acuerdo en todo.

Rieron, no demasiado justificadamente. La señora Laarsen me enlazó un brazo y me llevó hacia una mujer sentada, con las piernas excesivamente carnosas cruzadas y con una copa sostenida apenas por los bordes de los dedos que terminaban en un brazo desnudo. Con los dedos de la otra mano la mujer me pellizcó la palma de una de las mías.

—Ida, mi mejor amiga. Admunsen, el brazo derecho de mi marido.

Ida me torció un dedo, obligándome a sentarme a su lado. Señaló hacia un hombre con la cara llena de verrugas que asentía concienzudo a algo que le estaba diciendo Laarsen en aquellos momentos.

—Mi marido. Te lo presento yo, que lo conozco bien. Sis. Sis. Ven, corazón.

Sis se acercó guiñando los ojos para preparar una sonrisa angelical con la que acogió la original presentación de la que Ida me hizo objeto.

—El brazo derecho de Laarsen, Sis.

—Encantado. Da gusto trabajar con Laarsen, ¿no?

—Sí, así es.

Nora se sentó a mi lado.

—Ida, la historia de este joven es muy romántica. Era político en su tierna infancia. Estuvo en la cárcel con su joven esposa y ahora ella está postrada en el lecho del dolor.

—Qué bonito. Sis. Cuéntanos tu historia, anda.

Sis me sonrió otra vez y se reintegró al grupo de Laarsen.

—Sis es aburridísimo, ya se habrá dado usted cuenta. No quiere contar a nadie su historia, por aburrida. A mí me la contó una vez y le respondí así.

Ida se puso a roncar con todas sus fuerzas y todos los rostros se volvieron hacia ella. Sis se acercó sonriente, le apretó el brazo con una mano que se hundió en la carne temblona hasta amoratarla y la obligó a levantarse.

—Discúlpennos un momento.

La llevó hacia una puerta marginal. Desaparecieron por ella. Nora me tiró de un mechón de pelo para distraer mi atención de la puerta por donde habían desaparecido.

—Siempre acaba igual. Está borracha perdida. Ahora le estará pegando. Una buena paliza calma los nervios. Es la madurez.

Laarsen me llamó en alta voz. Me acerqué al grupo.

—Admunsen, contamos con usted para la fiesta de pasado mañana en el Palacio del Mar. Se hace en honor del grupo de fabricantes de tejidos de algodón. Aquí tiene al organizador.

Un hombre altísimo con sonrisa de cantante triste y melódico se inclinó levemente.

—Le he invitado para que empiece a conocer gente. ¿Sabe que he recibido una felicitación por el stand Bird's? El representante de Bird's para toda Sineraah está satisfechísimo.

—¿Ha estudiado técnica de publicidad en el extranjero? —preguntó desde dentro del smoking un delgadísimo individuo curioso porque su cara parecía empolvada con polvos de arroz.

—No.

—No. Admunsen es de fabricación nacional. Es lo que digo. En producción de individualidades, cuidado, digo individuos, repito... in... di... vi... duos, estamos a la altura más alta. Bebamos, Admunsen. La fiesta del Palacio del Mar promete ser extraordinaria: Léo Ferré, Sacha Distel, grandes atracciones.[66] El amigo God es un organizador extraordinario. Brindo por la juventud. Por Admunsen y God, dos jóvenes con talento.

Las copas se alzaron, se vaciaron, se posaron suavemente sobre la bandeja que paseaba otra muchacha o sobre las mesillas adosadas a las paredes.

—Devuélveme a Admunsen, querido. Las señoras queremos conocer su patética historia.

Volví a sentir alrededor de mi brazo el de Nora, que levantó sus labios hasta mi oreja para decirme:

—Estoy ligeramente borracha, pero no se lo diga a nadie.

Caí en el centro de las damas repantigadas en un largo canapé. De pronto se abrió la puerta por la que habían desaparecido antes Sis y su mujer y salió Ida despeinada con un tirante del traje de noche roto. Llegó al centro de la habitación, se afianzó sobre las piernas, apretó los puños contra sus sienes y gritó:

—¡Hijo de puta! ¡Hijo de puta! ¡Hijo de puta!

Sis apareció, pálido. Ella notó su cercanía y dio un salto sobre sí misma para quedar frente a él. Repitió entonces lentamente, mientras agitaba las caderas como bailando un fox:

—Hijo de puta. Hijo de puta. Hijo de puta.

Sis se acercaba y ella retrocedía hasta topar con el canapé. Volvió a repetir lo que había dicho en voz bajísima y se desmoronó lentamente hasta quedar sentada en el suelo, Laarsen se le acercó, la levantó por los sobacos y ella se le abrazó llorando.

—No te preocupes, Sis. Yo la llevaré a casa en mi coche en un abrir y cerrar de ojos. Tú quédate. Ayúdeme, Admunsen.

Me levanté y pasé mi brazo bajo el sobaco de Ida. Laarsen hizo lo mismo. Cruzamos así el salón. Sis nos vio pasar, pálido, cerró los puños, apretó las mandíbulas. Cruzamos el jardín. Ante el coche aparcado de Laarsen Ida hizo esfuerzos para desasirse y la dejamos entrar en el coche por su pie. Laarsen se puso al volante y yo me senté detrás con ella. El tirante le colgaba y permitía ver medio seno levantado por el sostén de varillas. Laarsen arrancó y ella dejó caer su cabeza sobre mi hombro y se puso a llorar ruidosamente.

—Me ha pegado. Me ha pegado.

—Te has puesto pesada. No le gusta que te burles de él.

Laarsen nos miraba de vez en cuando por el espejo retrovisor como para influir con su mirada en la desconsolada Ida. Ella recorría entonces mis mejillas con un dedo mojado por las lágrimas. La luz de los faroles denunciaba su rostro a ramalazos, con el maquillaje descompuesto por las lágrimas. Le temblaba la boca y por la comisura de los labios se le escapaba la saliva.

—Ya llegamos.

El coche frenó de improviso. Ida salto de él, se apretó la cabeza con las manos. Entramos en la lujosa portería de un alto edificio. Laarsen retiró de un casillero que le indicó el portero uniformado la llave del departamento de Ida. Entramos en el ascensor. Ida se abrazó a Laarsen, le besó largamente los labios. Laarsen le pasó las manos morosamente por el seno semidesnudo. Bajo la luz cenital del ascensor se percibían dos cardenales en la barbilla de la mujer. Se apoyó en mí mientras Laarsen abría la puerta del departamento. Luego recorrimos un pasillo hasta que desembocamos en la alcoba. Ida y Laarsen volvieron a abrazarse. Laarsen me miró con el rostro contraído. Abandoné la habitación y la cerré tras de mí. Tanteé las paredes para hallar algún conmutador de la luz, hasta llegar a un saloncito en el que sobre una rinconera estaba el aparato de televisión y muy próxima una radiogramola. Conecté el televisor, apagué la luz. Una emisión sobre castillos del país. Muchos seguían en pie, como sus amos, que los enseñaban al reportero con ademanes de chambelanes de la corte de Luis XIV. Un castillo había sido reconstruido doce veces tras otras tantas batallas reñidas ante sus muros. Terminó la emisión. Apareció un automóvil recorriendo velozmente una autopista perfecta. Apareció luego la cara de la animadora extraordinariamente sonriente.

*Un coche es siempre un coche.*

Apareció otro fotograma supuestamente igual al anterior, pero yo sabía que más nítido y con un coche algo mayor.

*Pero un coche con Bird's es un coche distinto.*

Tuve que inclinarme para ahogar la risa que me produce la plastificación de mi obra maestra.

*Recuérdelo. Su coche será distinto porque Bird's es distinto.*

*Bird's. Bird's. Bird's.*

Alaksen no lo hubiera mejorado. Oí entonces el ruido de la puerta de la alcoba al abrirse. Luego el de otra puerta. El conmutador de una luz. Un chorro de agua. El conmutador otra vez. Laarsen ocupó la entrada del saloncito.

—¿Vamos, Admunsen? ¿O quiere seguir viendo el programa?

—No. Vamos.

Nada más nos dijimos. Siquiera una vez dentro del coche. Cuando nos detuvimos ante el chalet de Laarsen, con un gesto contuvo mi ademán de bajar. Me ofreció un cigarrillo y escrutó con sus ojos discretamente lo que los míos expresaban.

—¿Lo comprende usted, Admunsen?

Nada dije. Recorrí su rostro redondo, su calva, sus sienes entrecanas, la fuerza de sus ojos en la confluencia de las arrugas, el trazo firme de los labios apretados.

—Sí.

—Estamos entre hombres.

Rio y saltó ágilmente del coche. Abrió él mismo la puerta de la casa. Nuestra entrada en el salón no significó ningún acontecimiento. Laarsen hizo un aparte con Sis. Nora hizo un aparte conmigo.

—¿Cómo ha quedado?

—Bien. Se ha puesto a dormir.

—Ha sufrido mucho por la escenita mi maridito, ¿no?

—No lo sé.

—Ida es el gran amor de su vida desde hace quince días. ¿No lo sabía?

—No.

—Ya le ilustraré yo sobre su señor Laarsen. Mire, muchas damas han desertado. Nos vamos quedando solos. Le dejo libertad de iniciativa.

Vi de reojo que Sis estaba llorando y que Laarsen le palmeaba la espalda.

—Siempre termina así. Es muy débil de carácter, pero un triunfador. ¿Ha estado usted alguna vez en Pibster?

—No.

—Hay una gran factoría destinada a la fabricación de cerveza. Primero fue una casa de campo, un pequeño negocio del padre de Sis. Él lo ha convertido en una gran industria. Esta es su aburrida historia. Venga. Le enseñaré la casa.

Salimos por la puerta que había precipitado la escena Sis-Ida. Daba a un pasillo, y este al jardín trasero del chalet, en realidad un pequeño bosque de pinos continentales y abetos, tapizado por un césped alto, irregular.

—¿Le gusta?

Nora avanzó hacia la verja que daba a la calle. Se detuvo allí.

—¿Qué ha pasado entre mi marido y ella?

—Nada.

Nora me miró de cara a cara.

—¿Nada?

—Nada.

Cruzamos otra vez el jardín y nos reintegramos al salón. Se despedía Sis. Oí cómo Laarsen le reanimaba.

—Pórtate bien. Es una cría en el fondo.

Sis asintió, grave. Estrechó mi mano, besó la de Nora y salió. Laarsen se me acercó. Olía a alcohol.

—Se ha agriado la noche. Pero aún queda bebida. Esta es gente más normal de lo que aparenta. Ida es muy nerviosa. No es la primera ni la última escena que nos hace. Ya la irá conociendo. ¿Qué tal va el stand? Me parece un acierto la muchacha escogida por Berta. ¡Hosanna! ¿Seré imbécil? Hace unos momentos estaba diciendo a Nora que no sabía con quién aparejarle a usted la noche de la fiesta. Pasado mañana, no lo olvide. Con Berta. ¿Le disgusta?

—No.

—No mucho, ¿eh?

Me dio un codazo.

—Usted es de los que las mata callando.

Se llevó su alegría al escaso grupito que bebía junto al ventanal que daba al bosque. Percibí entonces que Nora me miraba desde su cenáculo de señoras con una extraña fijeza, pero ya God se me venía encima.

—Tenía ganas de hablar con usted. Yo tengo mucho trabajo con la organización de la fiesta para el grupo de algodoneros. Responde en realidad al punto culminante de una campaña publicitaria. ¿Le interesa colaborar conmigo para la del año próximo?

—Más o menos tengo un compromiso verbal con Laarsen.

—Todo puede arreglarse.

—¿Qué puede arreglarse? —preguntó Laarsen recién llegado.

—Estoy fichando a tu Admunsen.

—Veto. Veto. Veto.

—No te preocupes. En su día hablaremos los tres.

—Estoy pensando que somos pocos para estar tan desperdigados. ¡Rebaño! —gritó.

—Agrupémonos todos juntos para atraer el rayo.

Fuimos donde las señoras. God inició una retahíla de chistes, chismes y chascarrillos.

—God, háblanos claro —espetó Laarsen—, nos han dicho que determinada modelo de las que desfilaron el año pasado el día de la fiesta lo hizo tres o cuatro veces más que las otras. Y este año, se rumorea que igual... Dicen, dicen..., yo hablo de oídas..., que tú tienes algo que ver con ello. ¿Qué hay?

—Venga. ¿Qué hay?

Las señoras orientaron sus oídos hacia el triste y melódico God, que hizo un quite acogido con risas. Se puso un cigarrillo en los labios y dijo por señas que no podía hablar. Pregunté a Laarsen dónde estaba el teléfono. Pasé a un cuarto contiguo al que me llegaban las risas y conversaciones. Llamé a Ilsa.

—¿Qué tal?

—Bien.

—¿Nada más?

—Nada.

—Enseguida iré.

—Haz lo que quieras.

—Me aburro.

—Embustero.

—Te contaré cosas sorprendentes.

—¿Qué?

—Te contaré cosas sorprendentes.

—¿Qué?

—Cosas.

—Dime alguna.

—Imposible.

—¿Te oyen?

—Sí. Casi.

—¿Te oyen sí o no?

—Sí.

—Mentira. Cuenta.

—No.

—No te esperaré. Me dormiré.

—Te despertaré.

—Me indignaré.

—Te abofetearé.

—Me divorciaré.

—Te mataré.

—Colgaré.

Colgó. Apreté el teléfono frenéticamente en la mano, como queriendo estrujarle alguna palabra. Demoré la vuelta al salón. Cuando entró Laarsen, tambaleándose, vino hacia mí gritando.

—Le esperábamos. Cuéntenos algo. Algo divertido. Admunsen es una caja de sorpresas que nunca se abre. A ver. Cuente.

—¿Qué?

—Algo que nos haga reír o llorar.

—Una historia.

—Eso, eso.

—Me ocurrió en las costas de Islandia cuando yo me dedicaba a la pesca del bacalao.

Yo tartamudeaba levemente. Alguna de ellas ya empezó a reír. Mi voz fue tomando aplomo.

—Es sabido que el bacalao habitualmente ni está salado ni vive en cajas, destripado. Yo tuve la oportunidad de conocer a un bacalao que padecía del hígado.

Risas.

—No crean que era un bacalao vulgar, de esos que corren por ahí, sin personalidad. Era un bacalao experimentado, que había huido de centenares de trampas y que padecía del hígado precisamente por los disgustos que le habían dado los pescadores.

Risas.

—La historia del bacalao es más bien triste.

Risas.

—Padecía del hígado y se creyó a cubierto de la persecución de los pescadores. Pero él no sabía que los pescadores pescan y que el hígado ya es cuestión de otra gente en busca de su aceite. Los pescadores se limitan a pescar cuando ven un bacalao. Y así sucedió. Pescamos aquel bacalao y lo metimos en el almacén con los demás. No sabíamos que era una pesca inútil.

—¿Y cómo lo superó?

—No. Si ahí está la gracia. Nunca supimos si habíamos pescado un bacalao que no debíamos haber pescado.

—Entonces ¿de dónde saca usted esa historia particular?

—A veces, ante la inmensa mortandad de bacalaos que habíamos cometido, pensé: ¿y si uno padece del hígado? Y sin embargo, algunos de los allí yacientes padecían del hígado.

—Pero usted no lo sabía.

—Yo sabía que un bacalao que se precie puede padecer del hígado y que yo había pescado bacalaos sin distinción de hígados.

—Bueno y el bacalao ¿qué pinta aquí?

—Nada. Ahí está también la gracia. Nada porque padecía del hígado.

—¡Mucho! ¡Bueno! —exclamó Laarsen poniéndose a reír.

Los otros le secundaron, tímidamente, por cierto.

—Es una historia con mucha miga.

—Con mucho bacalao —concluyó God.

La risa fue más unánime esta vez. Laarsen me llenó la copa con su cocktail, que ya me hacía efecto.

—Pero ¿usted ha pescado bacalaos alguna vez, joven? —me preguntó una dama cincuentona con seriedad.

—Sí, señora. De todo hay que hacer en esta vida.

—¿Oyes, Nora? Tienes invitados sorprendentes. ¿Ha hecho usted otras cosas tan pintorescas?

—He tenido vastos latifundios de acelgas en el fondo del mar.

—Es un poeta —informó Laarsen taconeando contra el suelo.

Se tambaleó ligeramente. Su rostro se acercó al mío. Gritó al lado de mi oreja:

—¡Suave como Bird's!

Se abrazó a mí, enlazó mi brazo y se puso a bailar un frenético cancán.

*No lo olvide, señora*
*medias La la la la...*
*Cus cus cus cus...*
*Tres tres tres tres...*

Y gritó:

*¡Tres pares de medias Lacustres*
*le resultan más baratos que un par*
*de medias normales!*

Cayó fatigado en un sofá. Se iniciaron las despedidas casi tumultuosamente. Nora fue acompañándolos hasta la puerta. Nos quedamos los tres solos. Laarsen hablaba en voz alta. Oí algo referente al bacalao. Insistió.

—¿Verdad que su historia del bacalao no quería decir nada?

—Absolutamente nada.

—¿Se queda usted, Admunsen?

—No.

—Le acompaño.

Laarsen se levantó como por un resorte.

—¿No está bien por hoy? —le preguntó Nora furiosa.

—Métete en tus cosas.

Agarró la chaqueta y me invitó a que le siguiera con un gesto teatral. Tiró en el recibidor la corbata del smoking dentro del paragüero. Se metió en el coche y mantuvo abierta la portezuela hasta que me hube sentado a su lado. Arrancó de sopetón. Enfiló resueltamente la calle. Vi que nos íbamos contra un muro que la cortaba y solo a unos metros Laarsen viró y enfilamos otra calle despoblada a toda velocidad. Desembocamos en una plaza y Laarsen rodeó completamente la estatua central varias veces hasta decidirse a enfilar una gran avenida. Los semáforos mantenían la luz intermitente. Laarsen los rebasaba sin aminorar la velocidad. Me gritó para que le oyera por encima del aire de madrugada que inundaba el coche por las ventanillas abiertas.

—¿Va directamente a casa o bebemos por ahí?

—A casa. No estoy en forma.

—Yo sí.

Nos acercábamos a la zona ferial, a mi casa. Laarsen frenó sin advertirme y paré el golpe con las manos sobre el parabrisas. Bajó rápido y le vi vomitar en un alcorque. Volvió pálido, pero menos vacilante. Se secó los labios con un pañuelo. Reanudó la marcha.

—Guíeme.

Le indiqué la calle que debía tomar.

—No se pierda la fiesta de pasado mañana.

Frenó ante la puerta de casa. Me miró.

—Dígame, ¿me hago viejo? Dígamelo. ¿Me hago viejo? Es asqueroso. Todo lo que me rodea envejece. Entonces nada sirve de nada. Todo es una mierda. Lo ha sido siempre, pero lo descubres tarde. Perdone, pero todo es una mierda. Una pestilente mierda. Todo es una mierda. Ida y Nora son unas putas. Unas vulgares putas. Unas putas sin más y sin menos. Unas vulgares rameras menopáusicas. Y yo un viejo verde que debo de dar asco a las jovencitas.

Se echó a reír.

—Pero mañana iré a la feria a ver si camelo a Ingrid. Está bien la niña. Tiene un cuerpecito precioso. Unas tetillas finas. No hay que darse por vencido.

Me abrió la portezuela.

—No hay que darse por vencido.

Me guiñó el ojo, cerró la portezuela. Arrancó.

Por el orificio salió un chorrillo de mostaza. La mucha-cha extendió la mostaza con una espátula sobre las dos rebanadas de pan y las colocó sobre la plancha humean-te, al lado de las salchichas. Medié el vaso de cerveza y me distraje contemplado el giro de la noria, oyendo los chillidos de sus ocupantes al descender bruscamen-te los cangilones. Por los altavoces, Lili Marleen con aire de marcha repicaba en tambores lejanos.[67] Las bolas de azúcar crecían alrededor de las cañas, junto al torpe bamboleo de los globos de plástico o del vuelo levísimo de los molinillos de papel. Por la obertura de una empa-lizada que imitaba las de los fortines de los wésterns penetraba continuamente gente desde los distintos pa-bellones feriales. Se congregaba ante los chiringos o montaba a sus hijos en las atracciones. De los bolsillos asomaban prospectos y librillos publicitarios y sobre las frentes las viseras de propaganda competían en extrañas combinaciones de cantidad. En la gran explanada el tu-fillo de las fritangas enmudeció a las gentes, las colocaba en el brete de decidirse por un chiringo o por otro según la cantidad de saliva segregada ante las pilas de salchi-chas, bocadillos calientes, helados. Consumí el bocadillo; pedí otra cerveza. Estaba clarísima la claridad del día, la claridad de intenciones de los allí reunidos, la bondad espontánea del comer y el beber comunitariamente. Me sentía borracho de pueblo y borracho de cubalibres y cerveza. El pueblo se comportaba con esa sana alegría popular que desde antiguo ha hecho llorar copiosamente a los pensadores tradicionalistas y a los progresistas. Anónimos compañeros de una epopeya colectiva, los visitantes de la feria se ratificaron engullendo bocadillos. Se había derramado mucha sangre para que el pueblo pudiera comer bocadillos en las ferias de muestras. El pueblo tragaba bocadillos con una funcionalidad tan especial como la del día, la feria y ellos en la feria. Metafísico estaba, aunque comía.[68] Decidí demorar mi arribo al stand Bird's. Las corvas de las piernas me parecieron calcificadas cuando me encaminaba hacia el Palacio de la Electrónica. Ascendí el lento escalafón desde las exposiciones de enchufes y cordón eléctrico hasta el cerebro electrónico rodeado en aquel momento por un grupo de periodistas que tomaba, libreta en mano, las informaciones que les proporcionaba un ingeniero. El cerebro parecía un armario de latón verde con una barba rala y multicolor de cables que le colgaban. Los periodistas cuchicheaban ajenos a los esfuerzos mentales del cerebro que, tal vez despechado, iba sacando una lengua blanca de papel donde los números y esas letras que nadie usa (x, z, y) se multiplicaban y acentuaban la sonrisa total del ingeniero, sonrisa que solo han podido producir las más satisfactorias comprobaciones de hipótesis científicas. El ingeniero, a cada lengüetazo del cerebro, se volvía al periodista con cara de creer en Dios, y de creer mucho; el periodista sonreía asintiendo mudo por el asombro o por no entorpecer las reflexiones del cerebro.

—Esta casa también vende calculadoras más elementales y gramolas y máquinas de afeitar y de coser.

Alguien pidió un catálogo de máquinas de afeitar. De cada tres palabras que se oían una era cibernética. En un rincón, un periodista alto y lo suficientemente serio como para demostrar su condición de universitario preguntó a la muchacha del stand.

—¿Esta firma ha editado algún estudio sobre teoría de la información?[69]

—Mire, la verdad. Yo no soy de esto. Solo doy prospectos.

Trajeron bandejas con canapés y galletas saladas y copas de vermut. Me tendieron una copa.

—¿De qué periódico es usted?

—Del *Correo de Tels*.

—¿En Tels hay periódico?

—Sí, nuevo. Recién fundado. Ya dedicamos una sección a la cibernética. La titulamos: «La cibernética para usted».

—Interesantísimo. Venga. Le presentaré a nuestro ingeniero. No lo sabíamos.

Seguí al voluminoso caballero de papada rojiza. El ingeniero casi me abrazó y el caballero le informó sobre mi cometido.

—Es interesante, interesantísimo ese afán divulgador. Y se lo digo yo, que más de una vez me he quejado amarga, amargamente, sí, del escaso interés que nuestro pueblo manifiesta hacia los poderes, hacia los poderes del futuro. Amargamente, sí.

El ingeniero alzó la cabeza para ver si el corrillo de periodistas se completaba. Siguió hablando en voz alta.

—El porvenir es de la cibernética y la cibernética tiene porvenir.

Me miraba extrañado porque no tomaba apuntes. Busqué, simulando una gran excitación, mi agenda y con el bolígrafo garabateé las últimas palabras del ingeniero.

—Me han dicho que algunos científicos norteamericanos se esfuerzan en conseguir el sepulturero electrónico como primer paso para suplir al hombre en este tipo de tareas domésticas: barrenderos, basureros, sepultureros. ¿Qué puede usted decirme con su opinión autorizadísima sobre esta cuestión?

El ingeniero dudó. Me miró de reojo. Unió sus manos como para rezar y se llevó el vértice a los labios.

—Todo es posible. Solo le puedo decir dos palabras.

Silencio. Solo el roce de la lengua blanca del cerebro, que seguía derramándose y esparciéndose sobre una mesilla metálica como un vómito de leche mal digerida.

—La cibernética es para el hombre, el hombre es para la cibernética.

La muchacha del stand iba repartiendo catálogos de máquinas de afeitar. Anoté sobre el lema del catálogo, «Bese sin molestar», las palabras del ingeniero. La palabra «cibernética» coincidió con el ojo fruncido de la muchacha besada en la portada que, pese al beso, decía: «Ser besada así da gusto».

—¿Y esa sección de su periódico es muy regular?

—Semanal.

—Magnífico. Si necesitan alguna colaboración... ¿La dirige usted?

—Sí.

—¿Es usted ingeniero?

—No. Soy doctor en Onomástica.

El ingeniero me explicó que él había sido becado por la firma para estudiar en Bélgica. Próximamente, la empresa fabricaría pequeñas máquinas de calcular electrónicas como paso previo para tareas más complicadas. Le prometí enviarle un ejemplar del *Correo de Tels* en el que figuraba la semanal sección de cibernética y me escabullí entre los comensales. Por una puertecilla salí a los jardines destinados a perfumería. Un beduino me echó un chorrito de esencia de jazmín en la corbata. Algunos turcos se reenganchaban la barba con un pincelito a la sombra de una palmera enana. Desde lo alto de un minarete de cartón predicaba el almuédano de turno, exagerando las jotas de un árabe pintoresco.

Los padres compraban gorros turcos a los niños. Las señoras, pequeños tubitos de esencias exóticas. Un enorme rostro de caballero sonriente, acariciándose la mejilla con una mano y proclamando las excelencias de determinado masaje facial presidía la escena sobre la cúpula de una supuesta mezquita, dentro de la cual Sofía Loren, Gina Lollobrigida, Brigitte Bardot y Claudia Cardinale nos decían desde fotografías de cuerpo entero que un jabón determinado era capaz de impedir el paso del tiempo sobre los cutis más afamados de la tierra.

Y ya cerca, el pabellón del transporte, detrás de un surtidor de aguas coloreadas a cuyo alrededor se distribuían tenderetes de sederías artificiales mostradas por chinos auténticos, convenientemente formosanos, o heroicos fugitivos de las comunas donde seguramente los empleaban para ejercicios de tiro al blanco del ejército popular, cuidadosamente preparado para anexionarse la Antártida, con el fin de decantar la lucha de clases en el Polo Sur del lado del proletariado antártico.

En el umbral del palacio número dos me llegó el olorcillo de metal polvoriento y de gasolina que me recordó el olor especialísimo de la puerta metálica de la celda 311 de la prisión Heriberto Spencer. Llegaba al stand Bird's cuando me topé con Ingrid.

—Le esperaba para dejar el stand. Debo telefonear.

—¿Por qué no ha pedido comunicación a la centralita del pabellón?

Pero Ingrid no me contestó. Me dejó en el centro del pasillo mientras corría hacia la salida del palacio. Olaf se había puesto en pie al verme llegar.

—Debo ir a repartir prospectos.

Y se fue sin esperar respuesta. Me senté tras la mesa y desde aquel rincón de mi pequeño reino afortunado escuché satisfecho el respetuoso silencio de mis súbditos.[70] Marqué el número de la centralita.

—Bar. Traigan al stand Bird's cuatro ginebras con hielo en un vaso largo y azul.

—¿Qué dice del vaso?

—Que ha de ser, si puede ser, largo y azul. Además, procure que el borde sea fino, pulimentado, ¿entiende?

—Si no tenemos un vaso así lo encargaremos a Bohemia, no se preocupe.

—No me preocupo.

Colgaron. Me levanté para buscar el libro que sin duda Ingrid llevaría en el bolso: *Imperialismo americano*, de Victor Perlo.[71] Lo hojeé vaticinando que llegarían antes las ginebras que Ingrid u Olaf. Llegó antes Ingrid.

—Te esperaba hace rato.

—He dado tumbos por la feria.

—No quería dejar el stand solo y tampoco podía telefonear desde aquí. Hemos de hablar. Antes de que venga Olaf.

Del próximo horizonte brotó un botones portador de una bandeja con un largo vaso azulado, media botella de ginebra y un vaso lleno de cubos de hielo. Me sirvió medio vaso de ginebra. Dejé caer dentro dos cubos de hielo. Ingrid parecía muy inquieta.

—Hablemos.

Ingrid dejó que el botones se adentrara por el pasillo y se acercó a la mesa.

—Las cosas van mal. Quizá tú no lo sepas, pero ha habido detenciones. Hay mucha gente escondida. Incluso Peer a estas horas no se sabe dónde para. El verano nos ha dejado sin los enlaces habituales. La detención ha sido imprevista.

—¿Tú no corres peligro?

—No. No creo. No me conocen. Es Peer quien lo corre.

Bebí lentamente la ginebra. La carga de alcohol ingerido durante toda la mañana empezaba a insensibilizarme la yema de los dedos. Apreté precipitadamente la mano de Ingrid.

—Si tienes algo urgente que hacer puedes irte. Yo me quedaré hasta el cierre. Si viene Laarsen le diré que estás indispuesta.

Ingrid se dejó caer en el sofá como acostumbra a ocurrir en estos casos. En aquel momento me volví para evitar ver sus muslos desnudos sobre el terciopelo malva y vi al hombre muy cerca de nosotros, con la mano apoyada en la baranda.

—Disculpen. Soy el propietario de un garaje de la ciudad.

Sacó una tarjeta del billetero y nos la enseñó. Sin moverme, le escruté, todavía con el corazón sobresaltado.

—¿Tienen información de primera mano sobre Bird's?

Yo nada decía. Ingrid se levantó y escogió un montón de folletos sobre la mesa.

—Tenga. Aquí consta la dirección de las oficinas distribuidoras y un informe muy documentado sobre las propiedades de Bird's.

—Muy amable.

El hombre nos dio la espalda y se fue. Terminé el vaso de ginebra. Lo volví a llenar aprovechando el mismo hielo.

—Tal vez lo de Peer sea una falsa alarma.

Ingrid cabeceó afirmando.

—Sí. A lo largo de este año se han producido cuatro o cinco falsas alarmas. Una deja el cansancio a la otra. Se va acumulando.

Ingrid me parecía confusamente morena. Entre ella y yo sentía como si hubieran caído todas las distancias. Procuré preocuparme por lo que me estaba contando. Pero todavía seguía preocupado por la súbita aparición del propietario del garaje.

—¿No corres ningún peligro?

—Creo que no.

—¿Cuándo sabrás algo seguro sobre Peer?

—Dentro de unas horas. Ahora me voy.

Nerviosa, ordenó el bolso.

—¿Puedo llamarte esta tarde para saber algo?

—No. No sería sensato.

—Llámame tú a mí.

Le anoté mi teléfono en uno de los catálogos. Lo guardó en el bolso. Luego volvió a sacarlo. Repitió el número en voz alta varias veces con los ojos cerrados. Rompió el catálogo. Se me quedó mirando. Cambió lentamente la expresión concentrada de su rostro. Dejó el bolso sobre la mesa; se volvió a dejar caer en el sofá. Se llevó las manos a los ojos. Inclinó la cabeza sobre las rodillas. La espalda se le agitó por las convulsiones. Miré intranquilamente hacia el pasillo, hacia el stand de enfrente. Maquinalmente me apoyé en la baranda frente a Ingrid, tapándola con el cuerpo. Me inquietaba el próximo retorno de Olaf, que avecinaba vagamente. Quise decir algo. Pero miré a Ingrid como fascinado por sus convulsiones. Ella buscó un pañuelo en el bolso. Se secó las lágrimas. Me acerqué entonces. Le puse una mano en el brazo. Llegó en aquel momento Olaf. Nos miró abriendo los ojos. Se fue a un rincón, como observando con atención un ángulo de la fotografía. Cuando se volvió vi que estaba muy serio, que me miraba de reojo y musitaba algo con rabia contenida. Dije, como justificándome ante Olaf:

—No te preocupes, Ingrid, todo se arreglará.

Me arrepentí inmediatamente. No había estado a la altura de las circunstancias. Seiscientos años de literatura nacional para desaprovechar una ocasión como aquella y pronunciar palabras tópicas. Pensé y repensé la frase siguiente. «¿Por qué no analiza usted fríamente la situación?». O bien: «La vida no es como la esperábamos»[72]; o bien: «Te inicias en el miedo y nunca más saldrás»; o tal vez: «Guarda las lágrimas para dolores absolutos». Sin duda, el alcohol me espesaba. En circunstancias normales habría concebido un slogan de publicidad sentimental mucho más adecuado. Pensé que es algo muy misterioso la conciencia y que en aquel momento no podía dedicarle a Ingrid un hatillo de palabras inteligentes. Vida, miedo, esperanza, odio, lágrimas, nervios... Barajé estas palabras y no conseguí darles una coherencia apetitosa. Ya Ingrid se había recuperado sin mi colaboración y restañaba las últimas lágrimas en el borde de sus ojos. Olaf la miraba con la angustia en su nuez temblona, las manos a medio meter en los bolsillos del pantalón. Olaf tampoco sabía lo que hacer. Pensé que yo a su edad habría decidido salir corriendo para demostrar a los allí reunidos que tenía mucha, muchísima sensibilidad; tanta que debía ir corriendo a esconderla para que no me la quitaran. Ponga usted su sensibilidad a buen recaudo. Guarde usted para mañana la sensibilidad que no necesite para hoy. Olaf no percibía mis slogans mentales y se puso a llorar a su vez frente a nosotros para que lo viéramos. Expresaba de este modo su profunda lástima por sí mismo, alejado del mundo de los adultos, del mundo de aquella adulta bonita y tierna como un pajarillo mojado por la lluvia. Cuando ya comprendió que le habíamos visto bien se volvió de espaldas bruscamente y regresó al rincón del bungalow. Allí esperó la reacción de Ingrid. Ingrid me miró en busca de una comunicación que me negué a establecer. Me serví más ginebra y vi que Ingrid, maternal, se acercaba a Olaf y le pasaba un brazo por los hombros. La situación estaba salvada. Ingrid tal vez le estuviera cantando «La Joven Guardia» en la orejita.[73] Silbé el viejo himno de todas las juventudes de la tierra, unidas. Ingrid se volvió y me miró perpleja, pero no abandonó las espaldas estremecidas de Olaf. Joven guardia, joven guardia, no les des paz ni cuartel. La mujer en su sitio, maternal. Los adolescentes sensibles en su sitio; huérfanos en busca de madre, de madre joven, bonita y cariñosa, de madre presentable en traje de baño. Perfecto final de un pequeño drama sobre el tablado de un pabellón ferial al servicio de Bird's. Un coche con Bird's es un coche distinto. Yo bebía sin que la ginebra me produjera las náuseas habituales. Contemplé la Piedad que formaban Ingrid y Olaf. Olaf se desasía bruscamente de Ingrid e iniciaba la carrerilla hacia los escalones, hacia el pasillo, hacia el parque, hacia la luz, hacia el mundo, hacia el caos, hacia la nada.[74]

—Olaf.

Olaf se detuvo. Me miraba con los ojos enrojecidos.

—Tenga cuidado con el tráfico. Camine ciego por la angustia cuando vaya por las aceras. Pero al cruzar, recupere la visión normal.

Olaf, naturalmente, no me entendió. Alzó los hombros, alzó la cabeza, se volvió y salió del stand con pasos indolentes pero seguros que me recordaban a James Dean o al Montgomery Clift de *De aquí a la eternidad*.[75]

—¿Por qué le has dicho eso?

—Es muy triste ser huérfano de padre, pero es más triste ser viuda sin hijos. Por su madre, Ingrid. Por su madre. Madre no hay más que una y las calles no respetan este slogan.

Ingrid decidió volver a preocuparse por su asunto. Supuse que no tendría el mal gusto de volver a dejarse caer en el sofá, gemir y restaurar las lágrimas. Le concedí un margen de confianza. Una cultura universitaria debía notarse en el comportamiento. Ingrid me respondió bien. Se apoyó en la baranda y gimió, lo cual estaba francamente bien hecho y demostraba que el requisito de la baranda, tantas veces recriminado por mi conciencia como inútilmente formalista, servía para algo. Recordé la vieja canción: cuando yo te digo adiós en la ventana, piensa en mañana...[76] Suspiré. Me senté. Gradué una voz lánguida, ahogada pero varonil.

—¿En qué piensas, Ingrid?

—En todos. En mí. En Olaf. En ti. ¿Qué va a ser de nosotros?

—¿Cuándo? ¿Ahora?

—No. En general.

—Ah, según. Nunca puede decirse nada.

Recordé escenas de la noche anterior mientras Ingrid seguía contemplando «un punto indeterminado en el espacio», contemplada por los muchachos jornaleros del stand de enfrente.

—¿Ha venido Laarsen?

—Sí.

—¿Te ha hecho proposiciones deshonestas?

—No. ¿Qué clase de proposiciones deshonestas?

—¿No te ha propuesto un coito antes del almuerzo en un meublé de la vía Zarst?

Ingrid mantenía los ojos abiertísimos.

—No te preocupes en desmesurar tanto los ojos, que ya me doy cuenta de lo natural que resulta tu sorpresa. Se trata de la tarjeta de presentación de Laarsen.

—Me he enfrentado tres veces con él y siempre se ha portado con corrección.

—Ayer me habló de tus senos, previendo una futura familiaridad con los mismos. Pero no te preocupes demasiado. Tiene motivos más importantes.

—¿Por qué me hablas de esta manera?

—No lo sé. ¿No querías irte? Deben de estar esperándote.

—No me espera nadie. ¿Por qué me has dicho eso de Laarsen?

—No lo sé. Él me habló ayer noche. Fui a su casa. Un cocktail horrible de gentes horribles. Pero no todo el día son así. De día hablan con normalidad y trabajan. Y ceden el paso a las señoras ante las puertas sin desabotonarles la blusa ni levantarles las faldas. Fue muy agradable. Me creí en la obligación de pasarlo mal, pero no lo conseguí. A veces pasa. Te propones pasarlo muy mal y algo se confabula para impedírtelo.

—No te entiendo.

—No te hablo para que me entiendas. ¿Quieres beber?

—¿Qué es?

—Gin.

Ingrid aceptó. Reposté el vaso. Reproduje dos pequeños icebergs sobre la ginebra azulada. Ingrid bebió pausadamente.

—¿Has tenido una epoquita de joven maldita? ¿Borracheritas en noches de sábado, en clubs de jazz o en bares de putas viejas, con cánceres metafísicos...? Dios mío, Dios mío, ¿por qué me has abandonado? ¿Por qué dudo de ti? Qué mal hecho está el mundo. Cómo te niega. Ay, cómo dudo. Ay, qué angustia. A ver si mi desvirgan el sábado que viene, que hoy no puedo, que hoy debo estar a las doce de vuelta en casa, que esto de la familia es un carajo. Pero ha de ser un marino sueco, pescador de ballenas a ser posible. ¿Verdad que no fue un marino sueco pescador de ballenas? Debió ser un jovencito que se quitó el jersey de cuello alto, se quitó las gafas y se pasó una mano por los ojos cansados, se volvió hacia ti y te pidió permiso respetuosamente o antes de precipitarse en la maravillosa noche del primer amor consumado dijo: «El hombre es una pasión inútil, muramos pues».[77] Y luego te pareció que no había para tanto, que se había exagerado mucho. Por eso siempre te ha quedado la duda de... si hubiera sido un marino sueco... Pero una se arregla un cilicio con cualquier cosa. Se pasa de una estética a otra. De la estética personal del desarraigo o las noches malditas en busca del octavo día de la semana[78] a la estética de las esquinas deshabitadas donde es posible desparramar octavillas. Dime, ¿cuántas veces has pensado de ti misma que eras una mierda, nada alarmante, pero una mierda normalísima?

Ingrid estaba atónita. No bebía. Yo le aguantaba la mirada.

—Nadie quiere a nadie, Ingrid. Los sentimientos más excelsos son pura forma, una convención, en nosotros mucho mucho más exagerada porque las hemos alimentado con pelargón literario.[79] Y la única liberación posible es no ser un hipócrita. Al menos con uno mismo. Cuando ya no hacen falta convenciones. ¿No crees? Ahora estás buscando una frase oportuna con la que hacerme callar. Te brindo una que oí en una película americana de las del cine de calidad. Ella le dice a él, aprovechado esquizofrénico del Actor's Studio: debe de ser muy triste tu vida para hablar con tanto resentimiento. ¿La doy por dicha?

—Sí.

—Pues eres muy cursi, perdóname que te lo diga. No seas tan maternal. Olaf estaba haciendo comedia, yo estoy haciendo comedia y tú también. Uno o se mata o vive. Los motivos para matarse son continuos. Es la única limpieza posible. Lo demás es mierda, es ensuciarse las manos, es publicidad de productos inútiles, ensuciarse las manos, con mierda de los otros o con mierda propia.

Ingrid dejó el vaso sobre mi mesa. Me dio la espalda. Cogió el bolso. No se volvió hasta bajar el escalón.

—No te creas que me has touché. Este numerito ya está muy usado por los jovencitos de mi generación de jersey con cuello alto, como tú has dicho. Simplemente, la situación me da asco.

—Pues es muy bonita, no creas. Yo acostumbro a hablar bastante bien cuando estoy borracho. Tú te lo pierdes.

Volvió a subir el escalón.

—Debes de creerte muy listo. Más listo que todos, sobre todo que nosotros. Sobre todo que tanta gente silenciosa que se juega la vida y la libertad en silencio, que no pueden pagarse evasiones tan caras como la ginebra y el whisky. Tienes el aplastante respaldo moral de haber sido uno de ellos. Pero no se puede ser honesto una vez por todas. Es un oficio que no se acaba de aprender.

—Ni de agradecer. Menudo regalo. Un hombre honesto es casi tan afortunado como una mujer virtuosa. Es casi congénito. Algún día se descubrirá que todo esto es congénito. Lo sentiré por los que habéis construido el mito de la honestidad. Ya verás cuántas recalificaciones deberéis hacer. Será una especie de rehabilitación y te aseguro que solo me guío por la intuición.

Le enseñé las manos.

—Nada por aquí, nada por allá. Solo intuición.

Ingrid se marchó definitivamente. Ulularon en aquel momento las sirenas. Salí tras ella. Corrí por el pasillo. Tropecé con un carrito de helados. Vi a Ingrid bordeando un parterre. Corrí. La llamé. Se volvió. Me esperó. Cuando llegué a su altura siguió andando sin decirme nada.

—¿Quieres que tomemos algo?

Se encogió de hombros.

—¿Hacemos las paces?

—¿Por qué?

—Es inútil llevar las cosas donde las he llevado.

—¿Es inútil o es mentira?

—Es inútil.

—Es mentira.

Se había parado. Me miraba con obstinación.

—Si bebo un poco más te daré la razón. Vamos.

—Es mentira. Ha de ser mentira.

Estaba llorando, pero siguió caminando a mi lado.

La plaza estaba sin asfaltar, pedregosa, iluminada por escasos faroles que precipitaban en el centro una oscuridad casi total. En el límite del descampado aparecían las cuadraturas de dos bocas de metro frente a la fábrica. Blanca, de duras aristas, con un portón de hierro negro en el centro, de la fábrica emanaban pequeños lucerios de bombillas abrumadas por la noche. De vez en cuando, de la boca del metro salía alguien y se perdía en la oscuridad buscando más allá de los huertos cercanos la masa compacta de un bloque de casas recién construidas, apenas visibles desde la plaza como algo más que una presencia sin límites, salpicada por las luces en las ventanas. Algún ciclista hacía crujir la grava con su rueda suave por la pendiente que concluía en la plaza. Un silencio mitad campesino, mitad inexplicable por la presencia de la fábrica, imponía la noche y la extraña soledad exterior se me calaba como una lluvia tenaz. Llegaba, lejano, el traqueteo de alguno de los trenes de la costa; su pitido anunciando la entrada en la todavía distante Estación Central. De la fábrica no salía ningún rumor. Sus carnes blancas eran inexpresivas, a trechos acristaladas con vidrieras opacas o enrejadas en las puertas marginales. Los hombres iban saliendo como un reguero uniforme que solo se diferenciaba al llegar a mi altura; me contemplaban entre sorprendidos y maliciosos, proseguían su camino hacia la entrada del metro o por la carretera hacia las primeras calles del arrabal, hacia el trole temblón del ómnibus que rayaba el escaso resplandor del fondo, como una guirnalda despojada por la lluvia.

Me acerqué más a la puerta. Mi padre salió solo. Sacudiendo la boina contra una mano. Sonrió satisfecho. Miró en derredor por si los compañeros habían visto que era esperado. Paró a un compañero. Me lo presentó. Estreché una mano rápida, escuché un cruce de palabras fugaz y el hombre corrió cuesta arriba gritándonos algo.

—Se le escapa el tren. Vive en ese pueblecito nuevo de la costa.

Bajamos al andén del metro. Nos informamos mutuamente sobre las novedades respectivas. Protegí a mi padre del alud de gente ante la portezuela corrida del vagón. Quedó pegado a una pared, entre los brazos con los que yo aguantaba mi cuerpo y el peso de los que empujaban mi espalda.

—¿Qué santo se ha descolgado? Hacía años que no venías a esperarme.

—Pasaba cerca.

—Ya me extrañaba.

Disculpó el no venir a ver a Ilsa. Yo ya debía de suponer el poco tiempo del que disponía. No debía buscar alguna otra causa. Él apreciaba a Ilsa. No la entendía. Ni a mí. Pero la apreciaba. Son cosas que pasan. No. No me lo decía con sorna. Sonreía, arrugadísima su cara, algo rojo el blanco de sus ojos, los dos telos blancos de costumbre en el lagrimal, blanca la calva cercada por pelos grises rebeldes y gruesos. Me parecía más frágil, más pequeño que nunca. Cada bostezo que dejaba entre él y yo lo evitaba llevándose aquella mano deformada a la boca, aquella mano que tantas veces me había acariciado y abofeteado, o dado el pan en la mesa, cuando mis brazos no llegaban a aquel ángulo donde mi hermano amontonaba las hogazas jugueteando.

—¿Qué tal te encuentras?

—Bien. Yo bien. Me mantengo en forma. Ahora ya no estoy en la sección de carga y descarga. Pedí el traslado a la de embalaje. Es menos pesado. No mucho menos, pero algo menos.

—¿Por qué haces todavía horas extraordinarias?

—¿Por qué?

Aproveché una mayor intensidad del ruido del metro para desviar la vista y contemplar una oreja casi enterrada en pelo lacio y sucio.

—Yo ahora me defiendo bien. Puedo encargarme de alguno de vuestros gastos. Las clases de Joseph. Te evitaría hacer horas extraordinarias.

—No me cansan.

—Te lo digo en serio.

—Admunsen, tú mandas en tu casa y yo en la mía. Los tiempos son difíciles para todos.

—Pero para mí menos que para ti.

—También te cuesta tu esfuerzo.

—Menos que a ti.

—Déjalo. Sigo aguantando las horas extraordinarias.

Lo de Joseph es cosa de dos años solo. Si no se enreda con esa putilla, claro.

—¿Tiene novia?

—A todo se le llama novia. Hoy sois poco exigentes con las mujeres. Se aprovechan. No quiero hablar del asunto.

—¿Sale con una chica?

—Sí, con una de la calle. La de la herboristería. Menudo pendón.

—Creo que debe ser Joseph quien debe decidir.

—Si decide salir con esa que decida irse a la mierda, irse de casa. Yo no soporto que se haga un desgraciado.

—Pero Joseph no es un niño. Sabe lo que se hace.

—Eso es mentira. Es un chiquillo. Más que tú a su edad. Yo siempre creí que eras el chico más sensato de la tierra. Hasta entonces. Déjalo. No nos entenderíamos.

—Creo que no puedes imponer un criterio a Joseph. Si él se equivoca se ha equivocado él. Pero así tú siempre puedes ser responsable de una equivocación que recibirían ellos.

—¿Ellos?

—Está ella. La chica esa.

—Ella es la más fresca del barrio. Estoy harto de ver cómo se besuquea en la puerta con los que han hecho con ella lo que han querido.

—Lo que ella ha querido.

—Pues peor.

—Joseph también lo debe de saber. Esa chica no vive solo para besar. Debe ser otras cosas. Debe de tener algo para que Joseph la quiera.

—Tetas, culo y coño. Pero de eso tienen todas y más a cubierto.

Llegamos. Me preguntó si iba a casa. No. No podía. Todavía debía comprar la cena para Ilsa.

—Esa chica siempre ha tenido poca salud. Ya te lo dije cuando la vi. Pero tú, obcecado.

¿Qué tenía que ver la salud?

—Una mujer enferma es un peso inútil. Tú, o vosotros, todo lo veis muy bonito. Con un sueldo como el mío no sé qué habríamos hecho si tu madre hubiera ido de enfermedad en enfermedad.

—¿Te casaste con ella porque no estaba enferma?

—Entonces no miraba estas cosas. Luego vives. Hay más de un compañero que lleva una vida de perros por la mujer enferma. Hoy las chicas crecen muy señoritas. La de Joseph, por ejemplo. Si la vieras..., parece de foto. De esas fotos de cine. Y no tienen dónde caerse muertos con todo su golpe de herboristería.

—Insisto en que Joseph tiene derecho a elegir.

Mi padre se detuvo. Puso una mano en mi brazo.

—Ya veo lo que va a pasar. Pasó contigo, pasará con Joseph. Cuando erais pequeños podíamos haber escogido el que fuerais como burros, unos esclavos como tu madre y yo. Nos costó mucho el que tú pudieras estudiar, nos costó mucho el que Joseph no fuera un mozo de carga, solo eso, ya no digo lo tuyo. Solo os pedíamos que ya mayores pudiéramos miraros con satisfacción. Han sido unos años duros. La guerra, la ocupación, la posguerra. Y luego, ¿qué ha pasado? Tú, en la cárcel. Ahora te defiendes, ahora vives bien, pero tu madre sigue sin poder dormir desde tu detención. Son aquellos días. Nunca los vivió nadie por nosotros. Ojalá tus hijos no te hagan sufrir igual. Y ahora Joseph. También se irá. También será un desgraciado. Tu madre y yo no habremos hecho nada bueno. Nos quedaremos solos y tampoco seréis felices.

Se iba exaltando y sus dedos se agarraban a mi brazo como una tenaza. Me sentí impresionado por el temor infantil a una bofetada.

—Pues que se vaya. Si quiere irse con ese pendón que se vaya. Yo no os necesito para una puñetera mierda.

Continuamos la marcha.

—Muchas veces te he explicado que a veces es preciso prescindir de muchas cosas y hacer otras que te pueden llevar a una cárcel.

—No me lo repitas. No soy un idiota. Yo he pegado tiros, tiros en barricadas, en el frente. He oído hablar a políticos, de los de antes, de los que sabían hablar y convencer. Los he creído. Han pasado muchas cosas y solo una sigue igual ahora que siempre: los trabajadores, nosotros. Trabajo. Vivo mal. Y así será siempre. Las cosas que las cambien quienes van a sacar buen partido. Nosotros seguiremos igual. ¿Qué quieres cambiar? Entre nosotros ya no cambiará ni la afición por un equipo de fútbol. Nada. Y eso se aprende con los años. Y si no cambias de criterio irás perseguido toda tu vida. Sin descanso.

—¿Descansas mucho tú? ¿De qué te ha servido no hacer nada?

—De momento eres lo que eres gracias a mí. ¿Y a ti de qué te ha servido hacer algo? Admunsen, no vuelvas a hacer una trastada.

Se había parado otra vez.

—No vuelvas. No nos des otro disgusto igual. Vive, hijo mío, lo mejor que puedas, con Ilsa. Pero no vuelvas a darnos un disgusto como aquel.

—Descuida.

—¿Me lo prometes?

—¿Qué quieres que haga? Pero hemos desviado el asunto. Joseph y esa chica. Deja que Joseph se desanime por sí mismo.

—No se desanimará. Lo irá engatusando más y más. Las chicas de hoy dejan campo libre, te metes, te metes y llegas donde quieres. Pero entonces ya estás engolosinado.

—Yo hablaré con Joseph. Ya le diré que vaya con cuidado. Pero debe ser él quien se dé cuenta de las cosas. No pienses tú por él.

Se echó a reír.

—Recuerdo una carta tuya desde allí dentro. La primera que me llegó. Era un discurso. Sí, chico. Casi un discurso. Solo faltaba la banderita. Y luego contestabas a mis reproches: «No pienses por mí». Tengo derecho a hacer lo que quiera, o algo por el estilo. Bonito. Siempre has tenido palabras bonitas.

—Aquello era aquello y lo de Joseph es lo de Joseph.

—Bonitas. Palabras bonitas.

—Joseph podría reprochártelo toda la vida.

—Que haga lo que quiera. Haced lo que queráis. Tu madre también está de su parte. Haced lo que queráis. Cuando vengan mal dadas entonces ya me daréis la razón.

—Deja que vengan mal dadas. No hagas de pájaro de mal agüero.

—Sí, que vengan. Que vengan. Yo siempre soy pesimista. Lo veo todo negro. Pero luego todo sale como yo preveo. O dime que no es así.

—Unas veces nos equivocamos y otras no. Se me olvidaba darte esto.

Le di un pase de la feria a nombre de los tres.

—Podrás utilizarlo indistintamente e incluso dejarán pasar a más gente.

Me preguntó detalles de la feria. ¿Cómo no podía haberla visto estando dentro? Le expliqué las características de un cerebro electrónico. Se hizo cruces irónicamente.

—¿Y qué vais a hacer los cerebros privilegiados? A ver si los únicos que vamos a tener algo que hacer vamos a ser los peones.

—Casi.

—Tú podías haberte dedicado a cosas de esas ¿Qué vas a hacer tú en un futuro?

—Haré publicidad de cerebros electrónicos. No te preocupes. Quedamos de acuerdo en lo de Joseph y... ¿Cómo se llama?

—Elisa se llama la puta esa.

—¿Quedamos de acuerdo?

—¿De acuerdo en qué? ¿En que vayan juntos? Que vayan, pero a casa que no la traiga. La echo a patadas.

—Todavía no. Ya la traerá más tarde.

—La echo a patadas.

—Ya la irás conociendo.

—Tendría que hablarme bien de ella un ángel del cielo y de eso no hay.

—Ya haré bajar uno.

—No te rías.

—Ya verás como la mitad de lo que piensas de esa chica se debe a lo que la gente dice.

—¿Y la otra mitad?

—A lo que tú crees.

—Vamos, que es una santa.

—Nadie es un santo. Pero si Joseph la ha escogido por algo será. Ya verás como te gusta.

—Desde luego es una chica con más agallas que Ilsa, menos pasadita. No es una intelectual.

—¿Lo ves? Ya te gusta más que Ilsa.

—Yo no he dicho eso. Contra Ilsa no tengo nada. Pero reconozco que es más mujer que Ilsa, más mujer a nuestro estilo, ¿no lo entiendes?

—Bien, ya veo que te parece muy bien.

—No te lo tomes a broma.

—¿Qué tal va Joseph?

—Bien. Es posible que fiche. Tiene clase. Se lo han visto. Ya desde pequeño ha jugado fenómeno. Tiene mucha flema. No busca pelotas. Espera que la sirvan. Pero toque tiene. Y a saber estar en el sitio, el primero no le gana. Y chuta como un señor. Para un fútbol de hace diez años o quince, fenómeno. Pero ahora hay que jugar con más coraje, con ganas de bajar y subir, ir a por balones. Pero la prueba le salió bien.

—Estupendo.

—Ya le darán algo si entra en el equipo de aficionados. Poco, pero algo le darán. Y los meten en equipos filiales profesionales. Algún dinerito da la cosa. Él está muy contento. Pero es una criatura. Dice que me va a nombrar su representante, como los artistas. Hoy los futbolistas tienen representantes. Ese se hace castillos en el aire.

—¿Tú crees que saldrá adelante?

—Si no se lesiona, sí. Va para fenómeno. Si no ha hecho otra cosa bien en su vida que darle a la pelota. Era un dedal de crío y ya te pegaba cada pelotazo... ¿Recuerdas cómo te enfadabas? Él siempre se aprovechaba de que era el más pequeño. Va para fenómeno. Que triunfe y se ría del mundo. El mundo es de los triunfadores.

—¿La familia de la chica qué piensa de Joseph?

—No lo sé. Ni me importa. ¿Qué va a pensar? Joseph les cae bien. Pocos cargarían con la muñeca. ¿Has decidido no venir a casa?

Me señalaba la calle que descendía hacia el barrio.

—No. No puedo. Ilsa me espera.

—Como quieras. Nos vemos poco y ya me queda poco tiempo para ver a mis hijos.

—¿Por qué dices eso?

—Porque es verdad. Adiós, Admunsen. Ven por casa con frecuencia. Tu madre se alegra de verte.

—Tengo poco tiempo. La feria me da mucho trabajo.

—O llama con más frecuencia. Los teléfonos están para algo.

—Lo haré. Y por favor, respeta la voluntad de Joseph.

—Vuestra es la responsabilidad. Yo me lavo las manos.

Marchó calle abajo. Crucé rápidamente la calle para meterme en un bar, pedir una ficha y telefonear a mi madre.

—¿Mamá? Soy Admunsen. He estado hablando con papá hasta ahora sobre lo de Joseph. Él va ahora a casa. Planteadle el asunto esta noche. Va bien predispuesto. Hoy al menos. Si le arrancáis algo mañana no se echará atrás.

Nos despedimos brevemente. Salí a la calle. Inicié el camino hacia casa a lo largo de la amplia acera de la avenida, bordeada por barracas de tiro al blanco o destinadas a la venta de frutas secas y golosinas. Compré varias papelinas de altramuces, cacahuetes y almendras. Ilsa las acogería como una referencia a algún momento del pasado, más presentido que concreto. Pero tal vez nada autorizaba en los momentos presentes aquella pequeña evasión que nada compensaba. Tiré las papelinas en un alcorque. Unos metros más allá empecé a sentir remordimientos. Me acodé entonces en un tiro al blanco, disparé rondas y más rondas contra la serpentina de la que colgaba un negrito de goma tocando el tamtam. La serpentina sostenía tercamente el muñeco. Opté por comprarlo. Pedí que cortaran un trozo de serpentina para poder decirle a Ilsa que lo había conquistado. Erec volvería al castillo con el heroico trofeo de un día de brega.[80] El negrito sonreía travieso por la pequeña excitación que su tamtam suscitaba en la selva. Notaba su cara blanda en el bolsillo de mi chaqueta. Imaginaba la sorpresa de Ilsa, sus besos nostálgicos, las palabras nostálgicas, el emplazo de la realidad para mañana por la mañana.

—Enide, estaba hermoso el bosque y ya no quedaban caballeros andantes. La tierra removida denunciaba las fosas comunes más recientes y las cortezas desconchadas de los árboles las últimas descargas. Solo he podido encontrar un muñeco de goma que no ha podido avisarlos del peligro.

—No importa, Erec. Lo importante es que has vuelto.

—Yo había prometido traerte perlas de lluvia de un país donde nunca llueve.[81] Lo habíamos oído en una canción y en el fondo creímos siempre que era posible. A nadie habíamos exigido la gloria ni las lágrimas, ni los órganos, ni las plegarias a los agonizantes y es todo lo que los otros dan. Nada más.

—No importa, Erec. Lo importante es que has vuelto.

—Habíamos creído que era posible amar pese al miedo y has de escoger el amor o el miedo. Habíamos creído que era posible estar satisfechos por actos singulares y no hay actos singulares. Pero tal vez sirva volver un poco tarde a casa, pero volver, y traer un muñeco de goma entre las manos, pero traer algo. Tal vez sirva no hablar porque las palabras comprometen un sentido de la realidad, te lo emplazan; tal vez sirva el silencio y el recuerdo.

—No importa, Erec. Lo importante es que has vuelto.

—Enide. No estamos contentos de dónde venimos, no estamos contentos de a dónde vamos. ¿Por qué espiamos el día que se va por la ventana y mañana miraremos el parque con impaciencia?

—No importa, Erec. Lo importante es que has vuelto.

—No volveremos nunca más a la corte del rey Arturo. Bretaña tiene insondables rincones de bruma donde nadie irá a buscarnos. Nos olvidarán y solo algún día alguien nos recordará para decir: ¡qué buen caballero era Erec, y Enide qué bien cabalgaba sobre la yegua blanca! ¿Cómo acabó la historia? Nunca volvieron.

—No importa, Erec. Lo importante es que has vuelto.

—Y esperarán la vuelta de Erec y Enide, los amantes. Unirán sus manos al atardecer, descendiendo hacia el puerto. Nadie les explicará la amable impaciencia que sentían Erec y Enide ante los semáforos. Se jurarán amarse ya en las aceras. Por eso estaban impacientes. Se jurarán no ser infieles a ellos mismos y dignificar la tierra y a sus habitantes ignorantes que, oh, maravilla, nada saben de sentimientos excelsos, de acciones excelsas. Pero ¿para qué están los amantes unidos de la mano en los descampados, en el metro, en la azotea del primer vértigo amoroso, en la catumba? Nadie dejará de oír sus voces, serán implacables con la tierra y los hombres que los han esperado siempre, que se sorprenderán, es indudable, por el regreso de Erec y Enide dispuestos a afrontar los peligros del bosque.

—No importa, Erec. Lo importante es que hayas vuelto.

—Y serán extraordinarios los festejos de la corte del rey Mark cuando lleguen Erec y Enide por el sendero que viene del País Difícil, donde los caballeros defienden jardines de doncellas malditas y obtienen en la derrota la liberación de la doncella. El rey Mark ha muerto mientras llegaban sus hijos, pero no importa; allí está su corona para la cabeza de Erec, y su recuerdo para el corazón de Erec, y su reino para Erec y Enide.

—No importa, Admunsen. Lo importante es que te has acordado de mí. ¿Qué importa que sea un muñeco barato? ¿Te ha costado muchos tiros? Nunca has tenido muy buena puntería. ¿Recuerdas? Fue en aquella verbena. Habíamos ido al piso de Gustav y Greta. Habíamos estado solos. Desde la azotea veíamos las hogueras y los cohetes. Oíamos la música en las barracas de la feria. Quise bajar. Tú querías seguir allí. Pero bajamos. Éramos todavía novios. Disparaste no sé cuánto dinero. Una bolsa de peladillas. Nos costó el cine del día siguiente, ¿recuerdas?

El montón de cacharros sucios me llenó de irritación. Escogí los platos menos sucios. Los lavé. La cena estuvo pronto... Ilsa, en tanto, había descubierto que apretando el vientre del negrito salía un pitido chillón que la hizo reír las quince primeras veces. Le quité el muñeco para ponerle la cena. Lo recuperó indignada y lo colocó al borde del plato, sonriente, bondadoso, como cualquier bracero de plantación algodonera que no sabe qué hacer con las leyes antiesclavistas y pide por caridad una cadena.

—Cuéntame cómo ha ido con tu padre.

—Bien. Se aviene a lo de Joseph y la chica esa. No ha costado mucho.

—¿Y por qué le tiene tanta manía a esa chica?

—Dice que es una fresca.

—Vete a saber.

Me reí. Ante su mirada desconcertada le dije que acababa de hacer un comentario de señora madura en la peluquería. Me dijo que yo nunca había estado en una peluquería y fingió enfadarse.

—No me gusta que me recuerdes que me hago vieja. Mira.

Me enseñó dos canas en la cabellera, volcada hacia delante, sobre el plato vacío.

## FLORICULTURA MORAL[82]

Tal vez sea mentira la historia que se me ha ocurrido, pero es posible que Leyden se sintiese conmovido hace dos o tres años por una historia más o menos igual a la que imagino. Leyden siempre ha permanecido muy desvinculada de las peripecias de su mundo cultural, pero en aquella ocasión el trágico desenlace del suceso atrajo seguramente la atención de mis conciudadanos.

Al principio el asunto no pasó de ser una polémica a través de las páginas de "Nuestra

Verdad" entre el profesor Silvio y su discípulo Zoilo, en un tiempo entrañables. Yo conocía a ambos por haber asistido a las clases de Silvio sobre Floricultura Moral en la Universidad de Leyden. Silvio era el único profesor avanzado según rumor común y sus clases congregaban a estudiantes de distintas facultades, mitad por la sugestión morbosa de la enseñanza semiclandestina que Silvio desarrollaba, mitad por el indudable interés de sus exposiciones a partir de una ideología y de una metodología nada convencionales con las de uso académico oficial. Zoilo se aficionó de tal manera a las clases que se convirtió en asistente continuo y en interlocutor frecuente de Silvio. El profesor, consciente de su responsabilidad ante la Historia, invitó frecuentemente a Zoilo a escarceos culturales más próximos, en su propia casa o en bares cercanos a la universidad. Yo a veces me agregué a la aventura cultural que Zoilo afrontaba con temple de explorador de tierras vírgenes. Pero mi interés por las confrontaciones era relativo y así dejé de agregarme como ganga de Zoilo tan pronto como pude encontrar un pretexto afortunado.

Fatalmente, mi actitud me separó de Zoilo y al cabo de unos meses, cuando estalló la polémica en "Nuestra Verdad" entre él y Silvio, quedé desconcertado; le busqué, le pedí explicaciones y él se mostró receloso, como si dudara de la comunicabilidad de sus razones en general o de mí en particular. Tuve, pues, que leer los artículos polémicos para comprender de qué se trataba y adivinar, más que saber, a qué se debía.

De todas las flores morales, venía a decir Zoilo, la asepsia tiene un valor fundamental, mucho más importante que el valor de primer plano que han obtenido las luníes (flores azules que no arraigan en tierra y que crecen en los asteroides como plantas parásitas). La asepsia es una flor, seguía diciendo Zoilo, que crece en el corazón humano, que no tiene aroma, ni color. Se nota en que enferma al hombre, le hace envejecer uniformemente, sentir uniformemente, morir uniformemente.

Para Silvio la asepsia es una norma de conducta impuesta por unas relaciones interhumanas especiales, ligadas a una estructuración histórica determinada, circunstancial, pasajera, y con ella la asepsia. La asepsia es, pues, una moral impuesta por una ideología dominante, correspondiente a una clase dominante. La asepsia moriría con la clase dominante porque lucha por ella, es un instrumento más de su lucha defensiva frente a la clase ascendente, con un sentido moral bien distinto, radicalmente distinto porque se arraiga en unas condiciones de vida distintas y, por lo tanto, en una concepción de la vida distinta.

Zoilo rebatió los argumentos de Silvio. La asepsia es una flor perfectamente aclimatada ya en los búcaros de marfil o baquelita. La asepsia era una conquista ya asimilada en la conducta del hombre y que, en un cambio histórico producido por la lucha de clases, pasaría a ser utilizada por la nueva clase dominante, del mismo modo que el lenguaje o la ropa interior. ¿Por qué —se preguntaba Zoilo— rechazamos la asepsia como repugnante si todos la practicamos? ¿Por qué nos colocamos inconscientemente en la contradicción de combatir lo que practicamos? Más vale, seguía Zoilo, eliminar esta fuente de inestabilidad, aceptar la asepsia como una flor fundamental en la decoración del mundo, de los arcos triunfales y de las coronas funerarias.

Silvio reaccionó con indignación no exenta de preocupación. Desarrolló un interesante cursillo especializado sobre "La infiltración de la moral relajada burguesa en las bibliotecas, las discotecas, las pinacotecas y las cinematecas". Ello sin dejar de escribir frecuentemente en "Nuestra Verdad" artículos más o menos directamente dirigidos contra Zoilo, que este respondía. El asunto llegó a apasionar a las doscientas quince personas que, lectores asiduos de "Nuestra Verdad", estamos también metidos dentro de la convención ideológica y lingüística de Zoilo y Silvio.

Yo también sabía, a través de amigos comunes, que Zoilo llevaba sus teorías a donde fuera, pero que sus principales centros de difusión eran las tabernas más o menos malditas de los alrededores del puerto, los estudios más o menos deshonestos de pintores y escritores, los clubs de jazz, las barras de las cafeterías. Pero siempre Zoilo mantenía esa fácil mirada de iluminado que se adquiere tras una prolongada carga de alcohol. Esta fue una de las bazas más utilizadas por Silvio para desacreditar progresivamente a Zoilo, motivando sus ideas en una

inestabilidad personal, soberanamente cochi-
na (en el sentido sartriano de la palabra),
que le llevaba a deformar la apreciación de
la realidad. Es decir, un típico caso de falsa conciencia, diagnosticó Silvio.

Zoilo respondió que la falsa conciencia la
tenía Silvio, que el cochino (no solo en el
sentido sartriano de la palabra) era Silvio,
quien no quería invalidar la excelsitud de
sus acciones era Silvio y quien con ello introducía una regresión en la marcha dialéctica y ascendente de la humanidad para libe-
rarse de sus limitaciones era Silvio. Porque
admitir la asepsia de hecho era liberar al
hombre de un sentido moral totalmente formalista, convencional, frente a la moral de
hecho que practicaba. Las relaciones entre
los seres humanos son asépticas y cada vez lo
serán más. "La pasión ha muerto, viva la asepsia" era el título del último artículo publicado por el pobre Zoilo en "Nuestra Verdad".

Mi amigo vivía una vida desordenada. Realizó algunos numeritos espectaculares, como
aquel de alquilar un piso sin amueblar y ha-
bitarlo totalmente desnudo en busca de la
muerte por inanición. La intervención de la
policía, la detención de Zoilo durante se-

tenta y dos horas y la multa que se le impuso por gamberrismo hicieron que el asunto
trascendiera al gran público, que asépticamente clasificó el hecho como la extravagan-
cia espectacular de un trepador. Zoilo co-
mentaba maravillado esta interpretación de
su acción. No había recibido ni una carta
piadosa, conmiserativa por su, en apreciación
convencional establecida, desarraigada sentimentalidad. A decir verdad, sí recibió
Zoilo correspondencia afectiva, pero una vez
investigado su origen (puso en ello un em-
peño de investigador científico) no le quedó lugar para las dudas. Las escribían in-
fravalentes físicos o mentales que Zoilo
asépticamente calificó de "paralíticos".

Zoilo creó una pequeña cohorte de segui-
dores que se tomaron sus doctrinas con pasión, lo que asqueó al bueno de mi amigo,
que abandonó la escuela y la dejó en manos
de un discípulo aventajado, todavía hoy asi-
duo colaborador de "Nuestra Verdad", donde
recientemente leí un artículo suyo titulado
"El zoloísmo o la no asepsia", que habría
disgustado mucho a su maestro.

Zoilo escogió vivir. Se decía "partidario
de la felicidad", aséptico, el hombre más

libre de la tierra, el inapetente más consecuente, el nihilista del nihilismo.[83] Silvio proseguía su labor docente como si tal cosa, aunque de vez en cuando lanzara algún ataque indirecto contra Zoilo. Así estaban las cosas cuando Zoilo publicó su libro de poemas "La asepsia o el consuelo de las luníes", en el que dedicaba un poema a Silvio titulado "El hombre total", iniciado así:

"Curiosa la intención morbosa del corazón latiendo. ¿En qué rincón de la biblioteca olvidó el corazón que suena y le molesta?"[84]

La reacción de Silvio fue olímpica, aséptica, habría dicho Zoilo de haberla conocido, porque inmediatamente después de la publicación de su libro Zoilo escogió el triste, irreparable destino que voy a referir.

Testigos presenciales cuentan que Zoilo los llevó hacia un descampado en el fragor de una discusión, en apariencia intrascendente, sobre la conducta humana y su representación imaginativa en la alcachofa.

El comportamiento de un hombre es para "el otro" una alcachofa. Cree que tiene una apariencia externa sólida, pero quita hojas y debajo de un plano de comportamiento está otro, cada vez más desvalido, más tierno. Y así, el deshoje de la alcachofa lleva a convertir el espíritu del hombre en algo blando y blanco, tiernísimo hasta el deshacerse por la presión de los ojos asépticos del otro. Y los ojos del otro siguen sacando hojas, en busca del meollo original hasta que de pronto las últimas hojas de la alcachofa se le quedan en las yemas de los dedos sin apenas tacto, algo más que el pétalo de una flor que ha muerto precisamente porque ya le hemos quitado el último pétalo.[85]

La sugestión poética de la imagen los llevó a seguir a Zoilo hacia las afueras de la ciudad, a escuchar su disquisición sobre el absurdo en que se encuentra el hombre cuando, sabedor de que no está exilado de una patria perdida,[86] descubre que tampoco está exilado de una patria por conseguir, porque se le ha hecho inapetente una conquista que no tiene una significación positiva de superar algo en cierto plano, de solo superar tiempo y gastar tiempo de vida personal irreplanteable, absurdamente gastado en gastarlo.

Nadie ponía en duda las afirmaciones de Zoilo por la sugestión del lugar y la persona. Esta sugestión los distraía de los principios y los fines de sus palabras, estáticas, sin aparente dinámica, poco más que paisaje, poco más que descampado de las afueras, como un escaso exilio transitorio de un mundo de cosas, de ataduras normativas por cotidianas, en el que la factura del lechero puede quebrar los más sutiles desarraigos metafísicos y el hambre la más angustiada consideración de las relaciones hombre-muerte.[87] El pobre Zoilo fue incluso consciente de esta especial situación; la hizo lúcida y afirmó que no por ser estas preocupaciones, para entendernos, trascendentales, tan frágiles frente a la realidad, son menos ciertas, sino al contrario. La realidad tiene toda la fuerza bruta consigo y el hombre no tiene nada sin realidad.

En llegando a este punto llegaron al límite exacto de la tierra. A partir de allí los rieles rayaban un horizonte encarrilado. Fue entonces. Zoilo se despidió del grupo y comenzó a caminar entre los dos rieles hacia el horizonte. Pocos intuyeron sus propósitos, nadie los vio claros, factibles, reales en una mañana planteada en términos tan problemáticos.

La locomotora apareció como una bestia violeta y Zoilo se hundió en ella sin volver la cara atrás, sin que nadie se preocupara después por pedir explicaciones, ni buscar los restos; como si lo sucedido, dentro de todo, fuera consecuencia de una lógica perfecta por adecuada a las circunstancias; como si Zoilo hubiese terminado un esquema de pensamiento en su punto justo, en la palabra oportunísima con la que todos quisiéramos iniciar el último silencio.

El suceso inició un pequeño escándalo, una investigación policial inclusive, algunos interrogatorios, informes forenses, judiciales, policiales, familiares, que daban una fácil y última victoria a Zoilo al crear una falsa apariencia de interés colectivo por un acto moral reprobabilísimo que ponía en entredicho el cielo y la tierra, Dios y la historia, la religión y la sociedad, etcétera, etcétera. Pero pasadas apenas unas semanas, el verdadero interés del asunto demostró ser nulo, porque todos lo olvidamos un poco y solo Clara, la última amante de Zoilo, lloriqueó una semana más de lo previsto y, desde luego, de lo aconsejable; pero unos cuantos avisados supusimos que algún placer encontraría en ello, algún secreto reducto de masoquismo la llevaría a una desesperación tan gratuita como continuada.

¿Y Silvio? Silvio no dio clases durante dos o tres días, lo que fue interpretado como un síntoma de un impacto emotivo desusado en él y, por lo tanto, de un valor extraordinario. Pero cuando días después apareció en "Nuestra Verdad" un artículo suyo titulado "Quien a hierro mata a hierro muere" y que significaba el réquiem ideológico de una polémica e, implícitamente, del malogrado Zoilo, todos comprendimos que Silvio se había retirado unos cuantos días para madurar su artículo y clavar la puntilla definitiva al toro, como hacen en España los toreros, en una fiesta nacional salvajísima.

"Toda una corriente de moral constructiva acompaña en su paso sobre la tierra a los hombres que no se han propuesto decir sí o no porque sí, sino de acuerdo con una interpretación objetiva de la realidad. Pero hay algo de malsana virtud estética en el irracionalista que le viene dada por su ciencia, la irracionalidad, y ¿quién será el valiente que ante las justificaciones para toda evasión, para toda traición que proporciona la irracionalidad no flirtee con ella y a la larga no la escoja?".

Añadía después una oposición entre el tipo constructivo, incómodo como toda propuesta de un comportamiento lúcido y esforzado, frente al tipo destructivo, grato porque nada obliga y que a nada obliga para no obligarse a sí mismo.

"Una cultura regresiva pasa a ser represiva, pero en ocasiones la mala conciencia de algunos de sus adictos más lúcidos que han visto la marcha ascendente de la cultura progresiva les impide hacerse cómplices de una represión cultural, con sus implicaciones políticas, económicas y sociales, y entonces se abrazan al irracionalismo como una evasión que al proponerse a los demás deja de ser una solución personal para ser una solución tipo propuesta a todos, propuesta, en su verdadero sentido, a la cultura progresiva, para que dude de sí misma, para que no plantee la batalla a fondo y respete un orden de ideas y de cosas que los sostienen y que es, en el fondo, lo que quiere el irracionalista. Porque el irracionalista no quiere traicionarse, pero sobre todo no quiere traicionar a la

cultura y al orden social que le justifican".

Y ya al final, el epitafio.

"Pero a veces el irracionalista no sabe
jugar su papel racionalmente y lo precipita.
La asepsia es impracticable y solo se consigue con la muerte, porque la realidad exi-
ge pronunciarse y cualquier pronunciarse refleja una pequeña o gran pasión. Quien
quiso hacernos sentir asépticos se sintió
aséptico, fue consecuente y se mató. Sucede
a veces que el tiro sale por la culata y
quien a hierro mata a hierro muere".

"Y en ello debemos ver el símbolo de un
mundo que agoniza y un mundo que nace. Y lo
que siempre debe importarnos es lo que nos
aguarda mañana por la mañana, en este aire
respirable, ya que no creemos en otro, que
no tenemos otro".

Hasta aquí la historia de la disputa Sil-
vio-Zoilo. Me sentí directamente interesado
por lo ocurrido. Sin saber por qué, atribuí
a Zoilo y a Silvio un valor simbólico, mí-
tico. Más que la lucha entre el bien y el
mal encarnaban, a mi modo de ver, la lucha
entre la búsqueda de la autenticidad y de la
utilidad. Volví a asistir a las clases de

Silvio. Pregunté frecuentemente en el aula.
Cumplí el papel que en otro tiempo había desempeñado el pobre Zoilo. Silvio demoró a veces su partida de la universidad para dia-
logar conmigo en el claustro. Llegaron las
invitaciones a un café en la terraza acristalada del bar de la esquina. Allí Silvio
limpiaba cuidadosamente sus lentes con ga-
muzas que sacaba del bolsillito de la chaqueta, mientras no cesaba de hablar su lengua recién pulida, sin estrecheces inútiles
dentro de la boca, cada vocal con la apertura justa, algo gangosa porque respetaba el
ritmo estricto de las respiratorias, cada
consonante rebotando en el sitio correspondiente, las palabras enlazadas en el tono
adecuado. Silvio prolongaba de este modo sus
clases. A veces me dio la impresión de ser
un hombre que no cesaba nunca de manifestar-
se, que era una perpetua continuidad de sí
mismo, inmutable, inalterable por el medio
o por los otros, como un caminante con anteojeras hacia el estrecho horizonte que re-
cortaban las anteojeras. Yo pensaba que Silvio era uno de los cuatro o cinco hombres de
Leyden que sabían la verdad y que por eso no
necesitaban hacer caso de la realidad.

Un día hablamos de Zoilo:

—En el fondo, el asunto Zoilo es un síntoma de unas condiciones culturales especiales. Unas condiciones de no-verdad establecida. La decadencia de Zoilo es tan antigua como la crisis que habitamos y solo puede aparecer como algo renovador en un ambiente que se desconoce a sí mismo.

A Zoilo le faltaban cantidad de conocimientos. Era esa pobreza de saber lo que le había llevado a no poder superar una clase de pensamiento.

—Y lo curioso es que él sabía lo que necesitaba saber, que era, en definitiva, lo que debía arraigarle. Pero no le convenía.

—Pero esa postura evasiva, según usted, la tienen muchos y no la llevan al extremo de suicidarse. El "sí, pero no" es una actitud de los hombres lúcidos ante la verdad. ¿Por qué se suicidó precisamente Zoilo?

—Yo lo atribuyo a una tara mental.

Era un día de octubre. Tópicamente otoñal. La tristeza podía asirse en la misma luz mortecina, en la tenue percepción del ambiente creado por el vapor de los cafés humeantes, las luces eléctricas del bar, el humo de los cigarrillos, en contraste con el pequeño frío del exterior que metía manos en los bolsillos o impulsaba en la cresta del viento las hojas muertas. Pero Silvio seguía hablando como si tal cosa. Sus ojos grises seguían siendo grises, sus labios duros y largos seguían siendo duros y largos sobre las palabras que dejaban escapar. Hablaba de las condiciones reales de existencia y del mundo nuevo. Y tuve la sensación de descubrir el misterioso viraje de Zoilo frente a Silvio. El mundo del que hablaba era como hecho a su medida y como hecho a medida. Probablemente estaría prohibido el otoño o el hombre viviría a lo sumo como si estuvieran prohibidos los otoños para siempre. Y lo más horrible, lo que yo intuía como más horrible, era que ese hombre que Silvio hacía presagiar sería normal, no un rebelde por un mundo sin otoños. Me invadió una repugnancia especial hacia los ojos de Silvio, disminuidos tras las dioptrías en aquel momento justo en el que decía:

—La idiosincrasia del espíritu lírico contra la prepotencia de las cosas es una forma de reacción a la cosificación del mundo, al dominio de las mercancías sobre los hombres, dominio que se extiende desde los comienzos de la edad moderna y que se desarrolla hasta ser poder dominante de la vida desde el comienzo de la Revolución industrial. También el culto rilkiano de la cosa pertenece al mágico círculo de esta idiosincrasia, como intento que es de asumir y disolver las ajenas cosas en la expresión subjetiva y pura, abonándoles en su haber, metafísicamente, su propio carácter de extrañeza.[88]

Decididamente, Silvio no era una alcachofa. O tal vez una especial alcachofa de una sola hoja enrollada en espiral. Volví a preguntarle:

—¿Qué valor tiene entonces ese suicidio de Zoilo?

Silvio se detuvo. Disimuló el disgusto por mi salto de tema.

—Ninguno.

—Yo veo que Zoilo apuró su conducta hasta su desenlace consecuente y que esperaba verla justificada una vez cumplida.

—Una vez muerto no ha podido ver nada.

—Exacto. He ahí lo angustioso.

—Yo no veo nada angustioso. Veo algo ilógico y deleznable.

—¿No tiene ningún valor el suicidio de Zoilo?

—Como comprobación de unas consecuencias. Como estética negativa. A Zoilo no le han

dado el Premio Nobel por ser irresponsable.
A otros se lo han dado y han sentido el suficiente arraigo para seguir viviendo. Un
obrero se arraiga porque tiene cosas que hacer y defender. Algunos intelectuales necesitan páginas de un periódico y saludos del
Gustavo Adolfo de turno.

Fue mi última conversación con Silvio. He
tenido posteriores noticias del aumento de su
autosuficiencia. No he perdido aquella impresión de repugnancia de nuestra última entrevista.

Cuando colgué el teléfono solo era consciente de una
vaga sensación de prisa. La voz de Laarsen indicaba
sobre todo urgencia. Me costó encontrar un taxi a las
cinco de la madrugada. Ilsa me había despedido entre
dormida y alarmada por mi marcha. Me despertó el
frenazo del coche ante la verja del jardín de Laarsen. El
propio Laarsen se asomó por la ventanilla, introdujo
dos brazos enfundados en un batín y pagó al taxista.
Nos quedamos solos sobre la acera bajo la amanecida.
Entró en el jardín. Le seguí hasta la puerta abierta. En
el dintel me retuvo unos segundos.

—Terrible. Nora ha intentado suicidarse.

Le seguí por una escalinata de mármol. Nos encajona-
mos en un pasillo a aquella hora de un color violáceo. Una
puerta cedió ante la presión de la mano semicerrada de
Laarsen. Un hombre se volvió a medias, cerró los ojos al
vernos y los volvió a la cama de la que tomaba un brazo de
Nora con dos dedos atenazados al pulso. Nora respiraba inquieta, con el rostro blanco, los ojos cerrados, el cabello cano
y corto húmedo por el sudor. Laarsen tiró de la cinta de la
persiana y la incierta luz del amanecer ocupó la habitación.
El propio Laarsen se acercó a la mesilla de noche y apagó la
luz de la lamparilla. Con un gesto me invitó a acercarme.

—El doctor Gral. Admunsen.

El médico inclinó la cabeza. Consultó el reloj. Miró a
Laarsen sonriente.

—Esto va bien.

Laarsen suspiró. Con otro gesto de la mano me invitó ahora a seguirle. Ya otra vez en el pasillo se recostó en
la pared.

—Ha sido terrible. Suerte que las muchachas no se
han dado cuenta. Ha tomado un tubo entero de Fener-
gán en una taza de té.

Después recuperó el movimiento. Descendió los escalones hasta la planta. Siempre detrás, llegué hasta el
salón de hacía dos noches. En una bandejita languidecía
una botella de ron. Laarsen sirvió dos vasos y cogí el que
me ofrecía. Salimos al jardín trasero. Desde allí contempló una ventana que supuse la de la habitación de Nora.

Laarsen me condujo hasta unas sillas metálicas esmaltadas de blanco que rodeaban una mesa también metálica. Se sentó. Me senté.

—Suerte que me di cuenta a tiempo. Gral es un buen amigo. De toda la vida. ¿Comprende la gravedad de todo esto?

Se tapó la cara con una mano. Con la otra removió el vaso con el ron. Bebió un trago que medió el contenido. Hacía un poco de frío. La luz ganaba en intensidad lentamente. Más allá de las rejas veía los chalets residenciales de la otra acera. La ciudad no llegaba hasta aquí con sus ruidos incipientes. Pensé que era un hermoso jardín, emplazado en un hermoso barrio.

—¿Lo comprende, Admunsen? ¿Cómo se le ha podido ocurrir esta locura? ¿Lo comprende usted?

Bebí parte del ron de mi vaso. Miré fijamente a Laarsen para demostrarle al menos mi atención concentradísima.

—Yo llegué un poco tarde. Estaba sobre la cama. Me extrañó su postura y luego aquella manera de respirar.

Laarsen remedó la respiración agitada de Nora. Había algo de cansado en su cara sin lavar, en el escaso pelo blanco de sus parietales, desordenado sobre las sienes.

—¿Por qué, Admunsen? ¿Por qué?

Cabeceé como lamentando un mal paso de alguien. Laarsen convino en que el mal paso era el de Nora y cabeceó a su vez.

—¿Usted lo comprende?

Bebí el resto del ron. Laarsen se levantó. Su mano abierta me dijo que aguardara. Volvió enseguida con la botella de ron. Llenó mi vaso, el suyo. Se sentó con las piernas abiertas enfundadas en un pijama de seda verde bajo el batín de seda estampada. En su muñeca se mecía una esclava cuando alargó el brazo para recoger su vaso.

—¿Qué puedo hacer? ¿Por qué lo habrá hecho?

—¿Tiene alguna enfermedad incurable?

Recordaba una encuesta del *Reader's Digest* sobre las causas del suicidio en Estados Unidos.

—No. Que yo sepa no. Se medica por los nervios. Pero es más que nada un pasatiempo. Las mujeres necesitan sentirse siempre un poco enfermas, ¿entiende?

—¿Había bebido?

Hice la pregunta movido por la intención de que Laarsen captara que, interesado por el asunto, no me paraba en preguntas embarazosas.

—No. No creo. Ya lo he pensado. No había botellas a la vista. No. Ha debido de ser algo, como le diría yo, psicológico..., eso es, psicológico.

—¿No le ha preguntado usted nada?

—Primeramente sí. Luego Gral me ha recomendado que no siguiera. Se ha puesto a llorar. Es muy desagradable. Ha sido muy desagradable. No lo entiendo. No le falta nada. Hace años vivíamos si usted quiere un poco estrechos. Con ciertas dificultades. Pero desde hace tiempo nada le faltaba. Nada. Créalo. No iban bien las cosas entre nosotros. Pero iban inteligentemente. Nada nos reprochábamos. Hace tiempo que dejamos de ser dos adolescentes para seguir intentando comprendernos el uno al otro. Era libre. Como yo. Perdone, Admunsen, que lo haya llamado a estas horas.

Levanté la mano rechazando cualquier posible molestia por mi parte. Laarsen miraba hacia la ventana.

—¿Qué le habrá pasado por la cabeza?

El doctor se asomó a la ventana. Emitió un chist. Laarsen se fue corriendo. Nada me dijo y quedé donde estaba. Tenía sueño. Alivié la modorra desperezándome, dando unos pasos por el sendero asfaltado. Me llevé la mano a la boca alarmado por el bostezo que me asomaba a flor de labios. Nada se veía en la ventana. El parque olía intensamente a pino. Recogí un puñado de las hojas secas que tapizaban el suelo. Mastiqué una hasta amargarme la boca y la escupí. De una puertecilla salió una muchacha despeinada cantando. Me miró sorprendida. Arregló el cabello sobre su frente y después cruzó las solapas de la bata sobre su pecho. Casi se tropezó con Laarsen cuando él salía al jardín. Se cruzaron un buenos días.

—Greta, no suba a las habitaciones de la señora. Se siente mal y no quiere que la molesten.

Llegó hasta mí. Me hizo aproximar al extremo del parque, junto al muro de piedra y la reja, en el mismo sitio donde Nora me había interrogado noches atrás.

—Todo va bien. Está despierta. Nada más verme se ha echado a llorar. La inyección antitóxica que le ha puesto Gral le ha ido muy bien. Ya no hay peligro. Las cosas se presentan así... Esta noche es la gran Gala del Algodón. No sé qué hacer. ¿Justifico mi ausencia? Usted también debe venir, Admunsen. Quisiera pedirle ahora que hablara con ella. No sé por qué. Indirectamente. Pregúntele por qué ha hecho eso. ¿Comprende?

Me apoyé en el muro. Le miré sorprendido.

—Nadie podrá saber por qué lo ha hecho, yo repaso mentalmente la lista de nuestros asiduos amigos y nadie me parece conveniente para preguntárselo.

—¿Por qué ha de decírmelo a mí?

—Al menos a usted no tiene motivos para no decírselo. Con todos ellos, sí. Hay tabús entre nosotros. Hay un pudor sobre las intimidades que nunca nos desvelamos, ¿comprende? Cada cual sabe lo que puede decir al otro y preguntarle.

—¿Qué va a decirme ella? Solo la he visto dos veces. Hay una diferencia de edad, de mentalidad.

—Admunsen, las cosas no podemos entenderlas así: «¿Por qué va a decirlo?», sino «¿Por qué no va a decirlo?». A mí no me lo dirá. Estoy seguro. Menos que a nadie. Pero yo necesito saber qué es lo que va mal. No puedo hacer nada con esta inestabilidad. Tengo que saberlo, ¿comprende? No podré hacer nada de lo habitual durante días y días. Lo ha hecho por algo y tengo que saberlo.

¿Quiere ir? Al menos vaya. Tantee. Dígale algo. O espere. Tal vez salga de ella.

Repetimos el camino de venida.

—¿A Ida no se lo diría?

—¿A Ida? Después de mí, a quien menos.

Inaplazablemente llegamos ante la puerta. Gral metía una cajita metálica en el maletín. Hizo un aparte con Laarsen. Parecía darle instrucciones. Se me acercó después. Me estrechó una mano. Salió con Laarsen.

Nora abrió los ojos. Me estaba mirando. Ladeó la cabeza contra la almohada. Alguien cerró la puerta. Toda la alevosa literatura construida en torno al suicidio orló el rostro blanco y ajado de Nora de una manera especial. Como un habitante de otro planeta, presentía que Nora ya no utilizaría mi idioma cuando abriera aquellos labios fruncidos, casi blancos. Apoyándose en la nuca centró su cuerpo en la cama. Desde allí me miró otra vez. Se le había removido el pelo. Le quedaban al descubierto algunas entradas de piel blanquísima y recia, como badana. Silenciosamente empezó a llorar. Mis brazos no hicieron el gesto que imaginativamente me impuse. La señora Laarsen no ladeó la cabeza como yo esperaba que hiciera. Parecía complacerse en aquella exhibición de su angustia. Sentí una rabia total contra Nora; en cambio, mis labios dijeron:

—Cálmese.

Pronuncié con más fuerza la primera sílaba; las otras dos apenas perceptibles. Ella entonces ladeó la cabeza.

Introdujo la mano bajo la almohada, sacó un pañuelo, se secó las lágrimas. Vi su cogote arrugado, las venas del cuello forzado por el gesto, la piel en la que se hincaba una red de pequeñas arrugas, la bolsa de una pequeña sotabarba en la que crecía un vello blanco casi imperceptible. Volvió a enfrentárseme.

—¿Y él?

Utilizaba la voz húmeda de quien ha llorado mucho rato.

—Ahora vendrá. Está con el médico.

—¿Qué ha comentado?

—Está desconcertado.

Desvió sus ojos de los míos. Miraba la ventana, las copas de algunos árboles. Desde allí, dijo:

—Extraño.

Permanecíamos callados. Como si tuviera frío, se acurrucó hasta unir las piernas con los brazos. Se mordía el labio inferior.

—¿Se encuentra mal? ¿Quiere que llame?

—No. Tengo frío.

Me acerqué para cubrirla con la colcha semicaída en el suelo. La ceñí alrededor de su cuello. Su cara se empequeñecía rodeada por la tela damasquina. Regresé a mi punto de partida.

—¿Volverá él? ¿Se ha ido?

—No se ha ido. ¿Por qué ha hecho eso?

Ya estaba dicho. Cerró los ojos. Volvió a abrirlos. Recorrieron mi cara. Los cerró. Pasaron unos instantes. Yo movía las piernas, pero no me apartaba de aquel punto, como si el parqué estuviera soldado a mis suelas de crepé. Los ojos de ella parecían estar cerrados para siempre.

—Señora Laarsen, ¿duerme?

Abrió los ojos. Reanudó las lágrimas. Me acerqué un poco. Ella me miraba. Me acerqué un poco más. Mis rodillas tropezaron con la cama. Le aparté con la yema de los dedos el pelo gris sobre la frente. Como si lo hubiera esperado, rompió a llorar convulsamente. Ladeó la cabeza con precipitación. Se agitaba bajo la colcha como un cuerpo independiente de la voluntad propia. Yo decía palabras confusas que sus sollozos ocultaban. Giré sobre mí mismo. Caminé hacia la puerta. Puse la mano en el pomo.

—Admunsen, no se vaya.

Tenía la cabeza izada sobre la almohada. La dejó caer cuando vio que yo dejaba el pomo de la puerta.

—No quiero quedarme sola.

Llegué hasta la cama.

—Nora. Ha de decirnos por qué lo ha hecho. No debe quedárselo para usted.

—Son míos. Solo míos.

—¿Hay algo oculto que la ha llevado a hacerlo?

—No. Nada. Todo está muy claro. Demasiado claro.

Acerqué una silla. Me senté.

—¿No volverá él?

—¿Por qué no ha de volver? Está hablando con el médico.

—¿Hace buen día?

Le sonreí y alcé el brazo para señalarle la ventana abierta.

—Un precioso día de verano.

—Esta noche es la Gala del Algodón. Siento haberle aguado la fiesta solo a medias.

Entornaba los párpados. Pasaron algunos minutos. Dormía. Maldije la prolongada ausencia de Laarsen. Oía ruido en el piso de abajo. Una mujer pasó canturreando por el pasillo. Alguien la enmudeció con un chist. No me pareció de Laarsen. Removí maquinalmente el azúcar posado en el fondo de un vaso semilleno de agua. El tintineo de la cucharilla no alteró el sueño de Nora. Golpeé con más fuerza los bordes del vaso. Nora no se alteraba. Me levanté irritado. Desde la ventana el jardín se veía despoblado. Por la calle pasó un coche negro a media velocidad. Arrugó un poco de silencio junto a la verja. Eso fue todo. Parecía vivir en un mundo sin rumores. Un mundo de suicidas. Recordaba un amanecer semejante. Michel se había tomado un tubo de Veronal. Luego nos llamó por teléfono. Le atendimos tres o cuatro compañeros. Luego también me había acodado en una ventana parecida a esta y desde allí oí cómo alguien le decía: la próxima vez que te suicides procura no molestar a tus amigos. Con lo bien que lo habíamos pasado asistiéndole. Me pareció un rasgo de cinismo siniestro. Una lengua de agua salió de un ventanuco de la planta y se estrelló jabonosa contra la grava del suelo. Las burbujas de jabón se fueron rompiendo sucesivamente hasta que el agua empapó la tierra. Nora dormía, aparentemente tranquila y confiada. Crucé la estancia con sigilo. Nadie en el pasillo. Seguí la pista de un ruido proveniente de la planta. Bajé la escalinata. Recorrí un pasillo. De una habitación salía una gran claridad. Era la cocina. La muchacha reprimió un gritito al verme aparecer.

—¿Y el señor Laarsen?

—¿No está arriba?

—En la habitación de la señora, no.

—¿Y en la de enfrente? Es la suya. ¿Voy a ver?

—Ya miraré yo.

Retrocedí lo andado. Ante la puerta de Nora me detuve. Metí la cabeza por la puerta, que había dejado entornada. Nora seguía durmiendo. Empujé la puerta de la habitación de enfrente. Vi una forma sobre una cama. Me acerqué. Distinguí el batín de seda de Laarsen. Sobre una silla estaba la botella de ron junto a un vaso que había estado lleno. Laarsen dormía boca abajo. Un hilillo de baba había formado un redondel húmedo bajo su boca. Todo él olía a ron. Le cogí un hombro y lo removí. Se agitó. Lo volví a remover. Gimió. Volvió la cara hacia mí. En la penumbra, la sangre de sus ojos parecía marrón.

—¿Qué hay?

Miraba el techo y sonreía.

—Su mujer se ha dormido.

—Ya era hora.

Rio levemente. Se vino hacia mí inclinándose todo él; quedó sentado con la cara a pocos centímetros de la mía, que retrocedió precipitadamente. Rio otra vez.

—Le he asustado. Le he asustado.

Se puso en pie. Vi entonces que había vomitado en un rincón de la habitación y que a ello se debía el penetrante olor a ron que la embargaba. Se tambaleó. Decidió sentarse en la cama.

—¿Qué va usted a hacer? Su mujer duerme.

—Que duerma. Es sano. Aclara las ideas, ¿no cree?

—No ha querido decirme por qué lo había hecho.

—Ni lo dirá. La conozco. Ni lo dirá.

—¿Qué hago?

—Lo que quiera.

Se dejó caer hacia atrás. Roncó con los ojos abiertos. La saliva que le caía por la comisura de los labios tenía un leve color de ron desleído. La ventana de la habitación daba a la entrada principal. Me producía una extraña incomodidad el charco del vómito granuloso, a pocos pasos de mis pies. Salí. Dudé lo que hacer ante la puerta de Nora. Miraba la ventana. Me sonrió.

—Venga un rato conmigo. ¿Y él?

—Está durmiendo.

—Le he dado muy mala noche. Le he molestado más de lo conveniente.

—Usted debería intentar dormir. Debe de estar cansada.

—He dormido un rato ya. Siéntese.

Lo hice.

—¿Le ha llamado él?

—Sí.

—¿Por qué?

Lo consideré entonces. ¿Por qué me había llamado? Tal vez porque trabajaba para él.

—No lo sé.

—¿Le ha llamado por lo mío?

—Sí, solo por eso.

—¿Qué le ha dicho? ¿Cómo se lo ha tomado?

—Ya se lo dije. Está desconcertado.

—¿Solo eso?

La miré extrañado. Ella no me miraba. Me parecía como si se le hubieran acentuado las ojeras.

—¿Qué más le ha dicho?

—No sabe por qué ha podido hacerlo, no ve los motivos.

—¿Le preocupan los motivos?

—Sí.

—¿Por mí o por él?

De interrogador pasaba a interrogado. Consideré mi cambio de amo. Siempre he admirado mi capacidad de fidelidad a quien me paga.

—No estoy en el intríngulis como para saber responder a esta pregunta. Su marido está preocupado.

—Pero es por él mismo. Porque esta noche no podrá ir a esa gala. O irá igualmente. Pero deberá responder a mil preguntas sobre mi ausencia. Es eso todo lo que le molesta.

Callamos.

—Yo no he intentado suicidarme, Admunsen. Un tubo de esos no mata a nadie y, además, no estaba lleno.

Nos miramos.

—Me hago vieja.

Lloraba.

—Eso le pasa a todo el mundo.

No siempre consigo ser tan delicado. Ella seguía llorando. Se calmó sin transiciones. Se secó las lágrimas con el pañuelo. Dudé en decirle las palabras, pero me había brotado una impaciente urgencia. Busqué un tono que las hiciera más piadosas, ya que no encontraba alguna justificación plausible. Preparé la frase mentalmente. Me la repetí en distintos tonos. Escogí una mirada adecuada: blanca, como cansada y descansada en sus ojos, sonriente. Luego pronuncié las palabras.

—Debo irme, señora Laarsen.

Asintió con los ojos.

—Me espera la feria. Se acerca la hora.

Seguía asintiendo con los ojos.

—Hoy hay una visita oficial. Vendrá el gobernador. No puedo faltar.

Movió la cabeza a derecha e izquierda como disculpando cualquier otra justificación.

—No puedo dejar solo el stand en una visita de este tipo. ¿Lo comprende?

—Sí. Vaya, Admunsen. Ya ha hecho bastante. Ya ha visto bastante.

—¿Quiere algo? ¿Puedo hacer algo por usted?

—Avise a la doncella. Dígale que suba. Si ve a mi marido dígale que ya estoy bien.

Me levanté. Le cogí los dedos. Los apreté con fuerza intencionada y comunicativa. Como entrando en la convención, ella entornó los ojos.

—Ya le diré a su marido que me llame para cuanto sea necesario.

—Gracias, Admunsen.

—No. No es así como debe despedirse. Dígame que se animará. Que no volverá a hacer tonterías.

—Desde luego.

Incliné la cabeza. Me volví desde la puerta. Le sonreí. Hizo lo propio. Penetré en la habitación de Laarsen. Estaba despierto en la misma postura.

—Me voy, señor Laarsen. Me voy a la feria.

—Bien.

—Su mujer está bien.

—Mejor que yo, supongo. ¿Le ha dicho por qué lo hizo?

Dudé. Él no mantenía su pregunta decididamente. Parecía una extraña amabilidad dirigida a mí. Estaba más preocupado por una picazón en el cogote, que restregaba implacable.

—No. Nada. Ha debido de ser una crisis pasajera. Absurda.

—La llevaré a un psiquiatra. Le recomendaré un viaje. Tal vez la acompañe. Ya había pensado algo para este verano. Ahora que pase la feria, es muy importante y nos ha costado mucho trabajo. Vaya, Admunsen. No se olvide de la gala de esta noche. A las ocho pasaré a recogerle. ¿Dónde?

—Podemos encontrarnos en el puerto. Junto a las navieras viejas.

—De acuerdo.

—¿Quiere algo más?

—No. Gracias.

—No es eso lo que debe decirme. Anímese.

—Es cosa de ella. Me cuesta poco animarme. La cena es de gala, no lo olvide. El smoking es un requisito indispensable.

Mi alegría creció a medida que dejé distancia entre ellos y yo.

Ya en la calle caminé a ritmo vivo hasta que la casa se empequeñeció entre las otras, con las copas de los árboles del jardín trasero que asomaban incluso por el tejado de pizarra. La cara de Nora flotando sobre la colcha me acompañó varias manzanas hasta que mi brazo enérgicamente detuvo un taxi. Mientras cruzábamos la ciudad, ocupó un primer plano lo que me esperaba.

Ingrid se me hizo una persona grata, gratísima, apetecible. Sonreí recordando su sonrisa. Me puse serio recordando su perplejidad. Tenía necesidad de hablar con ella. Tal vez le contara lo que había visto y oído en casa de Laarsen. El viaje se me hacía inacabable. Se me eternizaron los trámites de pagar, recoger la vuelta, avanzar los pasos precisos hasta la cancela, mostrar el pase, corretear entre la gente hacia el pabellón. El ambiente del Palacio del Tansporte me pareció tan familiar como mi propia casa. Tardé en sorprenderme realmente ante la Berta sonriente que me dio la bienvenida y el Olaf que se limpiaba las uñas y me miraba con rencor.

—Ni Ingrid, ni usted. Así ya pueden ir las cosas. Y, además, el señor Laarsen telefonea. Que tampoco viene.

Ingrid no se había presentado. Suerte que Olaf había tenido la buena ocurrencia de telefonear a la oficina y Berta se había personado en el stand. Olaf sonreía satisfecho por su acertada acción.

—¿Han llamado a Ingrid? Puede estar enferma.

—Tres veces lo he intentado. No contestan.

—¿No contestan?

Toda una lógica movía las piezas de un rompecabezas abandonado en un desván y recompuso un rostro hosco, amenazador. «¿No es más cierto que en el día de la manifestación usted y Mateo». El rostro igual evocaba al policía que me interrogaba, al juez militar, a Mateo, a Emm, a Ingrid, a Ilsa, a Ilsa, a Ilsa.

—¿Por qué no insisten?

—Es inútil.

—Puede ser una avería.

—Ya lo he consultado.

—¿Por qué no va Olaf a casa de Ingrid, a ver qué le ha pasado?

—¿Olaf?

—¿Voy?

Berta me miraba muy sorprendida.


Crucé la pasarela. Subí la escalera de madera carcomida hasta llegar al puente superior. En el último banco de listones Ingrid removía algo dentro de su bolso. Acogió mi llegada con un suspiro de alivio. Me dejó sitio. Los otros bancos a lo largo de la borda estaban casi despoblados; no obstante, Ingrid bajó mucho la voz.

—Tenía miedo de que no hubieras interpretado bien la nota.

—Me la ha entregado Ilsa. Se la había subido la portera.

—He estado a punto de subir. Tengo una curiosidad casi morbosa de conocer a tu mujer. Pero iba de bólido.

Luego agazapó la cabeza contra el pecho mirando hacia el frente. Musitó:

—Hay novedades. Tienes que ayudar.

La barcaza se puso en movimiento. Se removieron las aguas aceitosas del puerto. Adquirimos perspectiva del muelle del que habíamos partido, con su mosqueo de barcas de alquiler, y del patrullero amarrado a su lado. Ingrid respetaba con su silencio el periódico pitido de la barcaza abriéndose paso entre los barcos que obstruían la llanura de agua hacia la bocana. Rodeamos un barco brasileño. Pasó un muchacho en chaqueta blanca y gorro de bandera nacional vendiendo bombones helados. Ofrecí uno a Ingrid. Puso como condición que yo tomara otro. Chupamos los bombones. Desde la borda del barco brasileño los marinos en camiseta y short nos gritaban algo con las manos haciendo bocina. Salieron manos agitando pañuelos del departamento de abajo. Arriba viajábamos dos o tres parejas y un anciano que leía el periódico sin preocuparse por nada más. La barcaza enfiló la ruta abierta, al margen ya de los muelles laterales y sus barcos amarillos en desguace.

—Tienes que ayudarnos, Admunsen. Necesitamos un coche.

—Yo no tengo coche.

—He pensado en el de Laarsen. Te lo dejará.

Tenía muy próximos los ojos grandes y oscuros de Ingrid, definitivos en el rostro infantil.

—¿Cómo vas a justificar tu ausencia de la feria?

—Alguna excusa. Mis padres están fuera. Él o ella se han puesto enfermos. He ido. Esto en caso de que todo salga bien.

—¿De qué se trata?

—Hay cuatro escondidos. Están en las afueras de la ciudad. Pero ha caído más gente. Esa dirección puede haber caído con ellos. Hay que trasladarlos a un pueblecillo de la costa. Podrías hacerlo en el coche de Laarsen.

—¿Son estudiantes esos cuatro?

—No exactamente.

—¿Tres se llaman Greta, Gustav y Emm o Marius?

No pareció alterarse por mi golpe de efecto.

—Gustav ha sido detenido esta madrugada.

La vista me flameó con el pelo de Ingrid movido por la brisa que abría la barcaza. Pasaba un vendedor de cerveza y taquitos de mojama.

—¿Y Greta? ¿No estaban juntos?

—Gustav había salido a intentar conseguir un vehículo. La policía había llegado antes.

—¿Conocías tú a Greta y Gustav?

—No.

—Yo sí. Antes éramos íntimos.

—Yo no debía ocuparme de estos asuntos. Pero el verano mezcla las funciones. El club se ha quedado sin socios y no es hora de recogerlos en las playas o en el extranjero. Tienes que ayudarnos.

—¿Greta no piensa entregarse?

—De momento espera a ver cómo va lo de Gustav. Gustav puede aguantar, pero nadie sabe cuánto. Y él sabe dónde están los otros. ¿Comprendes la urgencia?

Recordé la conversación de días pasados con Emm. De buena nos habíamos librado Ilsa y yo.

—Hay que trasladarlos esta misma noche.

—Hoy me es imposible. Tampoco podría ser con el coche de Laarsen. Hemos de ir a la Gala del Algodón.

—Después. De madrugada. Laarsen te cederá el coche si se lo pides.

—Sería absurdo. Nada me autoriza a pedírselo.

—Sí. Si se lo pides te lo dará. Es completamente necesario, Admunsen. Esto se hunde. Una persona caída puede llevar detrás cinco. O seis o siete. Es difícil aguantar en la delegación, ya lo sabes.

—Sé cómo va.

—Por eso. Precisamente por eso.

Movía las manos a poca distancia de mi cara. Un paquebote con la bandera italiana izada entraba en el puerto. Habían conectado una gramola. Acordeones. Dulce Francia.[89] Los gritos del helador venían desde el piso de abajo. El rumor de las charlas cubría el leve murmullo de la espuma del agua impelida por la gran hélice trasera de la barcaza. Todavía faltaban unos minutos para llegar al rompeolas, cruzábamos ante otros talleres de desguace, bajo la mole oxidada del *Estrella del Sur* que nos mostraba sus tripas de madera.

—Laarsen no me cederá el coche.

—Es absurdo que lo digas. Puede sorprenderse por la petición, pero te lo cederá. Lo sabes.

—No. Es una noche difícil. La gala puede terminar a las tantas. No antes de las cuatro de la madrugada. Laarsen no se retirará después. Lo necesitará.

—Cuando se retire. Aunque sea al amanecer. Dile lo que sea, pero consigue el coche.

—No puedo hacerlo.

Ingrid torció la boca y abrió los ojos. Golpeó sus muslos con los puños cerrados. Volvió la cara hacia el mar lleno de lamparones de aceite brillantes por el sol.

—Es curioso, pero nunca creí que te negaras.

—No pienso hacer lo que me pides.

Me sorprendía lo tajante de mi negativa. Repetí.

—No pienso hacerlo.

—¿Ni siguiera por tus amigos? Greta, Emm, Marius. Ya no te doy motivos de eficacia colectiva. Ya no te digo que toda la organización puede venirse abajo.

—Menuda organización que no tiene previsto este caso.

—No vengas ahora con tonterías. Ha costado años y años de conseguir.

—No se nota. Nadie lo sabe.

—¿Por qué te vas por donde no llegamos a ninguna parte? Tú y yo lo sabemos, y ellos, ellos que quieren aplastarnos. ¿No significa nada? Pero es igual. Solo te doy razones de tipo personal: Greta, Emm, Marius... ¿No te basta?

—Hemos vivido años y años sin necesitarnos. No me puedes pedir que haga una cosa así por lo que fueron.

—Pero ¿qué te pasa? ¿Tienes miedo?

Nos miramos. Sin apartar la vista traté de encontrar una salida a aquella ratonera. Acentué a posta el temblor de mis labios para darle a entender una gran excitación en mi espíritu. Sonreí despechado para que supusiera secretos motivos inconfesables. Acentué más y más la sonrisa. Reí finalmente.

—¿Tienes miedo?

—Digamos que sí.

—Estás de acuerdo. Tienes miedo.

Había alzado la voz. Pensé en desautorizar su actitud indicándole lo público del lugar. No lo hice. Quería demostrarle con ello que no me importaban elementos marginales y darle de este modo más autenticidad a mi actitud.

—¿Te bastará un sí o un no?

—No o sí. La situación pide respuestas absolutas. No hay tiempo para matizar. ¿Por qué tienes miedo? ¿Por Ilsa?

Pensé si tenía miedo por Ilsa o no, o si tenía miedo por los treinta años que iba a cumplir, por mi vida definitivamente truncada si ocurría lo temido. Yo. Y nadie viviría nunca por mí, ni moriría por mí, ni lloraría por mí, ni respetaría mi vacío. Y más tarde o más temprano dejaría de ser memoria incluso para Ilsa.

—Sí, Ilsa es la causa. Yo no lo llamaría miedo. Haz lo que quieras y piensa lo que quieras.

Ingrid me enlazó un brazo. Su mejilla se posó en mi hombro. Adelantó los labios y besó la mía. Se apartó.

Apoyó la espalda en la baranda; me miró desde allí. Unimos las manos. Apreté las suyas con fuerza. Inicié una serie de comprobaciones. La atraje hacia mí. Me obedeció. Su cabeza sobre mi pecho. Desordené sus cabellos cortos con la mano. Levanté su cara con el puño por la barbilla. Cerró y abrió los ojos varias veces. Me miró los labios. Los ojos. Inclinó la cabeza. Le besé fugazmente la comisura de los labios. Entonces ella decidió revolverse bruscamente, darme la espalda, mirar el mar con concentración. Pero ya estábamos entrando en el corto muelle del rompeolas, junto a los viveros de mejillones. Descendimos a la planta. A nuestros pies se desenrolló la amarra y un viejo robusto con un suéter a listas horizontales como los marinos de película la arrojó hacia el hombre que la esperaba en el muelle. Acercó la barcaza hasta el choque del canto de la llanta con el dique. Ingrid saltó cogida de mi mano.

Caminamos hacia el faro. Lo rodeamos. Desde una miranda contemplamos la placidez del mar humedeciendo las rocas de la escollera. Le propuse recorrer todo el rompeolas a pie hasta nuestro punto de partida. Accedió. Caminamos cogidos de la mano bajo el sol fuerte de la tarde mantenida. Quiso saltar el límite de la carretera y sentarse sobre los bloques de granito que batía el mar. Desde allí echamos piedras al mar plácido. Comentamos la lenta lejanía que fue adquiriendo un barco de carga una vez cruzada la bocana. De pronto, ella me hizo caer de espaldas. Vi su rostro sobre el mío como un primer plano moreno sobre el cielo azul.

—No debería habértelo pedido. He tenido yo la culpa por pedírtelo. No. No digas nada. He sido yo. ¿He sido muy brutal?

Se apartó. Me enderecé. La miré ajustándose las faldas sobre las piernas con los dos brazos.

—Algún día quiero que me presentes a Ilsa. ¿Lo harás?

—Lo haré.

—Ha sido Ferdinand quien me ha pedido que te lo dijera. Estuvo preso contigo, ¿no?

—Sí.

—Yo lo he conocido estos días.

—A mí también.

—Sí. ¿Vamos?

Se puso en pie. Se calzó las chinelas de piel a tiras que había abandonado en un rincón del bloque sobre el que estábamos. Subimos hasta la carretera. No tenía nada que hacer hasta las siete. Estaba citada para entonces con Ferdinand y Peer.

—¿Cómo va lo tuyo con Peer?

—Va.

—¿Solo va?

—Nunca hemos pedido mucho más. No hay condiciones. ¿No lo sabes? Algo puede separarnos para siempre.

—Para algunos años.

—Para siempre. ¿Por qué deberíamos esperarnos? Nos han unido unas lecturas, algunas escaramuzas de este tipo, la alcoba de un matrimonio amigo. Seguiríamos leyendo y luchando sin el otro y acabaríamos haciendo el amor con otro o con otra. Nunca hablamos de estas cosas. Pero sabemos que son así. Que serían así.

—¿Os queréis?

—Para todo lo que te he dicho sí. Es suficiente. Así lo he creído hasta que te he conocido a ti, a ti y a Ilsa.

—El nuestro es un amor pequeñoburgués, nada ejemplar.

—Deben de quedarme residuos de moral decadente. Pero es solo un ramalazo.

—¿Te habrías negado tú a lo que yo me he negado hoy?

—Es absurdo que me lo preguntes. Yo no tengo tus razones.

—¿Las aceptas?

—Ahora sí. No sé por qué. Hace unas semanas las habría rechazado. No sé si con repugnancia o con nostalgia. O con las dos cosas a la vez.

—No puedo proponerte mi conducta como regla. No te serviría. La moral es intransferible. Las morales generales las han impuesto los más fuertes. Cada moral tiene sus héroes y sus traidores, sus mártires y sus cobardes. Solo en cada cual puede resolverse el conflicto. Si todos fuéramos sinceros diríamos que no hay héroes, ni cobardes, ni mártires, ni traidores. Hay egoístas con intereses creados que piensan y hacen según los mismos.

Pasaban muchachas con trajes estampados, seguidas de marineros. Uno hizo un amago de zancadilla a una de ellas.

—Admunsen, un día intenté hablar con Peer sobre otra manera de ver lo nuestro. Pasarlo a otro nivel. No sé de dónde, pero hemos adquirido el sentido del amor como entrega total y de pronto descubrimos que no es posible. Posiblemente puedan reducirse las distancias con el otro a lo mínimo, si no hubiera otras cosas que hacer. Hacerte con otro y darte a otro es casi un oficio; aprenderlo puede durar una vida entera. Es incómodo. Asquerosamente incómodo. ¿Por qué complicarnos la vida? Esto es lo que pensaba hasta que te conocí. ¿Vale la pena cambiar la seguridad por el miedo a cambio de amar algo con pasión exclusivista?

—No lo sé. Las cosas no se entienden expresadas en lenguaje abstracto, resultan desconocidas. ¿Es miedo lo que tengo? ¿Es por Ilsa? ¿Es seguridad lo que tú tienes? Tú me lo explicas con esas palabras y yo te entiendo, pero ¿entiendo todo lo que representan? Y si no te entiendo...

—¿Qué?

—Sería todo tan absurdo. ¿Puede haber una soledad a medias? Respeto, me turban los seres de lenguaje firme y agresivo. Tienes miedo, me dirían, y no quieres que llamemos miedo a lo que tienes para no responsabilizarte con lo que esta palabra significa. O es más complicado el asunto. ¿Por qué soy capaz de establecer esta dialéctica? ¿Por qué me creo la posición y la oposición? ¿Para quitarles valor? ¿Para quedarme yo en medio y al margen? No es posible vivir sin convenciones, pero tampoco, para mí, es posible vivir sin la sospecha de que cada convención es una traición. No sé nada, Ingrid. Sospecho que hemos creído un puñado de mentiras o de verdades insuficientes para dignificar cuanto hacemos y religarnos con lo que hacemos. Entre todos hemos creído en un puñado de sentidos falsos. Hablamos de amor: un hombre y una mujer, una madre y un hijo. Sin decir nada más establecemos diferencias. Establecemos dos tipos de posibles afectos. Distintos, pero dignos. Dignísimos. Sacrificio. Entrega. Fidelidad. Honor. Y sospecho que todo es mentira, que jugamos el papelito de esposo amante y madre abnegada fieles al tópico, fieles a un patrón sin el que quedaríamos desamparados; para quedar bien ante nosotros mismos, ante un nosotros que nos hemos forjado entre todos. Y que la dignidad, lo digno, lo ejemplar, es eso solo. Pero no puedo responsabilizarme de esto que te digo. Solo puedo sospecharlo. Me repugna pactar con todo lo que creemos entre todos, pero ¿por qué me repugna? ¿Porque me plantea incomodidades? ¿O no es acaso más cómodo convenir con todo un orden de sentidos? ¿O todo se reduce a que unos escogemos un tipo de comodidad y otros otro? ¿Puedes contestarme a esto? Y para colmo tampoco sé si esto lo pienso porque vivo o porque he leído demasiado o porque no trabajo en algo obsesivo y monótono o porque, según cualquier economista, yo, técnico publicitario, vivo gracias al excedente de producción, utilizo mi inteligencia para algo marginal, para contribuir a una apertura del mercado, a un incremento de la plusvalía del señor Bird. Tal vez sea, simplemente, una mente confusa, propicia para ejemplificaciones de gentes como tú hace unas semanas, o como Greta, o como Silvio.

—¿Quién es Silvio?

—Otro partidario de la eugenesia.

Ingrid utilizó una de sus expresiones perplejas más afortunadas.

—¿Yo era partidaria de la eugenesia?

—Hace una semana no habrías dado un paso ni vuelto una hoja por la muerte de un hombre de mentalidad nada constructiva.

—Parece como si solo tuvieras reproches para nosotros. ¿Nada tienes que decir contra los que nos persiguen? ¿Has perdido el sentido de la lucha?

—A ellos incluso les niego el sentido de su honradez. Es una honradez de esbirro, de asalariado. El sentido de nuestra honradez solo lo pongo en duda.

—¿Pones en duda el sentido de la honradez de un obrero que lucha por una vida mejor?

—No. Simplemente no la llamo honradez. La llamo necesidad y no me caigo fulminado por lo maravilloso del milagro. Me parece lógico. Lo lógico no tiene por qué entusiasmarnos.

Decidí preocuparme un poco por el paisaje con el fin de que Ingrid pudiera contemplarme y sospechar preciosas meditaciones por mi parte, integrantes, como una nota más, de mi selecto espíritu, incapaz de mirar nada sin sacar consecuencias reordenativas de lo hecho y por hacer. Ingrid optó por mirar también el paisaje. Supuse que veíamos ambos lo mismo. Un mar que perdía transparencia con el sol poniente, algunos pescadores con caña sentados en la escollera, gente confusa, golosa de las mejores horas de una tarde veraniega frente a la brisa del mar.

—¿En qué piensas?

—En el argumento ontológico de san Anselmo.[90]

Ingrid se reía con deliberada exageración. Pasamos ante un puesto de helados. Ingrid ojeó fugazmente el bloque mantequilloso que el vendedor cortaba con un largo cuchillo aserrado. Vencí sus protestas. Lamió el helado sacando una pequeña lengua, no sé si esto le exigió arrugar la nariz y abrir los ojos hasta la desmesura. Me ofreció el helado. Lo mordí.

—¿Tienes muy lejos la cita?

Volvió de otro mundo. Miró el reloj. Asintió, pero no por eso dejó de lamer el helado calmosamente.

—Yo debo ir a casa a vestirme. ¿Te acerco en un taxi?

Asintió con convencimiento. Corrí para coger un taxi que abandonaban unos marinos norteamericanos. Una vez dentro, el taxista por el retrovisor puso más atención en las piernas de Ingrid que en el recorrido. Me puso nervioso la situación. Bajé la falda de Ingrid. El taxista sonrió irónico. Ingrid nos miró a los dos tan perpleja como de costumbre. Pero tampoco dejó de lamer el helado.

—No subas más. Déjame aquí.

—Espera dos calles más. Pare un momento dos esquinas más arriba.

Paró. Ingrid me tendió una mano.

—Hasta mañana.

Una vez en marcha pensé en lo problemático de su emplazo. Hasta mañana. Hasta mañana de no mediar algo horrible. ¿Por qué era horrible no volver a ver a Ingrid?

—¿Aquí va bien?

¿Por qué se me hacía tan insoportable el no volver a ver a Ingrid? Ilsa se había levantado un momento para apartar mi smoking y escoger la camisa. Me vestí ante ella lentamente. Quiso que me pusiera rápidamente el smoking para ver el efecto total.

—Ese color malva te sienta muy bien.

Preguntó algo sobre mis andanzas de toda la tarde.

—Ingrid quería hablar conmigo de algo muy personal.

—¿De qué?

—¿Debo decírtelo?

—¡Claro!

—De Laarsen. Le ha hecho ciertas proposiciones.

—¿Y para eso te cita en el puerto?

—Es una muchacha muy imaginativa. Se le ha creado una situación muy difícil, ¿sabes?

Ilsa se indignó por la actitud del pobre Laarsen. Yo estaba impaciente por la hora de la cita. Quería que llegara cuanto antes. Ilsa aseguraba no comprender la psicología del viejo verde. Le dije que se resignara a morirse con la terrible incógnita a cuestas.

—Te lo decía en serio. Te hablaba en serio. ¿Por qué no tomas en serio nada de lo que te digo?

—¿A qué viene eso ahora?

—¿A qué vienen tus ironías constantes? ¿Nunca puedo hablar en serio?

Zanjé la cuestión como si se tratara de un enfado más. Llegó la hora. Se dejó besar en la mejilla. Cuando ya salía volvió a llamarme. Se colgó esta vez de mi cuello y me besó largamente.

—No tardes.

—No sé a qué hora acabará todo esto.

—No tardes.


Cuando llegué ante el edificio de las navieras viejas el coche de Laarsen ya estaba allí. Él estaba dentro oyendo la radio y Berta leía una revista en el asiento de atrás. Me advirtió a gritos que no le pisara la falda enorme que había distribuido por todo el coche. Laarsen cerró la radio y nos miró divertido. Puso en marcha el coche por los tinglados. Repetía el paisaje recorrido horas antes con Ingrid. Súbitamente apareció el lucerío estridente del Palacio del Mar. El tráfico se espesó hasta la congestión. Los urbanos manoteaban con energía efectista. Laarsen aflojaba y aumentaba la marcha según las indicaciones de los urbanos. Entramos en un aparcadero. Frenó. No salimos todavía del coche. Berta se retocaba las cejas ante un espejito.

—¿Y Nora?

—Bien.

Me incliné hacia él aprovechando la concentración de Berta.

—¿Ya ha pasado la crisis?

—Sí.

Entonces Laarsen volvió a poner en marcha el coche y lo encajó en la fila de los que iban pasando ante la imponente entrada del Palacio del Mar y dejaban abrir sus puertas por lacayos ataviados a la Federica.[91] Laarsen se pasaba de vez en cuando la mano por la frente. Pasaban gendarmes engalanados a caballo. Nos llegaron los resplandores de los flashes.

—Entra la duquesa de Graal.

Berta se asomó y presenció la entrada de la duquesa. Flashes. Un grupo de caballeros con smoking la esperaban en la entrada y le ofrecieron un ramo de flores. La duquesa y su séquito entraron en el palacio. La fila de coches avanzó un espacio. Más flashes.

—Más duquesas —comentó Berta palmoteando.


No crecían arces violetas en el mar, más allá de las inmensas ventanas con cristales cuadrados; tampoco entre las mesas de las que pendían blancos manteles de linaza; pero Léo Ferré aseguraba que era así, que en el mar crecen arces para que se ahorquen los marinos desesperados.[92] Berta, en tanto, estaba más preocupada en hablarme de la difícil posición geográfica de los senos de nuestra vecina ataviada con un extraño traje de noche estilo Imperio y peinada a lo Paulina Bonaparte. Hacía ya rato que Laarsen nos había abandonado. Desde entonces le había encontrado acodado en la baranda de la terraza, frente al mar estancado; acodado en la barra del bar mirando obsesivamente el vaso de whisky a la altura de la línea de flotación.

—Se ha ido al cine —contestó a mis nuevas preguntas sobre el estado de Nora.

Me notaba lo suficientemente borracho como para contarle a Berta lo sucedido aquella mañana, pero ya aplaudían y me sorprendió la fe que ponían mis brazos en el aplauso. Léo Ferré inclinó la cabeza y su calva rosa amarillenta bajo los focos.

—Drink —dijo Berta.

Prescindió de mi expresión sorprendida y chasqueó los dedos repitiendo.

—Drink.

—¿Qué es eso?

—Tiene drink, ese, el cantante. Tiene charme, ¿entiendes?

Sobre la tarima, ante el fondo de macetas de azulejos blanquiazules de las que crecían hojas de palma de verde duro, apareció la mancha azulina de la presentadora. Un ilustre académico iba a pronunciar el «Elogio del algodón». Pequeñito y con lentes bifocales, con un vozarrón excesivo para sus brazos cortos, empezó por Adán y Eva sin referirse a las fuentes bibliográficas en las que se basaba.

—No tiene altura científica.

Berta se puso a reír como una loca, pero yo no me refería a su estatura física, sino a la escasez del material empleado.

—Faltan trabajos monográficos sobre Adán y Eva.

Un chist próximo me hizo volver la cara hacia la dama de los senos cruzados, como en un inicio de trenzado imposible. Pero no había sido ella. Ella escuchaba con sonrisa de cocotte que ha estado en Londres, y tal vez en Bruselas, algunas palabras que le decía su compañero de mesa inmediato. El que me había increpado se había ocultado prudentemente entre el bosque de mesas. Imaginé el efecto de una botella de champán iniciando un arroyuelo entre aquel bosque nevado. Pero ahora resultaba que, ya en plena invasión normanda, el algodón era prácticamente desconocido. Miré a Berta con la más angustiada de las angustias. Pero Berta bebía; me pareció entonces que no había dejado de beber en toda la noche. Le retiré la copa de los labios. Me miró con los ojos muy abiertos. Chasqueé los dedos señalando al académico. Me bebí el champán de Berta... ¿Quién me había hecho chist? Nadie contestó a mi dura mirada, que imitaba a las que prodiga Yul Brynner en *Los hermanos Karamázov*.[93] Taz vez no me la vieron en su intensidad por la penumbra y el ir y venir de los camareros, cuyos zapatos, observé sorprendido, no hacían el menor ruido. El algodón sirve para empapar la sangre de las heridas. Es decir, es un lenitivo del dolor, absorbiendo la preciosa sangre del ser humano en el campo de batalla y en la fábrica... La palabra «fábrica» quedó suspendida un momento en el aire. Me pareció como si el académico la hubiera pronunciado con timidez.

—Es poco cínico.

Berta acercó más su orejita, que si bien no la veía, la sospechaba bajo el cabello que la rebozaba y se perdía sobre el monte del difícil moño en forma de bizcocho, de los bizcochos rellenos de natillas y cubiertos de azúcar en polvo que a veces compraba mi padre.

«¿Y qué diremos de la función del algodón sobre la maravilla de los cuerpos femeninos?». A Berta no le ocurrió, pero varias mujeres se removieron sacudidas por una descarga proveniente de un misterioso centro de su cuerpo. Los senos de mi vecina me parecieron como si se hubieran puesto a palpitar con movimiento autógeno. Era la maravilla de la palabra, del verbo hecho carne. Cuando esto pensé, me recriminé mi excesiva mordacidad mental; lo oportuno era exteriorizarla. Dije, pues, «¡Oh!» en voz alta. Los cuellos casi hicieron ruido al volverse hacia mí. Imaginé el efecto que haría una buena patada en la mesa de aquel imbécil con cara de haberse duchado hacía un minuto que vencía difícilmente la resistencia de su papada para volverse y mirarme con el ceño fruncido. Bajé los ojos algo indignado con mi psicología de oficinista ante el jefe. Porque aquel señor tenía, a lo menos, cara de jefe de negociado.

«El algodón o el no algodón. Esta es la cuestión».

Consideré aquel final poco merecedor de los aplausos entusiastas. Berta aplaudía escasamente, pero sonreía mucho.

—Ahora vienen las modas.

Estaba alborozada.

—Está usted muy afeminada esta noche.

Berta se quedó levemente molesta. Pero ya aparecía la primera modelo.

«Señorita Berta...».

—¡Berta! ¡Berta! ¡Como yo!

«... modelo de traje campestre en algodón estampado. Nuevo tipo de manga ranglán...».

—Mire, Admunsen, el canesú, qué bien resuelto.

«... es precioso, señoras y señores. El sueño de una noche de verano, señoras y señores...».

Aplaudían. La modelo caminaba poniendo un pie en el lugar que antes había ocupado el otro, sobre la pasarela tapizada de color corinto, suavemente iluminado el borde por las pecheras blancas como llamitas en la oscuridad. Ahora salía un caballero.

«Señor Ferdinand. Traje campestre línea diávolo...».

—¿Línea qué?

—Diávolo.

—¿Qué es eso?

—Es como ese juego infantil. Resalta la forma de las espaldas. ¿Lo ve? Es muy viril. ¿No cree?

Con mirada casi torva y una breve sonrisa en los labios entreabiertos el modelo cepillaba con su cabello negro cortado a la navaja el vaho blanquecino de la luz que le envolvía a lo largo de su recorrido.

—Drink —dijo Berta.

«... prestancia, elegancia, virilidad, señoras y señores, la línea diávolo encuentra en los tejidos de algodón...».

Y luego un caballero cano, una cabellera rubia oxigenada, un caballero con curva de la felicidad (el algodón, repetía la voz en off, sienta bien a todos los tipos y edades), una cabellera con curvas nada infelices.

—Parece usted un provinciano.

Me encogí de hombros. La dama de los senos cruzados apuntaba algo sobre la cartulina del menú.

«... un chal de algodón, señoras y señores, diseño de increíble audacia, señoras y señores...».

La orquesta subrayaba el desfile con un suave jazz sincopado. *Remember when, Remember when.*[94]

—¿Vamos a la barra?

—No. Cuando acaben.

Faltaban cinco o seis modelos. Consulté el programa. El desfile era posible gracias a dieciséis firmas comerciales.

A continuación se encendieron los focos que habían permanecido apagados durante el desfile; Berta y yo nos reconocimos delineados por la luz.

«Y ahora, señoras y señores, un nombre..., un nombre que ha hecho soñar, un nombre que ha hecho no dormir, un nombre que se ha hecho junto al de una mujer... Sacha... Dis... itel!... Monsieur Scoubidou...».[95]

—¿Vamos?

—¡Sacha! ¡Sacha!

—¿Vamos?

—¿Le podremos ver desde donde vayamos?

—Ya lo creo.

Aparté seriamente la silla para permitir que Berta recuperase la postura vertical. Al disponerme a seguirla todo empezó a darme vueltas.

—Berta, Admunsen, ¿dónde iban?

Laarsen, seguido de un señor bajito, de ojos redondos y bigotillo insolente recortado como alitas de mariposa hacia los pómulos. El señor no tuvo que inclinar-

se excesivamente sobre la mano de Berta, que le llegaba casi a la altura de los labios. Según decía Laarsen era
delegado del Ministerio de Información y Cultura Popular.

—El señor Ramessen acaba de concluir una gira triunfal por África.

—¿Cazador de elefantes?

Ramessen denegó con la cabeza, adoptando una sonrisita de figurilla de porcelana china. Laarsen fue quien
negó de palabra.

—No. No. Conferencias.

—¿A los balubas?

—¿A los balubas, señor Ramessen? ¿No me lo ha dicho usted?

—No. En El Cabo, en Elisabethville, en Brazzaville,
en Rodesia, en Madrid, en Montecarlo...

—Temas apasionantes.

Laarsen me guiñaba el ojo.

—Modestamente, resultaron apasionantes. Les hablé
de la influencia de Mommsen, Dilthey, Kummer, Petersen y Pender en nuestra escuela filosófica nacional.[96] No
tenían ni idea.

—¿Cómo es posible?

—África es África.

Sonreía con el meñique tieso señalando la bóveda de
la que pendían los reflectores.

—Así terminaba mis conferencias: «África es África».

Asentimos Laarsen y yo; Berta, me pareció que muy descortésmente, tarareaba «Scoubidou bidou».

—Pero África no sería ni África, ¿entienden? Ni África, sin Europa. Así lo dije.

—¿Así, tal como suena?

—Tal como suena.

Laarsen y yo nos miramos sorprendidos.

—¿Y no se lo comieron?

Laarsen me dio un pisotón.

—Mi carne es correosa. Como la de nuestros marinos de la Antigüedad.

—El señor Ramessen ha estado en las cruzadas. En todas las cruzadas de estos últimos años en defensa de los valores de Occidente. ¿No es cierto?

—Cierto es. Opino que es preciso sentar, de una vez y para siempre, que en Occidente contamos de uno en uno. Pero ¡qué uno! Yo..., tú..., él... Cada uno con valor total. ¿Recuerdan aquellos versos de Virgilio? *Si nunc se nobis ille aureus arbore ramus, ostendat nemore in tanto.*[97]

Laarsen nos empujó casi hasta la barra. Los dientes blanquísimos de Sacha Distel lanzaban relumbrones en su cara atezada. Cuatro o cinco caballeros se unieron al grupo. Ramessen desapareció bajo las palmadas. Su voz logró imponerse al sordo rumor de fondo y a la melancólica nostalgia de Sacha en «Baby».

—*Scilicet et rerum facta est pulcherrima Roma.*[98]

—Cuando está algo-algo le da por recitar en latín. ¿Ha visto a mis amigos? Los de la otra noche. Están muy bien situados. Muy cerca del coto de las duquesas. Ida asegura que a una duquesa se le está cayendo el pecho izquierdo. Postizo, claro. ¿Berta? ¿Qué dice usted a eso?

Berta tarareaba.

—Llévesela, Admunsen, está poco seria.

En un salón lateral varias parejas bailaban. Berta me puso las manos en los hombros. Bailamos. «Tú recordarás que yo te quise con locura...».[99] El vocalista. El vocalista tenía el pelo negro ensortijado. Cogí dos copas de la bandeja que paseó a nuestro lado un camarero calvo con las patillas hasta media cara. Bailamos bebiendo.

—Yo lo he visto hacer en las películas.

Se me derramó parte del champán con jugo de naranja. Berta lanzó un gritito y contuvo con su mano el vuelo de su falda. Se inclinó hasta casi rozarla con la nariz para investigar las posibles manchas. Luego me sonrió y seguimos bailando con mi copa sobre su espalda.

—Ay. Me da frío la copa. Apártela.

Hablamos de los sentados a unas mesas bajas que contorneaban toda la pista de baile. Grupos de jóvenes. De vez en cuando concertaban parejas y salían a la pista.

—Aquel chico rubio. Ángel. Sí, Ángel. Ha estado varias veces en la oficina de Laarsen. Su padre tiene una destilería muy importante.

Le miré por encima del hombro de Berta.

—Es muy sinvergüenza.

El joven rubio, en efecto, echaba peladillas en el escote de una rubia delgada que sonreía haciendo guiños.

—Es de los que te siguen con el coche a lo largo de las aceras.

El del bombo parecía dormido y su porrazo coincidía invariablemente con el chasquido del de los platillos; se producía entonces una mutación y aparecía la voz del vocalista.

«Tú recordarás que yo te quise con locura».

—Esto es muy aburrido.

—Parece usted un provinciano.

—Tutéame, Berta. Ven. Vamos a hacer un numerito.

La llevé tirando de su mano hasta otra de las barras estratégicamente distribuidas por los salones del Palacio del Mar. Los grupos charlaban estacionados, impidiendo el acceso a la barra. Codeé y Berta me siguió.

—Un ángel blanco y un ángel blanco.

El barman, sin mirarme, me entregó dos copas mediadas de ginebra y las acabó de llenar con vodka.

—¿Ha estudiado en Harvard, amigo?

—No. Pero no es usted el primer gracioso que me quiere tomar el pelo.

—¡Admunsen!

Arturo me abrazó. Las axilas de su frac olían a desodorante Enoz, el desodorante que quita todos los olores menos el de la masculinidad. A mí siempre me había parecido equívoco el slogan.

—¿Tu señora?

—No. Mi amante.

—¡Admunsen!

—Este Admunsen. Por muchos años.

Se sacó a una muchacha con cara de personaje de Antonioni[100] del bolsillo trasero del pantalón; lo habría jurado porque se llevó la mano allí, se apartó y la muchacha quedó sonriente ante nosotros como si fuera a decir: *Bevamus mea Lesbia atque amemus*.[101]

—Encantado, Mónica.

—No se llama Mónica.

—Déjalo, Arturo. El nombre me gusta. ¿Es usted el comunista de la promoción?

—No. No. Soy el único no burgués de la promoción.

—Admunsen siempre ha sido un resentido.

—Además, dígales que no es verdad que yo sea su amante.

—No se moleste, Berta. Arturo también tiene amantes. ¿Y usted, Mónica?

Arturo me miraba con una sonrisa forzada. Mónica empezó a aplaudir y varias cabezas se volvieron.

—Has bebido.

Acerqué mis fauces a las narices de Arturo y él las arrugó, echándose hacia atrás.

—Siempre tan sensible, Arturo. ¿Por qué te fuiste

con el cuento a Laarsen de mi residencia en la cárcel durante una temporada?

—¿Yo? Ah, sí. Salió. ¿Te ha perjudicado?

—No. Pero tú lo hiciste para eso.

—Ya irás conociendo a Admunsen, Helena. Tiene manía persecutoria. No es un revolucionario, es un psicópata.

—Mierda. ¿Sabes? Mierda. Nice boy, ponga otros dos ángeles blancos para mis amigos. Ángeles blancos, la bebida de la coexistencia, neutraliza las falsas conciencias soporte de ideologías de elementos desafectos a la clase burguesa.

—Es un amigo de Arturo —aclaró Mónica a tres o cuatro esmóquines que se habían acercado.

Entre los esmóquines distinguí un vestido de noche azul.

—¿Algodón?

La rubia asintió.

—¿Su padre es fabricante?

—¿Cómo lo ha adivinado?

—Es que yo iba al mismo colegio de monjas que usted.

Se divertían. Estaban riendo. Berta me enlazó un brazo y se esforzaba por apartarme.

—Más ángeles blancos.

Todos bebían sin protestar. Sobre una botella de licor una carabela surcaba un mar ondulado.

—Todos moriremos ahogados esta noche. Ya no quedan Palacios del Mar. ¿Han visto ustedes marinos? ¿Marinos auténticos? Ya no quedan, ya no quedan. ¿Les gusta?

Es parte de mi técnica para impresionar indirectamente a mi auditorio. Una especie de correlato objetivo para ir tirando. Queden ustedes con Amón.[102]

Berta me siguió. Pero luego tomó la iniciativa y me empujó hacia la terraza. A los dos pasos mis rodillas tropezaron con el muro de la balconada y me aboqué hacia el mar, justamente sobre el muelle de los buques desguazados. Estaban desguazando el *Estrella del Sur*, sus tripas de madera estaban amarillas bajo bombillas vacilantes; una brigada de obreros se abría paso entre el maderamen y no flotaba ningún muerto en el agua. La noche me entró con su frío, de pronto, como una noticia inesperada. Berta reía a mi lado y repetía:

—Admunsen, Admunsen. Este Admunsen.

Sentí un escalofrío de sentimentalidad, de ganas de confesarme; como un apetito de obscenidades, y decidí regresar a los salones.

—De hecho, el hegelianismo sigue vivo. A derechas e izquierdas, pero la importancia de Husserl no ha sido estimada.[103]

El muchacho hablaba y bebía y la muchacha miraba distraída el rodar de las parejas mientras hacía rodar en su muñeca una pulsera de platino.

—Integración. Integración e integración. A los agricultores les interesa. Pero no a todos. ¿Qué me dice usted de los plantadores de flores al por mayor?

El otro asentía.

—Yo yolas, chico, toda la vida, yolas. Tú snipes, no, si ya lo sé.[104] Pues a mí, plin.

—Aquí, aquí se divierte uno.

Casi topé con el propietario de un smoking lila de solapas mates. Tenía cogida a Berta por un brazo y nos empujaba a ambos hacia un cuartito. La atmósfera parecía zinc. Diez o doce cabezas bisexuales en torno a nada. Sobre una mesa, un cubo con trozos de hielo y botellas.

—Dos más. Tienen buen aspecto.

—¿Cómo estás, chico?

El jovencito besaba las mejillas de Berta. Besó las mías.

—Estamos jugando a indios. ¿Cómo os llamáis?

—A este le llamaremos Ojo del Culo y a ella Teta Roja.

—Jesús, María y José, qué grosero, Larbi.

—¿Los conocéis de algo?

—De toda la vida. A ella la he visto nacer.

Alguien ofreció a Berta un porrón lleno de un líquido amarillo.

—Toma Tutti Fruti: champán, cerveza, vinagre, jugo de fresas y vodka.

Confiadamente, alguien me puso una papelera sobre la cabeza.

—How. Ya puedes ir por ahí a picarte rostras pálidas.

—¿Bailamos?

Varios codos me empujaron. Berta se me puso delante. Reía abrazada a alguien.

—Apagad la luz, que así no vendrán los papás.

—Sin bofetadas, ¿eh? Hay que aguantar.

Extendí las manos.

—¿Eres tú, Larbi?

Era una nuca. Mujer. Tiré de los cabellos.

—¡Bestia! ¡Larbi! ¡Bruto!

—Que me suplantan, niña. Yo estoy metiendo mano por otra parte.

—¡Luz! ¡Luz! ¡Que se ha infiltrado el académico!

Luz. El académico no estaba.

—¿Sois marido y mujer?

—¿No ves que no? ¿Tiene culo esta niña de estar casada?

Berta seguía riendo y siguió bailando. Me fueron sustituyendo las copas una tras otra. El brebaje se tragaba con facilidad. Una muchacha de flequillo semidorado se me colgó del brazo.

—Estoy desolada. ¿Tú también tienes problemas personales?

—Hoy no me toca.

—Blanco.

Guiñaba el ojo.

—Son muy divertidos tus amigos.

—Yo los encuentros algo amariconados —comentó ella, arreglándose el flequillo.

—Y muy egocéntricos —concluyó.

—¿Por qué?

—¿Ves aquel? Pues con la cara de buena persona que tiene es un egocéntrico. No permite que nadie se acueste con su mujer. ¿Bailamos?

—Esto debe de ser dolce vita, ¿no?

—Y tú debes de ser doctora en Filología Clásica lo menos.

—En Filología Románica. Por poco.

Bailamos. Volvieron a apagar la luz. Presentí que mis manos intentaban una muelle exploración de lo que se extendía bajo el flequillo. Noté un brutal pellizco en la mejilla. Encendieron la luz. El flequillo reposaba sobre mi hombro.

—¿Nos vamos?

El nos vamos recorrió la pequeña habitación, se hizo obsesivo. Noté una mano en las mías. Berta me preguntaba algo. Nos empujaron. Salimos al pasillo a empujones. En el salón del fondo se volvieron algunos rostros por nuestros gritos. Adiviné los escalones de granito. Confusamente vi cómo arrollábamos a una pareja. De pronto la noche me golpeó con el aire húmedo, me impuso un intenso olor a salazón y a gasoil. Una gabarra se desprendía lentamente del malecón.

—A ese coche. Vosotros dos a ese coche.

Empujaron a Berta. Caí a su lado sobre el tapizado raído de un descapotable. En el asiento delantero iban dos bultos que reían. Ladró la bocina mientras hacíamos la maniobra de despegue. Sorteamos rollos de cuerdas y pilones de atraque, parecía que marchábamos hacia un montón de sacos. El coche bandeó y enfilamos directamente el paseo Marítimo. Berta seguía conmigo los ladeos del coche. Uno de los de delante se volvió y pasó las manos por el cuello de Berta. Se besaron. Se puso en pie sobre el asiento y saltó a nuestra parte; me empujó con la cadera para colocarse entre Berta y yo. Su espalda me tapó lo que hacían. Se me impuso la conciencia de que debía interrogar a Berta sobre si aquel joven la estaba molestando o no. Pero el coche corría demasiado y las piedras más grises por la madrugada se presentaban de pronto inminentes y peligrosas. El coche marchaba por barrios residenciales. Distinguí los barrios de las afueras de la ciudad, la carretera era la que iba a la capital; los rótulos luminosos de las boîtes nos manchaban fugazmente de vez en cuando.

—¿A unas de esas?

El otro contestó con un gruñido y siguió dedicado a Berta.

—A mí también me toca o dejo de conducir.

—Luego. Hay para todos. Hasta para este cuba.

Apenas se veían casas. Me pareció escuchar protestas de Berta. Luego risas. Frenamos. El silencio del coche nos echó encima el ruido del campo. El conductor se había vuelto. Le caía el pelo rubio sobre la frente. Levantó los brazos.

—Buena la has puesto. Esta niña está tierna.

Saltó por encima de la baja portezuela. El otro se movía empujando a Berta.

—No, no —dije vagamente, mucho más apagada la segunda negación.

Los tres estaban fuera del coche. Berta forcejeaba y reía. Observé sorprendido cómo su cabeza y las de los otros dos desaparecían hacia abajo, como si se las tragara la tierra. Me asomé. Bajaban la pendiente. Oía la voz de Berta. Me pareció una voz nerviosa. Pero la oía reír. Salí del coche. Me desgarré la chaqueta del smoking en la manilla de la portezuela. Distinguí un hito blanco unos metros más abajo. Llegué hasta él responsabilizándome a cada paso del peso del mundo sobre mis espaldas. Me senté en el hito. Vomité con toda libertad. Empecé entonces a darme cuenta de muchas cosas; de que el lucerío de la ciudad quedaba a mis espaldas y por delante la autopista hacia el interior, las lomas pobladas de pinos enanos. Pensé en Berta. No quise comprender totalmente lo que podía estarle sucediendo. Me levanté y reprimí el movimiento espontáneo hacia el coche. Oí ruido de pasos. Debían de volver. Me senté en la cuneta dando el lado al coche. Eran ellos dos solos.

—¿Y ese?

—Estará por ahí durmiendo. Mejor.

Se metieron dentro del coche. Los faros enfocaron la cuneta. Me agaché. Viraron en redondo de un solo golpe de volante. El silencio se fue cerrando a medida que el coche se alejaba.

Durante unos momentos me froté las sienes y respiré profundamente. Luego deduje que debía marcharme cuanto antes. La ciudad no quedaba lejos y en la bifurcación de unos doscientos metros atrás encontraría algún taxi de regreso de las boîtes. Tenía las piernas algo vacilantes y un regusto agrio en la boca. ¿Y Berta? La imaginé destrozada y caída en tierra, sollozando y amasando la tierra con los puños. La tierra debía ser roja, naturalmente; este elemento estetizante no podía faltar. Si iba, Berta me rechazaría llorando, ocultando bajo el manto de la noche su brutal vergüenza. No. No era un espectáculo para mí. No sabía muy bien en qué imágenes me basaba para reconstruir aquel tremendo escenario. Tal vez una violación campesina de una novela del grupo de novelistas practicantes del objetivismo agrícola.[105] La muchacha salía de la lid con las piernas llenas de arañazos. Tal vez Berta también tendría las piernas llenas de arañazos. Yo debería buscar las aguas mansas de un arroyo y restañarle la sangre con un pañuelo húmedo. Ella, en tanto, lloraría despeinada y yo musitaría inciertas palabras de consuelo: o «todo pasará», o «son cosas que pasan», o «el hombre es un lobo para el hombre», etc.[106] No quería afrontar esta eventualidad. Caminé hasta el lugar por donde habían desaparecido ellos tres. Pasé de largo. Pero me detuve a los pocos pasos. Necesitaba terminar la noche con un concepto mejor de mí mismo. Retrocedí. Tararé una melodía que resaltase el aspecto épico del asunto. Palpé con los pies la inclinación de la ladera y me precipité talud abajo.

Berta estaba allí. De pie. Peinándose. Al verme llegar cerró algo su chal sobre los hombros y los senos. Su rostro apenas era visible en la sombra.

—Berta. Berta.

Berta avanzó unos pasos. Se puso a mi lado. Empezamos a remontar la cuesta.

—Qué noche, Admunsen, qué noche. Extraña, ¿verdad?

Me he levantado con la acuciante necesidad de encontrar a Ingrid, de hablar con Ingrid, tal vez ya entonces de ayudar a Ingrid.[107] Ilsa ha dormido muy inquieta. Asegura que esta madrugada debió desnudarme ella. Solo he dormido dos o tres horas. A las ocho ya marcaba el teléfono de Ingrid. Sin respuesta. He considerado la hora intempestiva. A las nueve he insistido.

—La señorita no ha dormido en casa. Irá directamente a eso donde trabaja.

Hasta las diez y media, pues, no era localizable. Entre tanto tenía tiempo de conseguir el coche de Laarsen y presentarme a Ingrid con las herramientas inclusive. El taxista ha acelerado bajo el imperativo categórico del billete que le he apretado en el centro de la mano. La verja del jardín de Laarsen estaba cerrada. He tirado varias veces de una campanilla temblona y la campanita ha sonado en el interior. Una de las muchachas me ha abierto la puerta.

—El señor aún no se ha acostado. Hace poco que ha vuelto.

—¿Y la señora?

—Se ha ido de viaje. Ayer noche. Sin pensarlo.

Laarsen estaba tumbado en un sofá metido dentro de una bata de seda violeta. Bebía whisky en un vaso color crema largo.

—Un clavo saca a otro clavo.

Me ha dado a beber otro vaso igual al suyo.

—Nora se ha ido. No es la primera vez. Pero volverá. Tengo demasiado dinero ahora para que no vuelva. Es a ella a quien le importa volver ¿Dónde se metieron anoche? ¿Sabe que tengo en perspectiva un chollo casi aún más fabuloso que el de Bird's? Por cierto, hemos de liquidar usted y yo. Hay buenas perspectivas de cobro. Pues bien, ayer habría podido ser el rey de la fiesta. La campaña publicitaria de Bird's ha sido un éxito. Un éxito.

Sin rodeos le dije que si podía prestarme el coche.

—¿El coche y la secretaria?

—Solo el coche.

—Cójalo. Yo no voy a salir en todo el día. Estoy de velatorio. Un viudo debe mantener las formas. Devuélvamelo mañana.

Él mismo me ha acompañado hasta el garaje. Me entregó las llaves por la ventanilla, cuando yo vencía el embrague.

—Esta misma noche se lo devuelvo.

—Mañana. Da igual.

Lo llevé conmigo hasta dejar atrás el crepitar de la grava del jardín bajo los neumáticos, que se ablandaron sobre el asfalto. No tenía ningún proyecto inmediato. Acercarme al recinto ferial, vegetar hasta la llegada de Ingrid. Luego haríamos un aparte. ¿Qué le diría? Nada. Charlaríamos. Le ofrecería el coche. Para lo que fuera. Incluso para transportar ametralladoras.

—Ciudadano Admunsen, ¿no es más cierto que la mañana del 7 de junio de 1962 usted ayudó a transportar ametralladoras y cabezas atómicas de proyectiles dirigidos a unos peligrosos terroristas de vinculación comunista?

—Es más cierto, sí, señor.

—Conteste sí o no.

—Sí.

—¿No es más cierto que pretendían ustedes provocar el deshielo del Polo Norte mediante bombardeos atómicos, acrecentar el nivel del océano, inundar las feraces huertas meridionales de nuestra patria, provocar una caída de precios en el mercado interior que diera al traste con la paz y la seguridad de nuestra patria?

—Sí.

—¿No es más cierto que su delito puede acogerse a la clasificación de rebelión militar por equiparación?[108]

—¿Por equivocación?

—Por equiparación.

—Sí.

—Le condenamos por ello a tres penas de muerte y doscientos sesenta y tres años de reclusión menor.

No regatearía ni un año, para que aprendieran.

—Admunsen, te esperaré siempre.

—Sí, Ilsa.

—Tardes lo que tardes.

—Bastante.

—Da lo mismo.

—Sí, Ilsa.

—Todo con tal de salir de esta mediocridad, de esta repugnante venta.

—Sí, desde luego, yo siempre lo había dicho. Lo que pasa es que siempre hay cosas que hacer.

—Ya lo comprendo, no creas.

—No te preocupes.

De un manotazo aceleré el balanceo del san Cristóbal colgado de una cadenita en el marco del parabrisas. Atravesaba las grandes manchas de sol imaginando aplastar una realidad que nadie recogería. Imaginé subir de pronto a las aceras con el coche y perseguir a alguien sañudamente, rellenar los portales de huidos aterrorizados, respetar los parterres y las hormigas; en fin, dar suficientes notas para el correlato objetivo de un poema sobre mi último gesto, humanísimo, de hombre lleno de contrastes, riquísimo en cuanto a la calidad humana se refiere, de esos que llenan los labios de muchachas con flequillo cuando conversan con amigos en las cafeterías. La rebelión prometeica de Admunsen.[109] Lástima que las conversaciones inteligentes no se titulasen. Son casi obras de creación.

El recinto ferial olía a la savia amarga de las adelfas y la ornamentación modernista de los pabellones viejos parecía derrumbarse por el sol pesado e irrechazable. Se iniciaba el ir y venir de los visitantes, pero los pabellones todavía no estaban abiertos. Aceleré por la rampa de la carretera de un solo impulso nervioso. Sudaba por el calor del motor y me pareció oportuno considerar que el día era tristísimo, pese a la exultante presencia del verano.

Regresé a los pabellones. Aparqué entre dos camiones y corrí hacia la entrada. Devolví la sonrisa del portero. Ingrid no estaba. Olaf me contestó con monosílabos y para humillarle le hice ir tres o cuatro veces al bar para completar mi desayuno. Le ofrecí la vuelta. La rechazó con indignación. Ingrid se retrasaba. Ordené a Olaf que la llamara por teléfono. Marchó con precipitación y regresó con lentitud.

—No está. No ha estado en casa. Esta noche no ha estado en casa.

Parecía pedirme explicaciones. Comenté sonriendo:

—Ya lo sé. Eso ya lo sé.

Olaf tragó saliva y me miró con rabia.

—¿Por qué me ha hecho llamar, entonces?

—Por si ahora ya estaba en casa.

Olaf se sentó en un sofá y ojeó las revistas. Pasó otro cuarto de hora. Me moví por un impulso imprevisto. Sin decir nada a Olaf, pero imaginando que lo interpretaba de cara a Ingrid, aunque ella no estuviera. Salté los escalones y entré en el coche casi siguiendo el mismo impulso. Crucé la entrada del recinto y me zambullí en la calina de la avenida radial. Recorrí las calles que subían hacia el barrio residencial. Acorté la marcha ya muy cerca del domicilio de Ingrid. De pronto lo vi todo al doblar la esquina. Era el viejo coche de siempre. Sus ocho asientos solo tenían dos o tres ocupantes. Comprobé sobre el guardabarros la misma placa con el «Servicio Público» algo deslucido. Pasé al lado sin mirar los rostros de sus ocupantes. Estaba aparcado dos escaleras antes del número de Ingrid. No la habrían encontrado en casa. Estaba casi seguro. O simplemente vigilaban la llegada de algún enlace. Me volví varias veces por si me seguían. Precipité el coche calle abajo. No respeté el rojo del semáforo en un cruce sin urbano y doblé a la misma velocidad la primera bocacalle. Una anciana se me interpuso bruscamente. La sorteé. Oí su retahíla de gritos ahogados por el tubo de escape. Ahora tenía miedo de algún policía motorizado. Frené ante una casa de comidas y pedí algo de comer.

—¿A estas horas? ¿Qué?

Insistí, algo de comer.

—¿Qué?

El hombre tenía una mancha de vino en la cara y un gesto impertinente.

—Lo que sea.

—De eso no tenemos.

Alguien rio a mi espalda. Era una mujer con delantal blanco. Me sequé el sudor con la manga.

—Bueno, ¿qué quiere?

—Nada.

Salí. No había nadie a lo largo y ancho de las aceras. Solo el sol y el coche aparcado. Mientras lo ponía en marcha pensaba en a quién acudir para saber. Para saber ¿qué? Tal vez me movía por un simple afán de curiosear. Viejos nombres me acudían a la cabeza. Pero estaban las normas de seguridad. Todo me sonaba a lenguaje inactual. Nada justificaba el que siguiera indagando, menos el que acudiera a alguien concretamente. ¿Qué podía importarme a mí? Ferdinand. Con él las relaciones se planteaban a otro nivel. De amigo a amigo. De excompañero a excompañero. Con él podía salvar la barrera de excombatiente a combatiente. Descendí hasta la central telefónica. Conseguí un listín. Repetí mentalmente el número varias veces.

—No está. Se ha ido unos días al campo.

—¿A Grand Terre?

—Pues no sé. Yo soy su madre. Y las madres esas cosas ya no las sabemos en 1962.

La señora Marlene no me había reconocido y gastaba el viejo genio. Grand Terre. Era mi única posibilidad. Mientras tomaba la carretera de la costa recordé las viejas estancias en Grand Terre; nuestros seminarios de Economía o Estudios Sindicales, en nuestra prehistoria política.

Siempre terminaban igual. Las llamas lamían los troncos en la chimenea en el invierno y nosotros bebíamos en torno. Sentados sobre la alfombra, bajo los cuernos ramificados de una cabeza de reno que brotaba de la cornucopia con los ojos brillantes. O en el verano, el colorido del maillot estampado de Ilsa, Greta y Max, al lado de la piscina, los libros desparramados y salpicaduras de agua verde de la piscina. Grand Terre. Ferdinand, como siempre, impasible, abriendo botellas, silencioso, con su léxico escaso y especializado: superestructura, infraestructura, cantidad, cualidad, relaciones de producción, no-verdad, no-verdad, no-verdad.[110]

Se acercaba el mediodía. La tierra se había hecho pedregosa y los espinos caían como cabelleras sobre la carretera y nunca llegaba aquella bifurcación del camino de carro que seguía la vaguada y se remontaba para ir a buscar Grand Terre. ¿Y si Ferdinand estuviera bañándose en la playa, uno más entre aquellos cuerpos oscuros, rebozados de sol y arena, en pleno sopor de calor o refugiados en los merenderos de techumbre de cañizo? Junto a un anuncio de gasoil vi el camino. Maniobré con despreocupación. Una vez Arturo había tenido allí un serio disgusto. El carro quedó volcado sobre las cepas del campo de al lado y la caballería se hizo un tremendo arañazo en el anca. El carretero gritaba, gritaba y nosotros rodeábamos a Arturo en una silenciosa protección, con una ira total contra el carretero, que no comprendía lo que nos había costado llevar a Arturo a nuestros ejercicios espirituales. No creo que fuera por aquel accidente, pero Arturo ni volvió. Le resultaba más simpático Camus que Lukács, comentó con su ironía desarmante.[III] Grand Terre. Los tejados cónicos de sus torrecillas lo determinaron sobre la loma. Circulé por la avenida de eucaliptos y avisté la rosaleda junto al cobertizo donde solían montar la mesa de pimpón, tras la verja. Frené a unos centímetros de la verja. Hice sonar la bocina varias veces y salté del coche para apretar el timbre situado sobre la puertecilla del depósito del agua. Esperé. Nadie respondía. Me apoyé en la verja y cedió chirriando. Tenía las manos impregnadas del óxido de la verja. Me metí por unas callejuelas tapizadas de cantos rodados. Detrás de un seto se veía el mar al pie de la loma, los cuerpos pequeñísimos de los bañistas, algún punto estático mar adentro. Subí tres escalones de piedra gastada. La puerta estaba cerrada. Pulsé el timbre. Nadie respondía. Di la vuelta a la casa. Todas las ventanas tenían cerrados los postigos marrones. Tampoco había ninguna abierta en los dos pisos superiores. Busqué la puerta trasera de la cocina. Pasé junto a la piscina vacía pero limpia recientemente, como desaguada hacía pocos días. También estaba cerrada la puerta trasera. No había nadie. Pero la verja abierta me indicaba que alguien estaba por allí; tal vez Ferdinand, y estuviera ahora en la playa. Volví al jardín. Busqué el cenador entre los setos. La mesa de piedra estaba sucia, habían quedado grabados sobre la piedra recientes redondeles de vasos y junto al banco de piedra vi una pelota de servilletas de papel. La desenrollé. Me impregné los dedos de aceite. Olía todavía a comida reciente. Luego llegué al cobertizo. Junto a él, sobre un seto de cipreses, estaban unos calzoncillos puestos a secar. Hice un voluntarioso esfuerzo para recordar los calzoncillos de Ferdinand, separándolos del montón de ropa limpia que cada sábado nos entregaban en la lavandería de la prisión. No conseguía precisar. Por otra parte, Ferdinand tenía perfecto derecho a cambiar en gustos de ropa blanca desde hacía tres o cuatro años. No tenía otra salida que bajar hasta la playa y buscar a Ferdinand, un grano de arena más. Me venció la tentación de volver al cobertizo. Arranqué un manojo de laurel y lo mordisqueé. La mesa de pimpón estaba desmontada y los trípodes tenían telarañas en sus ángulos; una paleta de pimpón tenía podrida la goma roja granulada. Fue entonces cuando oí gruñir la puerta de la cocina. Me volví. Ferdinand avanzaba hacia mí excesivamente serio, con el pesado atizador de la chimenea en la mano.

—¿Qué haces aquí?

Miré el atizador y miré a Ferdinand. Tenía una concentración nerviosa en el rostro. Se pasó la mano libre por los cabellos. Fingió una total soltura caminando resueltamente a mi encuentro.

—¿Qué haces aquí? ¿Vienes solo?

Se detuvo a poca distancia. Miró hacia la casa, me pareció verla como un tapón de una corriente de agua contenida, como el tapón de la piscina que Ferdinand destapaba con un largo garfio desde el borde.

—¿Te han dicho en casa que estaba aquí?

—¿Y los otros?

—¿Qué otros?

—Ingrid, Greta. El novio de Ingrid.

Ferdinand fingió extrañarse.

—No finjas. Tú me pediste el coche a través de Ingrid. Traigo el coche.

Dejó el atizador apoyado en una maceta de azulejos que me recordó la Gala del Algodón y el académico. De la maceta crecía un geranio de flores blancas.

—Ya no hace falta. Ya no lo necesitamos.

—Lo traigo. Podéis hacer de él lo que queráis.

—Ya no hace falta.

—¿Greta, Ingrid?

—Greta se ha entregado. Ya sabes que Gustav había caído.

—¿Ingrid?

—La han cogido esta madrugada.

Bajé los ojos y los volví a levantar de un reguero de hormigas.

—¿Emm?

—Está ahí dentro, el novio de Ingrid también, y más. Pero olvídate.

—¿Necesitáis el coche?

—No. Ahora no. Hasta dentro de unos meses no será posible cruzar la frontera y entonces ya habrá coches. Lo importante era traerlos hasta aquí.

—¿Cómo ha ido lo de Ingrid?

Alzó los hombros.

—¿Es muy serio?

—No. Lo de Ingrid, no. Lo de Greta y Gustav es distinto. No volveremos a verlos en mucho tiempo.

Pensó algo; abrió mucho los ojos para decirme:

—Es mejor que te vayas. La gente se ha puesto nerviosa. Compréndelo.

—¿Puedo hacer algo por los detenidos?

—Nada. Cuando los lleven a la celular tal vez. Ya sabes.

Ferdinand se sonreía desde hacía cuatro años.

—¿Y tú?

—Yo no estoy muy implicado. Pero también me iré una temporada. Hemos trabajado mucho últimamente y todo se ha venido al suelo. Hay que volver a empezar.

Comprendía que éramos los protagonistas de un sonriente pero hipócrita encuentro en una esquina, lleno de apretones de manos y lagunas de silencio.

—¿Sabes detalles de lo de Ingrid?

—No. Es mejor que te vayas.

—Sí.

—Algún día podremos charlar en paz. Tú, Mateo, yo, todos. Ya eres el único superviviente.

—¿Tú crees?

—Esto se acabará un día u otro.

—Es probable.

—Ahora es una buena época. Se avecina una infracción seria. Se preparan huelgas. Tú lo verás. Cuando termine el verano. En octubre.

—El octubre de siempre.[112] ¿Recuerdas? Siempre iba a ser en octubre. Tal vez los años ya no tengan octubre. Por eso no pasa nada. Pasa esto.

—¿Qué?

Señalé la casa.

—No somos los primeros ni los últimos.

—Aleluya.

Iniciamos la marcha. El día en que salimos de la cárcel Ferdinand iba delante, tieso; al día siguiente partiría para una larga estancia excursionista por los Alpes telúricos. Parecía caminar ya a paso de marcha. Se abrió aquella puerta verde, con ruido de portalón de jardín de monasterio, vi la cara de Ilsa mojada por las lágrimas. Alguien me dio una palmada en la espalda.

—Adiós, Admunsen. Hasta la vista.

—Hasta la vista.

Aún saqué la cabeza por la ventanilla para sonreírle y contemplar Grand Terre, quién sabe si por última vez.

Ha sido esta tarde cuando me he dado cuenta. No le he contado nada a Ilsa. Hoy ha venido el médico. Es cuestión de días. Ilsa volviendo a recuperar la calle. Hoy me he dado cuenta de que nos hemos quedado agradablemente solos, sin testigos molestos de la época heroica. Los viejos compañeros de suicidio se han suicidado. Con su pan se lo coman. Pero no he dicho nada a Ilsa de que mañana si quisiera ya podría salir a la calle, contemplar de frente la misma realidad que yo; juzgarla tal vez de una manera distinta. No le he dicho nada. Es decir, le he dicho que todavía es cuestión de algunas semanas. Se ha puesto a llorar. Me ha pedido que le sacara los zapatos de tacón que compró para nuestra boda heroica, de ceños fruncidos y regateos en la sacristía para demostrar que no éramos de la cofradía. Los heroicos zapatos que esperaron muchos meses en un armario de pensión provinciana tal vez contemplados por Ilsa cuando redactaba aquellas cartas que empezaban invariablemente: «Admunsen querido, cuando salgas...». Los heroicos zapatos que ha conservado como una reliquia... Me ha pedido que se los limpiara. Se los he limpiado. Están en un rincón de la habitación. Ilsa de vez en cuando los mira y noto

que se echaría a llorar, que una palabra mía puede meterla dentro de esos zapatos. Pero necesito preparar la
realidad para que nos sea común. Es lo que importa. Prescindir de las preguntas demasiado complicadas. Prescindir incluso de emborronar papeles; apurar la realidad
que entre todos nos permiten; sacar el mejor partido a
las cosas. Ilsa tal vez lo entienda así algún día.


FIN

*Página anterior:*
*Manuel Vázquez Montalbán, años sesenta. (Archivo familiar)*

# Notas

1   Referencia a la película musical norteamericana *Siempre hace buen tiempo* (1955), de Gene Kelly y Stanley Donen.

2   Tema instrumental «Quel temps fait-il à Paris?» (1953), foxtrot lento del compositor francés Alain Romans. «Torrente» (1944), tango compuesto por Hugo Gutiérrez y letra de Homero Manzi, sobre una desgarrada historia de desamor.

3   Referencia al líder soviético exiliado León Trotski, asesinado en México en 1940 por el comunista español Ramón Mercader por orden de Josef Stalin.

4   Referencia al atentado sionista en el Hotel Rey David de Jerusalén en 1946, frecuentado por altas dignidades internacionales.

5   Lionel Trilling (1905-1975), escritor y crítico literario norteamericano de ideología izquierdista, autor de la novela *A la mitad del camino* (1947), publicada por primera vez en España en 1958, sobre las encrucijadas políticas y morales de un grupo de intelectuales izquierdistas en Estados Unidos, y protagonizada por Arthur y Nancy Croom, una acomodada pareja comunista. Es la novela que Ilsa está leyendo. Trilling es

citado por el autor como una de sus grandes influencias en *Una educación sentimental*. En *El estrangulador* Cerrato tiene en la pared de su celda un fragmento de *A mitad del camino*, y Carvalho quema una copia del libro en *La muchacha que pudo ser Emmanuelle*: «Era el retrato del miedo de los materialistas dialécticos e históricos al fracaso. Recuerdo que los comunistas nunca aceptábamos los fracasos, eran sólo errores. ¿Cómo íbamos a aceptar entonces la muerte?».

6   *Ubi sunt* («¿Dónde están?»), un tropo de la poesía medieval. Referencia irónica a los poemas sobre la transitoriedad de la vida y la inevitabilidad de la muerte.

7   Es el primero de varios relatos escritos por Admunsen («los papeles») intercalados en la novela, conformando un verdadero *collage* narrativo. Esta sección de la novela adelanta ya la posterior tendencia «subnormal» del autor por el uso del absurdo y el humor intelectual, el tratamiento simbólico y no realista, los diálogos plagados de incongruencias, y un tono surrealista. Se centra en la figura de Jean-Paul Sartre (1905-1980), influyente escritor y filósofo marxista francés considerado el padre del existencialismo. Fue un vocal opositor del colonialismo francés en Argelia, por lo que fue blanco de varios atentados. Sartre fue uno de los grandes referentes filosóficos de las décadas de posguerra y una influencia fundamental en el desarrollo del pensamiento montalbaniano, en particular su formulación de con-

ceptos clave como el ser libre, la conciencia, la voluntad, el compromiso social, la existencia, el absurdo, la angustia y la muerte, desde posiciones existencialistas constructivas, de reflexión sobre la vida por parte de un intelectual comprometido con la sociedad. Dos de sus libros más influyentes fueron su novela *La náusea* (1938) y su ensayo filosófico *El ser y la nada* (1943).

8 Cliché lingüístico utilizado irónicamente en la novela en varias ocasiones.

9 Maurice Thorez (1900-1964), político francés, líder del Partido Comunista Francés entre 1930 y 1964.

10 *L'Humanité*, el principal periódico comunista francés. *El fantasma de Stalin*, largo ensayo de Sartre publicado en el periódico *Les Temps Modernes* entre 1956 y 1957, posteriormente publicado como libro, en el que analiza los logros y fracasos del estalinismo.

11 Retahíla de adjetivos empleados habitualmente por el discurso franquista para descalificar a sus oponentes, y a la vez descalificación irónica de los censores.

12 *Los caminos de la libertad* es el título de una trilogía de novelas escritas por Sartre entre 1945 y 1949.

13 Referencia al concepto sartriano de «mala conciencia», sobre la situación de la persona que renuncia a su innata libertad y se comporta de acuerdo con determinadas presiones sociales o culturales. Esto se podría aplicar al propio dilema de Admunsen, que utiliza la coartada familiar para no involucrarse políticamente.

14 Frase del filósofo clásico romano Séneca en su tratado *De la ira* (cap. xv): «¿Ves esa mar, ese río, ese pozo? En el fondo de sus aguas tiene asiento la libertad». La frase se ha leído tradicionalmente como una exhortación al suicidio, como la última forma de expresión de la libertad individual.

15 Un breve *flashback* sirve de introducción a nuevos «papeles de Admunsen», esta vez sin título, sus angustiosos recuerdos de su ingreso en prisión. Es interesante destacar que a lo largo de esta sección se desarrolla el tema de la tensión entre «coordinar la esperanza y el recuerdo», o «el alud de los recuerdos en pugna con la esperanza», que coincide con lo que se puede considerar el tema central de la poesía del autor, que varias décadas más tarde recogería bajo el título de *Memoria y deseo*.

16 Otros recuerdos anteriores del día de la manifestación en que fueron capturados Admunsen e Ilsa se entremezclan en forma de *collage*, que a su vez le permite imaginar un resultado alternativo que no hubiera terminado en la prisión.

17 El lenguaje engolado y altisonante de este párrafo, con reiteradas enumeraciones retóricas barrocas que contrastan irónicamente con la situación abatida del personaje y la histórica trayectoria de sus antepasados, recuerda la chirriante técnica narrativa de *Tiempo de silencio* (1961). La familia de Admunsen tiene características similares a las del propio autor: ancestros emigrantes, padre del

norte, «repatriado, policía y prisionero» tras la guerra; madre del sur, «costurera y esposa de presidiario», y el propio autor, «bachiller, ilustre letrado, publicitario eminente y presidiario».

18 Herbert Spencer (1820-1903) fue un conocido filósofo, psicólogo y sociólogo inglés de ideología conservadora, creador de los conceptos de «darwinismo social» y de «la supervivencia del más fuerte». En la novela *El laberinto griego* (1991), el detective Carvalho mantiene una tensa conversación con un antiguo camarada de la lucha antifranquista, ahora un integrado en el sistema:

> «—Pepe, no creces. Recuerda aquel aforismo de Herbert Spencer: o crece o muere.
> »—En mis tiempos Spencer pasaba por prefascista.
> »—Ahora se le considera como parte del plural patrimonio socialdemócrata-liberal. Volveremos a vivir bajo esta presión filosófica durante un siglo. No te resistas. Déjate dar por culo y goza. O creces o mueres. Ya ha caído el muro de Berlín».

19 Bertolt Brecht (1898-1956), influyente dramaturgo y poeta alemán de ideología marxista, autor de conocidas obras como *La ópera de los tres centavos, El círculo de tiza caucasiano, Baal, Madre Coraje y sus hijos*, que implementan revolucionarios principios estéticos.

20 Henri Lefebvre (1901-1991), filósofo y sociólogo marxista francés, pionero de la crítica de la vida cotidiana,

de gran influencia entre los situacionistas y los movimientos estudiantiles de los años sesenta.

21 Vance Packard (1914-1996), sociólogo y economista, pionero en el estudio de la sociedad de consumo y las técnicas de manipulación psicológica de la publicidad, cuya influencia es visible en las posiciones críticas de la novela hacia la publicidad y el consumo.

22 *Orfeo en los infiernos* (1858) es una opereta de Jacques Offenbach, cuyo popular tema conocido como «Can-Can» sirvió de inspiración a Camille Saint-Saëns para su obra *El carnaval de los animales* (1886).

23 Probable alusión a los conocidos versos del «Poema 20» del chileno Pablo Neruda (1904-1973): «La misma noche que hace blanquear los mismos árboles. / Nosotros, los de entonces, ya no somos los mismos».

24 Margaret Mitchell (1900-1949), novelista estadounidense, autora del *best seller Lo que el viento se llevó* (1936).

25 Los siguientes párrafos adquieren un notable timbre costumbrista marcado por la nostalgia, con una descripción de personajes, situaciones y lugares que se asemeja al barrio natal del autor, en El Raval de Barcelona, en la confluencia de las calles Botella y Cera.

26 «La muerte es obscena y reaccionaria» es una frase de inspiración sartreana que el autor utilizaría en frecuentes ocasiones a lo largo de su obra. En una entrevista con Quim Aranda (1995), el autor añadiría: «La muerte es la gran estafa. Es la gran estafa del hecho del vivir,

que no has provocado tú mismo y en el que, a menudo, tampoco has tenido los instrumentos necesarios para disfrutar más».

27 Juegos de palabras entre el absurdo y la transgresión de los códigos convencionales que recuerdan los diálogos de Groucho Marx, un referente habitual en la escritura «subnormal» del autor (*Cuestiones marxistas, Manifiesto subnormal, Guillermotta en el país de las Guillerminas*).

28 Frankie Laine (1913-2007), cantante estadounidense con una larga carrera que popularizó canciones de películas como *Solo ante el peligro*, o *Duelo de titanes*. The Platters, grupo vocal afroamericano que popularizó canciones como «Only You» o «Remember When» en los años cincuenta.

29 Solvay, empresa química multinacional belga, una de las más grandes del mundo. El contrapunto entre el panegírico discurso oficial de Fugs («maravillas..., maravillas..., maravillas») y las reflexiones críticas de Admunsen sobre las nefastas consecuencias del monopolio industrial por parte de Solvay crea un cáustico efecto dialéctico.

30 Referencia al romance medieval francés *Erec y Enide*, de Chrétien de Troyes, que el autor estudió en la universidad con Martín de Riquer y se convertirá en un motivo recurrente en su futura obra literaria, desde sus primeros poemarios hasta su penúltima novela, titulada precisamente *Erec y Enide* (2002).

31 Esta nueva sección de «papeles» describe la aventura de Erec y Enide en un surrealista paisaje desolado después de la batalla. Se caracteriza por un tratamiento no realista, con intencionales anacronismos históricos, que adelanta características «subnormales» de la escritura del autor, tales como el uso del absurdo, los diálogos incongruentes y el humor negro, que resaltan una situación de profundo fracaso y doloroso desencanto, de destrucción de la razón y de los sueños de liberación.

32 *¿De dónde venimos? ¿Quiénes somos? ¿Adónde vamos?* es el título de uno de los cuadros más conocidos de Paul Gauguin (1848-1903), en el que un grupo de mujeres y niños tahitianos sugiere una representación simbólica de la vida y la muerte. La historia del pintor francés refugiado en los mares del Sur aparecerá con frecuencia en la obra del autor, asociada al mito del sur, la huida y la búsqueda del paraíso: en su poema «Gauguin» (*Liquidación de restos de serie*, 1970), la novela *Los mares del Sur* (1979), o el libro *Gauguin* (1991).

33 En los años sesenta, el joven autor vivía con su esposa en la Avenida Rius i Taulet 1 bis, cuarto tercera, en las inmediaciones de la Feria de Barcelona. La proximidad a la feria y la dirección «cuarto tercera» indican una correspondencia entre ficción y realidad. El paisaje que Ilsa contempla desde la ventana de su habitación, el parque con el palacio, la corrobora.

34 Referencia irónicamente pedante al concepto de Heidegger del «ser-en-el mundo», el ser humano que vive la realidad en la historia, no el nivel de lo abstracto, sino la realidad concreta cotidiana.

35 Referencia a la canción «La Internacional», el más conocido himno de movimientos obreros y políticos socialistas, comunistas y anarquistas, que comienza con los versos «Arriba, parias de la tierra. / En pie, famélica legión». Posteriormente será citada de nuevo por Sir Admunsen en los papeles de la cárcel.

36 Referencia al lingüista suizo Ferdinand de Saussure, considerado el padre del estructuralismo lingüístico, que tuvo gran influencia en el desarrollo del estructuralismo como movimiento intelectual y filosófico en la segunda parte del siglo XX.

37 *Literatura y vida nacional* (1950) es uno de los varios volúmenes que integran la serie *Escritos desde la cárcel* del filósofo italiano Antonio Gramsci (1891-1937). Gramsci fue uno de los más importantes pensadores marxistas del siglo XX y una gran influencia en el desarrollo del pensamiento político y estético de Vázquez Montalbán, a partir de conceptos como la hegemonía cultural, el intelectual orgánico y la cultura nacional popular.

38 Galvano Della Volpe (1895-1968) fue un pensador marxista italiano, autor de *Crítica del gusto* (1960). Louis Aragon (1897-1982), poeta francés y uno de los líderes del movimiento surrealista. Elsa Triolet (1896-

1970), escritora rusofrancesa y esposa de Louis Aragon. Andréi Zhdánov o Jdanov (1896-1948), principal ideólogo soviético y defensor del «realismo socialista», cuyo código dominó la producción cultural en la URSS hasta su muerte.

39 Georg Lukács (1885-1971) fue un filósofo marxista húngaro y teórico de estética literaria, que defendía la literatura realista por encima del modernismo vanguardista.

40 «La ballade des pendus», célebre composición de Léo Ferré sobre el poema medieval de François Villon, escrito en la cárcel antes de ser ajusticiado.

41 Estos versos remiten al poema «Seaside» de *Movimientos sin éxito* (1969): «la tierra / no era redonda, terminaba en el límite de los suspiros».

42 Referencia al mito griego de Penélope que espera incansablemente el regreso de su esposo Ulises, de acuerdo con *La Odisea* de Homero. El tema de la ausencia, la espera por el retorno del amante-esposo, el conformismo y la problematización de la fidelidad conyugal resuenan en toda la novela. Se repite aquí la idea negativa «no volverá el marino», ejemplo de predicción desencantada que se convertirá en un motivo característico a lo largo de la obra del autor.

43 Robert Browning (1812-1889), poeta victoriano inglés, conocido por sus monólogos dramáticos.

44 Walt Rostow (1916-2003), destacado economista nor-

teamericano. John Kenneth Galbraith (1908-2006), influyente pensador y economista norteamericano, teórico de los mecanismos de la publicidad. Ambos trabajaron como dirigentes de la administración estadounidense y aparecen citados en diversas obras del autor.

45 «Parce que» (1954), canción del popular cantante francés Charles Aznavour (1924-2018), con música de Gaby Wagenheim y letra de Aznavour, cuyos versos dicen «Porque tienes los ojos azules... Porque tienes veinte años... Crees que tienes todo permitido y puedes hacer lo que te plazca...».

46 El discurso del ministro refleja con claridad los principios de la ideología tecnócrata del *desarrollismo* imperante en la sociedad española de los años sesenta.

47 Alusión al clandestino lenguaje de señales de los activistas comparado con la comunicación secreta de los cristianos primitivos en Roma. Posteriormente una segunda alusión incluye el uso de libros como forma de identificación secreta. El autor recordaba en una entrevista el papel de utilizar ciertos libros como emisores de señales secretas de pertenencia a la resistencia antifranquista: «Eran signos parecidos a los de los cristianos de Roma, que se reconocían dibujando un pez o una cruz en la arena. Nos parecíamos mucho a ellos. Veíamos a alguien leyendo un libro de Sartre y sabíamos que seguro que se le podía hablar» (Tyras).

48 *Romeo, Julieta y las tinieblas* (1960), película checoslo-
vaca de Jiří Weiss, sobre la relación que surge entre un
joven estudiante y una chica judía a la que decide escon-
der en el ático del edificio en el que vive en Praga en
1942, a espaldas de la comunidad de vecinos, que representan la sociedad amordazada por el miedo.

49 El autor utiliza aquí el procedimiento cinematográfico
de fundido de imágenes, en el que se mezclan los personajes de la película con los rostros de Greta e Ilsa,
vistos por Admunsen desde la cárcel.

50 Ho Chi Minh (1890-1969), poeta y dirigente político
vietnamita, líder de la guerra de liberación de Vietnam
contra las ocupaciones francesa y norteamericana y
presidente del país.

51 Referencia a la novela del escritor republicano exiliado
Ramón J. Sender, *Mister Witt en el Cantón* (1936), sobre la insurrección federalista en Cartagena durante la
Primera República. Se distingue allí entre la postura
conservadora del ingeniero inglés Jorge Witt, un «aventurero», frente a la postura progresista de Antonio Gál-
vez, el «profeta» de la revolución: «Todo el mundo para
mí», dice el aventurero. «Yo para todo el mundo», dice
el profeta».

52 Marie Curie (1867-1934), prestigiosa química y física in-
vestigadora polaca, conocida por sus trabajos pioneros en
el campo de la radiactividad y merecedora de dos premios
Nobel. Rosa Luxemburgo (1871-1919), dirigente marxista

polaca y líder revolucionaria, autora de numerosos libros de gran repercusión entre el activismo de izquierdas.

53 Ahmed Ben Bella (1916-2012), líder de la lucha anticolonial argelina y primer presidente de Argelia tras su independencia. Derrotó a su rival Yusuf Ben Jedda en las elecciones de septiembre de 1963.

54 Esta sección se publicó como relato autónomo en la colección narrativa *Recordando a Dardé y otros relatos* (1969), bajo el título de «¿Cuánto tiempo estaré aquí?». Que se sepa, es la única parte de esta novela que ha sido publicada anteriormente. La descripción de la locura que conlleva la privación de la libertad lleva los rasgos del absurdo y lo irracional hasta el límite, acercándose plenamente a una óptica «subnormal». El tema de la cárcel y la locura sería desarrollado ampliamente años más tarde en su novela *El estrangulador* (1994).

55 Referencia al concepto sartriano de la lucha del «otro» que limita nuestra libertad objetivándonos y convirtiéndonos en un «ser-para-él».

56 Cita tomada del poema de Blas de Otero «Yo soy aquel que ayer no más decía», de su libro *Pido la paz y la palabra* (1955), una de las obras más significativas de la poesía social de posguerra, marcada por el existencialismo.

57 Robert Baden-Powell (1857-1941), oficial del ejército británico y fundador del movimiento Scout.

58 Posible referencia irónica a Eleuterio Sánchez, «el Lute», famoso prófugo durante el franquismo, que fue conde-

nado a prisión en 1960 por robar tres gallinas y dio comienzo a una larga cadena de infracciones y condenas de cárcel.

59 Cita tomada de una de las *humoradas* del escritor decimonónico tradicionalista Ramón de Campoamor. Aparece también en *La palabra libre en la ciudad libre*, escrito entre 1974 y 1980, en la que el narrador ironiza sobre su contenido obsoleto: «También fue duramente reprimido un descargador del puerto que al paso de la esposa del presidente del soviet urbano, en el acto de botadura de un submarino nuclear descafeinado, le recitó: "Aunque tú por modestia no lo creas [...]"». En la sentencia se especificaba que el motivo de la condena no era el requiebro dirigido a una autoridad consorte, sino el haber empleado un pareado reaccionario, machista y antiguo».

60 «La Varsoviana» (1885) es una canción revolucionaria polaca, que se convirtió en un himno internacional de la lucha sindicalista revolucionaria. En España, «La Varsoviana» se tomó como la base para el himno anarcosindicalista «A las barricadas» (1933).

61 Friedrich Engels (1820-1895) fue un filósofo y revolucionario socialista alemán, coautor de *El manifiesto comunista* (1848) con Karl Marx. Su libro *Anti-Dühring* (1878) es una exposición enciclopédica de los principios del marxismo.

62 Dmitri Shostakóvich (1906-1975), uno de los principales compositores rusos de la era soviética. Su *Sinfonía*

*N.º 11* (1957) está dedicada a los eventos de la Revolución rusa de 1905.

63 Nikolái Ostrovski (1904-1936), autor de *Así se templó el acero* (1932), sobre la vida de un luchador bolchevique, obra considerada un modelo del realismo socialista soviético. Es el libro ruso más vendido de todos los tiempos.

64 Esta frase es un texto movedizo que remite de nuevo al poema «Seaside», y aparece también como una de las «Visualizaciones sinópticas» en el libro *Manifiesto subnormal* (1970), que será reproducida en su recopilación poética *Liquidación de restos de serie*.

65 Referencia a *La dolce vita* (1960), clásica película de Federico Fellini, protagonizada por Marcelo Mastroiani y Anita Ekberg, que hace una crónica de la agitada vida social alrededor de la Via Veneto de Roma y que dio nombre a toda una época en los años sesenta.

66 Léo Ferré, icónico cantautor de la canción francesa de posguerra y uno de los cantantes favoritos del autor. Sacha Distel (1933-2004), popular cantante y guitarrista francés de estilo *crooner*.

67 «Lili Marleen» (1937), canción romántica alemana, muy popular entre los soldados alemanes y aliados durante la segunda guerra mundial.

68 Referencia al soneto de diálogo entre Babieca y Rocinante en *Don Quijote*: «—Metafísico estáis. —Es que no como».

69 Autorreferencia irónica. Vázquez Montalbán escribió

su primer libro durante su estancia en la prisión de Lérida: *Informe sobre la información* (1963), considerado el primer libro publicado en España sobre la teoría de la información.

70 Referencia al poema «Infancia y confesiones» (1959) de Jaime Gil de Biedma (1929-1990), una importante influencia en la poesía del autor: «De mi pequeño reino afortunado / me quedó esta costumbre de calor / y una imposible propensión al mito».

71 Victor Perlo (1912-1999), economista marxista norteamericano, fue miembro del comité nacional del Partido Comunista y trabajó para la administración estadounidense hasta 1947, cuando fue investigado por el Comité de Actividades Antiamericanas. Fue autor de varias docenas de libros, incluido *Imperialismo americano* (1951).

72 Nueva referencia a unos versos de Gil de Biedma, del poema «Noches del mes de junio» (1959): «La vida nos sujeta porque precisamente / no es como la esperábamos». Es una frase repetida frecuentemente por Vázquez Montalbán con diversas variaciones («La vida no es como nos la esperábamos, sino como nos la temíamos») que constata la experiencia del desencanto.

73 Canción popular francesa de las juventudes socialistas y comunistas («Le chant des jeunes gardes», de 1910), igualmente adoptada como himno en España en los años treinta. «Que esté en guardia, que esté en guardia

/ el burgués insaciable y cruel. / Joven guardia, joven guardia, / no le des paz ni cuartel».

74 Ejemplo de gradación poética descendente, con ecos quevedianos.

75 *De aquí a la eternidad* (1953), película clásica del cine estadounidense, con Montgomery Clift en papel protagonista.

76 Versos de la canción «Adiós, amor», foxtrot de Artur Kaps, y letra de Carlo Pezzi, popular en los años cuarenta. Aparece en el *Cancionero General de España*, bajo la sección de la Canción Sentimental del Periodo Autárquico. «Cuando yo te digo adiós / pienso en mañana, / y a la ventana salgo a soñar, / que es mejor pasar la vida alegremente, / que tristemente en ti pensar».

77 Alusión a las teorías existencialistas de Jean-Paul Sartre, y su concepción de que el ser humano es «una pasión inútil» que carece de una esencia o sentido predeterminado.

78 La utópica búsqueda del «octavo día de la semana» es un motivo reiterado a lo largo de la obra de Vázquez Montalbán, inspirado en la novela de Marek Hlasko *El octavo día de la semana* (1957), en la que los protagonistas buscan escapar de la triste realidad prosaica de la posguerra esperando que llegue el esperado fin de semana.

79 Pelargón es la marca de una popular leche infantil en polvo comercializada en España, asociada a los años de racionamiento de la posguerra.

80 Regreso al mito de Erec y Enide desde la imaginación de Admunsen, que da pie al subsiguiente diálogo caballeresco entre Admunsen e Ilsa, que una vez más resalta el choque entre la realidad y la imaginación.

81 Versos de la clásica canción romántica «Ne me quitte pas» (1959), del cantautor belga Jacques Brel: «Moi je t'offrirai / des perles de pluie / venues du pays / où il ne pleut pas», que subrayan aquí el caballeresco romanticismo de la relación entre Erec y Enide.

82 La sección «Floricultura moral» es otro de los «papeles de Admunsen», conformando una especie de fábula moral que contrapone las divergentes filosofías y prácticas políticas de dos pensadores, Silvio y su discípulo Zoilo, que discuten sobre la libertad y el deber, la vida y la conciencia, la asepsia y la pasión. Silvio es el trasvase ficcional del filósofo Manuel Sacristán, que fue una figura antagónica para Vázquez Montalbán: enormemente admirado como filósofo (al que consideraba el más importante de su época en España), pero enfrentado a él por sus posiciones intelectuales idealistas, de espaldas a la realidad. Tras la legendaria pugna entre Silvio y Zoilo, descrita con mordaz ironía, se intuye la heterodoxia filosófica y política del autor frente a la inflexibilidad ideológica, las tensiones entre el idealismo y el pragmatismo, el axioma de la verdad frente a la realidad, y el absolutismo de la razón frente a la relatividad de lo real.

83 Nueva referencia a un poema de Gil de Biedma, «Canción de aniversario» (1959): «porque hasta el tiempo, ese pariente pobre / que conoció mejores días, / parece hoy partidario de la felicidad».

84 Cita del poema «El hombre total» escrito por el autor y publicado en la revista argentina *Cormorán y Delfín*, año 3 viaje 10 (1966): 52-53. El poema era una crítica dirigida al filósofo Manuel Sacristán, que el autor no incluyó en su poesía completa. La fecha de publicación del poema sugiere que la novela terminaría de ser escrita hacia 1965-1966.

85 La imagen filosófica de la alcachofa sería retomada en *El laberinto griego* (1991), como metáfora de las diferentes capas de la «verdad» o *aletheia*. En palabras de Carvalho: «Hubo un tiempo en que estudié filosofía y me enseñaron que todo consiste en quitarle velos a la diosa y detrás del último velo está la verdad». En la misma novela, Carvalho se refiere irónicamente a la estatua del recién inaugurado puerto olímpico, que se le asemeja a una alcachofa gigante, a lo que responde el artista: «Querían un monumento a la verdad relativa».

86 Albert Camus concibe al ser humano como un extranjero que habita en un mundo que no le pertenece, o un exiliado de una patria perdida, privado de la memoria de su vida anterior.

87 Idea que se repite a lo largo de la obra del autor, que viene a decir irónicamente que la angustia metafísica es

un privilegio de clase, la cual desaparece cuando llega la factura que no se puede pagar, que provoca la angustia real. Por ejemplo, en *Tatuaje*: «Imagínense ustedes que el hombre angustiado de las obras de Sartre, en pleno ataque de angustia, oye una llamada a su puerta. Acude y es el cobrador de la luz. Si puede pagar, bien. Puede continuar con su angustia metafísica. Pero si no puede pagar se le va la angustia metafísica a paseo y le viene la otra».

88 Párrafo tomado íntegramente del ensayo «Discurso sobre lírica y sociedad», del teórico alemán Theodor Adorno, incluido en su libro *Notas de literatura* (Barcelona, Ariel, 1962), traducido por Manuel Sacristán.

89 Referencia a la popular canción patriótica francesa «Douce France» (1943) del cantante galo Charles Trenet.

90 Referencia irónica al argumento ontológico del arzobispo Anselmo de Canterbury en su obra *Proslogion* (1078), según el cual se probaba la existencia de Dios.

91 Vestimenta compuesta a base de traje con casaca y camisa de chorreras.

92 Léo Ferré aparece citado en el primer poemario de Vázquez Montalbán, *Una educación sentimental* (1967), como una de sus reconocidas influencias. El autor escribió la introducción al libro de canciones de Léo Ferré, *Mon ami l'Espagnol (Canciones)*, publicado en 1988.

93 Referencia a la película protagonizada por Yul Brynner,

*Los hermanos Karamázov* (1958), de Richard Brooks,
basada en la epónima novela de Dostoievski.

94 «Remember When», canción melódica compuesta por
Mickey Addy y Buck Ram en 1945, popularizada
por The Platters en los años cincuenta.

95 «Scoubidou» (1959) fue el primer éxito de Sacha Distel, que lo convirtió en una gran estrella internacional.
El título de la canción hacía referencia al estilo de improvisación vocal jazzística conocido como *scat* (*shoo-be-do-be-doo*). Distel fue compañero de la famosa actriz
Brigitte Bardot a finales de los años cincuenta, lo que
explica la alusión al nombre de una mujer en la novela.

96 Theodor Mommsen (1817-1903), historiador alemán.
Wilhelm Dilthey (1833-1911), filósofo alemán. Ernst
Kummer (1810-1893), matemático alemán. Julius Petersen (1839-1910), matemático danés.

97 Pasaje de *La Eneida* de Virgilio: «Si ahora aquella rama
dorada del árbol se nos mostrara en el bosque».

98 Frase tomada de las *Geórgicas* de Virgilio: «Por supuesto, Roma se convirtió en la más bella de todas las
cosas».

99 Versos de la canción «Tu recordarás» (1953), versión
española de la canción romántica italiana «T'ho voluto bene (non dimenticar)» de la película *Anna* (1951)
con Silvana Mangano.

100 Michelangelo Antonioni, importante director de cine
italiano que realizó en los años sesenta una serie de

películas sobre la alienación de la vida moderna pro-
tagonizadas por Monica Vitti (*La aventura*, *La noche*,
*El eclipse*).

101 Irónica referencia al clásico poema de Catulo («Viva-
mos, Lesbia mía, y amemos»), reescrito como «Bebamos, Lesbia mía, y amemos».

102 «Correlato objetivo» es el término usado por T. S. Eliot
para la estrategia poética que permite exteriorizar emociones a través de un grupo de objetos, personajes o
eventos. Eliot tuvo una huella profunda en la obra de
Vázquez Montalbán, tanto en poesía como en novela.
En este caso, la acumulación de imágenes de marinos y
Palacios del Mar inexistentes, buques desguazados,
ahogados y muertos flotantes expresan una emoción
negativa de fatalidad. Arturo es referido de manera irónica como Amón, el dios egipcio de la creación.

103 Hegel (1770-1831), filósofo fundador del idealismo
alemán, de gran influencia en toda la filosofía moderna,
y autor de la *Fenomenología del espíritu* (1807). Ed-
mund Husserl (1859-1938), filósofo austroalemán y
padre de la fenomenología moderna, que estudia el
análisis descriptivo científico de procesos subjetivos,
que tendrá importante influencia sobre pensadores
existencialistas franceses como Albert Camus y Jean-
Paul Sartre.

104 Yolas y *snipes*, dos tipos de barcos de vela.

105 El objetivismo fue una de las principales corrientes

de la novela social de los años cincuenta, en las que predomina la temática de crítica social desde un punto de vista realista y objetivo sin narrador aparente, y protagonista colectivo, caso de *La colmena* (1951) de Camilo José Cela o *El Jarama* (1953) de Rafael Sánchez Ferlosio. En su novela *Recordando a Dardé* (1969), se rehúye explícitamente el objetivismo, encaminándose hacia una propuesta más experimental «presubnormal» y se hace referencia irónica a su estilo como «realismo comarcal».

106 Referencia a la frase latina *homo homini lupus* utilizada por Plauto, que expresa que el estado natural del hombre es la lucha continua contra su prójimo. El autor retomará esta frase en *El estrangulador*, reconvirtiéndola en «el hombre es un loco para el hombre», como metáfora del extremo aislamiento, la falta de solidaridad y la incomprensión de la otredad.

107 La inutilidad de su fallida ayuda a Berta lleva a Admunsen a compensar esta falta aceptando finalmente ayudar a Ingrid, así demostrando, y demostrándose, su propio valor moral como persona.

108 Vázquez Montalbán fue acusado, igual que Anna Sallés, de «rebelión militar por equiparación» por haber participado en una manifestación de apoyo a la huelga de los mineros en Asturias en 1962, por lo que recibió una condena de tres años de prisión.

109 La alusión al mito de Prometeo, que robó el fuego a

los dioses para dárselo a los humanos, es un motivo recurrente en la obra de Vázquez Montalbán, con el que se refiere a la capacidad de emancipación del ser humano a través del acceso al lenguaje y el conocimiento, para así mejorar las condiciones de vida de sus semejantes.

110 Retahíla de términos tópicos del lenguaje marxista.

111 Albert Camus (1913 -1960), pensador y escritor francés relacionado con la corriente del absurdo y el existencialismo, autor de las novelas *El extranjero*, *La peste* y *Calígula,* muy influyente en la cultura de izquierdas en la España de la posguerra y en la formación de Vázquez Montalbán.

112 Octubre está asociado a procesos revolucionarios en el imaginario de los movimientos de izquierda internacionales. Es una referencia a la Revolución de Octubre de 1917, que acabó con la Rusia zarista y dio origen a la Unión Soviética, y en España, además, a la fallida revolución de los mineros en Asturias en 1934, brutalmente reprimida por el general Franco.

# Obras citadas

Castellet, J. M. *Nueve novísimos poetas españoles* (1970). Península, Barcelona, 2001.

Colmeiro, J. *El ruido y la furia: Conversaciones con Manuel Vázquez Montalbán, desde el planeta de los simios.* Editorial Iberoamericana/Vervuet, Madrid/ Frankfurt, 2013.

Erba, R. «Los seudónimos de Vázquez Montalbán», *Groucho me enseñó su camiseta.* Ángel Facio [ed.]. Teatro español, Madrid, 2010.

Tyras, G. *Geometrías de la memoria. Conversaciones con Manuel Vázquez Montalbán.* Zoela editores, Granada, 2003.

Vázquez Montalbán, M. *Science Fiction (6II).* Fons Manuel Vázquez Montalbán. Biblioteca de Catalunya.

— *Recordando a Dardé y otros relatos.* Seix Barral, Barcelona, 1969.

—*Asesinato en el Comité Central.* Planeta, Barcelona, 1981.

—*Tres novelas ejemplares.* Bruguera, Barcelona, 1983.

—*El pianista* (1985). José Colmeiro [ed.]. Cátedra, Madrid, 2017.

—*Pigmalión y otros relatos.* Seix Barral, Barcelona, 1987.

—*La muchacha que pudo ser Emmanuelle* (1997). *Cuentos negros*. Galaxia Gutenberg, Barcelona, 2011.

—*Galíndez* (1990). José Colmeiro [ed.]. Cátedra, Madrid, 2023.

—*Memoria y deseo. Obra poética* (1963-2003). Visor, Madrid, 2018.

—*La literatura en la construcción de la ciudad democrática*. Crítica, Barcelona, 1998.

—*Cancionero general del franquismo*. Crítica, Barcelona, 2000.

# ANEXO

## Muestras del manuscrito original de «Los papeles de Admunsen» conservado en la Biblioteca de Catalunya

para el premio

Biblioteca

Breve

Manuel Vázquez Montalbán

LOS PAPELES DE ADMUNSEN

Primeros papeles————————

*A la derecha:*
*Primera página de «Los papeles de Admunsen».*

Yo quería ahorrarle inútiles preocupaciones. Por eso le había ocultado durante todos estos días pasados, las incidencias de mis relaciones profesionales con el señor Laarsen y con Bird,s, el lubrificante que es a la vida de los motores lo que la jalea real a la de los hombres. Pero las había adivinado a través de mis largos paseos por el piso, las horas y horas muertas al lado de la cama, el silencio de la máquina de escribir sobre el portador metálico. Hoy ha comentado extrañada todos esos síntomas y se ha quejado por mi silencio. La discusión la ha ido entristeciendo cada vez más y finalmente dos lágrimas a punto de desprenderse le han hecho volver la cara hacia el ventanal. Le he acariciado las mejillas y de improviso me ha besado la palma de una mano

.-Tengo ganas de que no tengas que hacer esas odiosas campañas de publicidad. Escribe... Hace meses que no intentas nada

He compuesto un bonito discurso de disculpa. Nunca se cansa de oirlo y lo he repetido con cierta periodicidad a lo largo de nuestros cinco años de matrimonio. Nunca queda convencida pero sirve para que busque urgentemente otro tema de conversación.

Hoy se ha quedado más triste que otras veces. He permanecido sentado al lado de la cama mucho rato, con una mano suya entre las mías. Poco a poco su brazo ha ido quedando inerte y por fin se ha dormido. Elisa tiene el sueño ligero y la penumbra del crepúsculo me ha hecho caminar receloso hasta el ventanal. El rincón del parque estaba como cada día, como ha estado siempre. He recordado aquellos dos años en los que evocar este rincón se asociaba con la imagen de esta alcoba, de la ausente Elisa, de toda la tristeza por la vía que perdíamos. Después todo ha adquirido un cierto aire rutinario; incluso la tristeza que nos invade cuando mencionamos algo referente a todo aquello, también rutinaria; una manera más de comportarnos ante un estímulo muy percibido.

Pero hoy era un poco distinto. Elisa está en cama desde hace unos meses y aunque ya se acerca el fin de su postración, se han acumulado los días y las impaciencias constantes. Elisa se consume lentamente. Casi

nes le he dejado  la bandeja sobre las rodllas

    .- No pienso ni probarlo

    .- Tres cuartas partes de la humanidad se acuestan con hambre

    .- Muy responsable estás tú hoy

Y ha empezado a comer. He comido en la cocina y después he recogido las cuartillas. Ante la puerta de nuestra habitación me he detenido un momento. Pensaba una forma de presentación adecuada con el tono de los minutos pasados. Elisa terminaba de cenar y al ver las cuartillas me ha sonreido mien tras apartaba la band ja

    .- Aquí le traigo el Premio Nobel

Elisa ha mirado por encima los papeles y me los ha tendido **imperativa**

    .- Léemelo

Me he sentado en la cama y he empezado a leer

*Los argelinos y los Sartres*

"Sartre quiso r postar café y se metió en el primer bar que vió abierto en aquella calle nevada de Escandinavia, azulada por el frío. El bar tenía las paredes forradas de madera y las mesas, asimétricamente dispuestas, también de madera mal acbada, completadas por taburetes  toscos y por bancos ado sados a todo lo largo de las paredes. Sartre pidió en francés café y el cama r ro le contestó "enseguida" en escandinavo. Sartre no lo entendió pero se supuso entendido y eligió ~~encender~~ encender un pitillo , mietras su con ciencia se reducía humildemente a dejarse impresionar por todos los epifenómenos futuros.

Un grupo de argelinos *eligió* ~~quiso~~, por su parte, acercarse a Sartre, y sus pisadas indolentes atrajeron la atención d filósofo, quién se levantó solícito para estrechar las manos que los argelinos l tendían. Los argelinos *eligieron* ~~quisieron~~ sentarse en torno de Sartre y durante unos minutos él buscó un tema d conversación y eligió la cuestión argelina, tema inmediatamente bien aceptado. Sartre habló de los "cochinos ultre", en el sentido sartriano de la palabra, y los argelinos se mostraron encantados al comprobar que incluso en Escandinavia tenían amigos d su lucha. Sartre, que es muy inteligente, co prendió ensoguida lo absurdo de su situación y aclaró

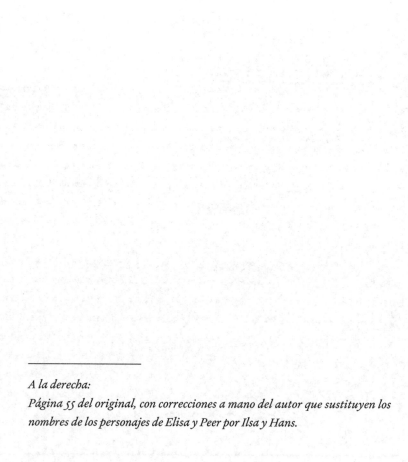

*A la derecha:*
*Página 55 del original, con correcciones a mano del autor que sustituyen los nombres de los personajes de Elisa y Peer por Ilsa y Hans.*

mujer

Y sentí un cierto remordimiento por Elisa, víctima de una conversación irremisiblemente cínica. Yo tenía prisa y Elisa descubrió que también. Apuntó mis señas en el margen blanco de un periódico que sacó de un bolsillo hondísimo que parecía de otro y nos despedimos igual como nos habíamos saludado hacía unos minutos: con sorpresa

Al llegar a casa la madre de Elisa recogía las bolas de lana y clavaba en ellas las agujas de pasta rosa. Me ha preguntado las últimas impresiones del médico

.-Es cuestion de semanas. Podrá hacer vida normal

Ha suspirado y sus labios violáceos se han apretado mientras movía la cabeza

.- Salís de una y os meteis en otra. No te apures Admunsen. Sois jóvenes y saldreis adelante

Le he contestado que hacia ya demasiado tiempo que eramos jóvenes y todo lo cifrábamos en salir adelante. Pero no ha entendido el fin de mi ironía. Yo , probablemente, tampoco. Elisa la ha abrazado y le ha transmitido unas cuantas reconvenciones dirigidas a su padre

.- Nunca viene

.- Son días de mucho trabajo. Pronto saldrá de viaje

La madre se ha marchado. Luego he hablado a Elisa de problemas de la Feria y de mi encuentro con Hans

.- ¿Hans? ¿Quién es ese?

.- Si, hombre. Aquel que escribió un poema apologético de los gamberros. Te he hablado muchas veces de él

.- !Ah! ¿El loco aquel?

Me reí a costa de la simplista visión que Elisa tenía del viejo y pálido Hans. Pero Elisa ya me estaba diciendo que nunca entendería nada sobre mi asquerosa profesión. He desviado la conversación de los slogans y los anuncios e Elisa me ha hablado de sus padres

.- Les veo muy solos, Admunsen. A los tuyos también. Me dan

lo que a mí a su edad; sólo hemos leído de Brecht lo que nos ratifica,
el resto ni siquiera lo hubiéramos entendido. Cuando tenía sus edad
pasé muchas veces la vista sobre un poema corto de Brecht al que no le
di importancia. Hace unos meses lo descubrí

    El chofer cambia la rueda

    Me siento en la acera de la calle

    No estoy contento de donde vengo

    no estoy contento de donde voy

    ¿por qué aguardo entonces el cambio

    de la rueda con impaciencia?

es de lo más expresivo y fácil que ha escrito Brecht y a mí hace unos años sólo me entusiasmaba el Brecht constructivismo, por encima de sí mismo.

Ingrid se había sentado una escucha. Estaba seria y su
figura, mitad adulta, mitad adolescente, se acoplaba al zig zag de la bu
taca sin mover ni un músculo

.- Usted ha hecho la revolución en la cabeza y la ha perdido.
Pero la revolución se hace en la calle

.- Es verdad. En la calle o donde haya gente. En el centro de
ese pasillo por ejemplo.

Novísdad estaba explicando a un grupo de visitantes las características del tractor. Un grupo de jovenzuelos mal vestidos se reía ante mi foto. Uno se llevó la mano al sexo y lo agitó ante la hilaridad de
los restantes. Ingrid, que había seguido mi mirada, desvió la vista y
enrojeció.

.- Objetivamente son la vanguardia del proletariado. Viven
en condiciones óptimas de depauperización. ¿No? ¿ No cree usted?

.- Habla usted como un tendero ilustrado. Espero que hable
con poca gente porque le considero muy negativo

.- Tiene usted razón. Yo acostumbro a hablar poco en espera
de que la gente diga cosas más interesantes.

Con su pan se lo coman. Pero no he dicho nada a Ilsa de que mañana
si quisiera ya podría salir a la calle, contemplar de frente la
misma realidad que yo; juzgarla tal vez de una manera distinta.
No le he dicho nada. Es decir, le he dicho que todavía es cuestión
de algunas semanas. Se ha puesto a llorar. Me ha pedido que le sacara los zapatos de tacón que compró para nuestra boda heroica, de
ceños fruncidos y regateos en la sacristía para demostrar que no
éramos de la cofradía. Los heroicos zapatos que esperaron muchos
meses en un armario de pensión provinciana tal vez contemplados
por Ilsa cuando redactaba aquellas cartas que empezaban invariablemente: Admunsen querido, cuando salgas... Los heroicos
zapatos que ha conservado como una reliquia...Me ha pedido que se
los limpiara. Se los he limpiado. Están en un rincón de la habitación. Ilsa de vez en cuando los mira y noto que se echaría a
llorar, que una palabra mía puede meterla dentro de esos zapatos
Pero necesito preparar la realidad para que nos sea común. Es lo
que importa. Prescindirde las preguntas demasiado complicadas.Pres-
cindir incluso de emborronar papeles; apurar la realidad que entre
todos nos permiten; sacar el mejor partido a las cosas. Ilsa tal
vez lo entienda así algún día.

Este libro se terminó de imprimir en
los talleres de Liberdúplex, en Sant Llorenç d'Hortons
(Barcelona), a principios de octubre de 2023,
a pocos días de que se cumplieran 20 años de
la muerte de Manuel Vázquez Montalbán en
el aeropuerto de Bangkok, Tailandia

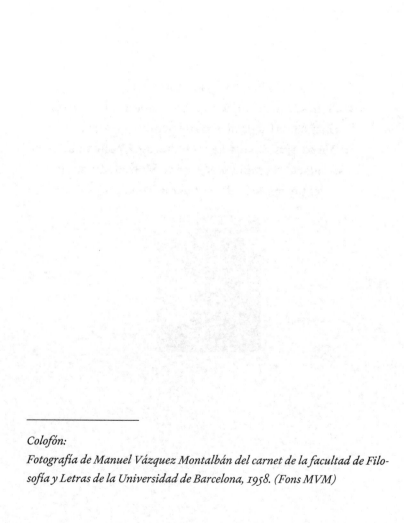

*Colofón:*
*Fotografía de Manuel Vázquez Montalbán del carnet de la facultad de Filo-*
*sofía y Letras de la Universidad de Barcelona, 1958. (Fons MVM)*